Si la femme mange du lion,
c'est pour faire rugir l'homme…

Marie-France de Monneron

Si la femme mange du lion, c'est pour faire rugir l'homme…

roman

Éditions Zinedi

© Éditions Zinedi, 2013
4, avenue des Trois-Peuples
78180 Montigny-le-Bretonneux - France
http://www.zinedi.com
contact@zinedi.com
ISBN 978-2-84859-116-2

Création graphique : Henrietta Mulder
henrietta.mulder@freesbee.fr

Photo : © Éric Dexheimer
eric.dexheimer@club-internet.fr, 06 11 38 72 03
http://ericdexheimer.com

Toute ressemblance avec des personnes existant ou ayant existé ne serait que pure coïncidence.

À la Vie, à l'Amour et à l'Humour… !

Chapitre premier

Les rumeurs d'égouts du petit village de Nullepart allaient bon train en ce samedi matin aussi brumeux que l'étaient les yeux de ceux qui pleuraient Monsieur le comte Hubert de Sermoafort. Mais son enterrement offrait également un prétexte magnifique aux sycophantes, ces délateurs patentés, aigris professionnels, crucifiés par l'envie et la bêtise. Ils se repaissaient de l'événement, le ressassaient et rugissaient à l'envi. Leur cible de prédilection en cette matinée unique : la veuve !

"Que va devenir Dragonette de Sermoafort ? Elle a toujours rêvé sa vie, et maintenant qu'elle est veuve, la voilà au tapis. C'est bien fait pour sa pomme. On aurait dû leur couper le cou à tous ces aristos. C'est tellement démodé la particule à notre époque.

Et c'est encore nous, les productifs, qui allons payer pour son RMI… Quoi, elle fout le camp à Paris ? Elle aurait déjà trouvé du boulot ? C'est toujours les mêmes qui ont de la chance, une chance de cocue, oui. C'est logique, elle l'a toujours été, toute sa vie. Oui, on peut même dire que c'était une vocation chez elle ! N'empêche, le village va porter le diable en terre[1] *maintenant. C'est vrai, Monsieur le Comte est une perte pour nous tous. Et la Dragonette aussi, elle paraît drôlement accablée…*

Elle était jolie au début de son mariage et timide comme une gentille petite caille. Doublée d'une dinde ; elle était tellement naïve… Elle se

[1] « Porter le diable en terre » : afficher une mine triste, lugubre.

baladait tout le temps en blue-jeans ; quand on habite un château, on s'habille."

Car les sycophantes s'arrogent tous les droits, notamment celui de s'ériger en modèle de comportement et d'habillement. Et au nom de leur conscience délétère, ils imposent aux faibles leurs idées débiles.

"Une châtelaine, ça porte des jupes droites ou plissées, pulls ras du cou, colliers de perles, talons plats, chapeaux… En plus, la Dragonette n'était jamais bien coiffée : logique, elle n'allait jamais chez le coiffeur. Pour ça, elle n'était pas bêcheuse.

Mais elle a toujours été trop gentille, c'est louche. Ce n'est pas normal de parler à tout le monde, de s'intéresser aux grands comme aux petits, aux petits, surtout. Qu'est-ce qu'elle peut bien aller faire à Paris ? Peut-être se chercher un nouveau mari ? Parce que les aristos, finalement, ils ont des besoins comme tout le monde. C'est vrai, ils se lavent, ils mangent [les verbes "déjeuner" et "dîner" sont totalement bannis du vocabulaire des primitifs], *ils vont aux toilettes comme tout le monde…"*

Hélas, il était impossible aux sycophantes de ressembler à Dragonette et par conséquent d'être aimés du plus grand nombre. Pour cette raison, ils semaient la calomnie, à l'instar du cultivateur qui sème du bon grain. Sauf que là, eux, plantaient l'ivraie. Une consolation : leur méchanceté ne dépasserait jamais le petit village de Nullepart.

À la mort de son époux, la comtesse de Sermoafort s'était donc retrouvée dans de beaux draps : sans un sou et à la rue ! La vente forcée de la propriété suffisait tout juste à éponger les dettes contractées par feu son Hubert, beaucoup plus heureux en amours diverses et variées qu'en affaires. Il ne lui restait plus que ses beaux yeux pour pleurer, mais Dragonette n'avait pas les deux pieds dans le même sabot.

L'avant-veille de la vente du château, en tête à tête avec elle-même, elle avait épuisé sa dernière bouteille de Chambertin millésimé, avec un pot de rillettes qui, au premier abord, semblait avoir échappé à la listeria. Comment allait-elle vivre désormais ?

Boire ce soir-là - ce n'était guère son habitude - lui ouvrit des horizons exaltants. Quand on est pauvre comme Job, il faut se trouver un *job*. Et pourquoi, pour nourrir une bouche, la sienne, ne se lancerait-elle pas dans la profession, ô combien exaltante, de femme de ménage ? Cette solution apparemment des plus simples apparut à madame de Sermoafort comme un trait de génie, dépourvu de modestie, certes, mais au bien-fondé évident. Un *Eurêka* que n'aurait pas démenti Archimède, jaillit de son gosier déjà grisé :

– Je deviendrai la reine des parquets cirés, des salles de bains récurées et des carreaux étincelants, clamait-elle aux supposés fantômes de son habitation ancestrale. Je serai la pasionaria du balai, de la chiffonnette et de la serpillière.

Dragonette se refusa tout net à voir l'aspect minimaliste de cette soudaine vocation, car elle était née optimiste et le demeurerait jusqu'à sa mort. Ses calculs furent vite faits. Si elle restait à la campagne, elle gagnerait six euros de l'heure. Et de toute façon, personne n'oserait l'engager, au vu de sa position de châtelaine. À Paris, l'heure valait le double et elle sévirait incognito. Elle avait seulement oublié que la vie dans la capitale coûte aussi le double. En dépit de cette évidence, une avalanche de dollars tapissa soudain les parois de son cerveau ébloui par ce projet mirifique : l'inconséquence de son époux, en la laissant sur la paille, lui offrait en définitive des perspectives d'avenir revigorantes. Sa décision fut prise manu militari : après avoir joué les César Birotteau en payant toutes les dettes, elle choisit son destin et décida de conquérir le César du "balai d'or". Car pour avoir eu du personnel et n'avoir pas arrêté de pester contre ces garces qui passent le chiffon autour de l'objet sans le soulever, elle connaissait la définition du *ménage bien fait*. Telle la papesse du plumeau, la comtesse de Sermoafort jubilait à l'idée de ses futures prouesses ménagères !

Le ménage s'avère tellement plus noble que le trottoir. En outre, il lui était impensable de pratiquer le plus vieux métier du monde : elle se jugeait trop vieille et portait des lunettes. Elle n'avait jamais su vendre sa matière grise et encore moins ce qui l'enveloppait. Ses concurrentes en savaient quelque chose, qui la coiffaient sans cesse au poteau en lui sifflant le gros lot, sans payer le moindre intérêt : Hubert. Oui, l'homme qui lui avait passé la bague au doigt comme on met un anneau dans le groin d'un goret…

Finalement, feu son mari lui avait rendu un grand service, quand il l'exhortait au ménage, une fois leur soubrette congédiée : "Ranger repose les neurones !" hurlait-il.

Avec un tel projet, ses neurones parisiens seraient au chômage tandis que sa musculature s'exercerait au championnat de la propreté !

Consciente du challenge exceptionnel qui l'attendait à Paris, Dragonette avait alors téléphoné à son oncle, Théodore de Chabignol, pour lui demander si la chambre de bonne, nichée dans les combles de son superbe immeuble, sis boulevard Saint-Germain, était toujours vacante.

– Vous pourriez m'héberger pendant quelques semaines ?… Quoi ?… Moyennant un loyer ?… D'accord, combien ?

Avec un enthousiasme mitigé, le vieil avare avait donc accepté de loger sa nièce par alliance. Il avait osé demander un loyer - pas exorbitant certes - mais lui si riche, propriétaire de la moitié de l'immeuble, n'en avait guère besoin. Mais il en faut toujours plus pour les riches…

Et Dragonette ne put s'empêcher de penser que si elle était née plus au Sud, de l'autre côté du bassin méditerranéen, dans ces pays chaleureux, elle s'appellerait peut-être Sarah Zeitoun ou Ben Larissa, mais sa famille ne la laisserait pas tomber. Elle éprouva soudain une tendresse irrépressible pour les palmiers, les chameaux et les oasis, là où l'entraide se vit autrement plus généreusement qu'au Nord…

Dragonette annonça la nouvelle à sa meilleure ennemie du village de Nullepart :

– J'ai de la chance… J'ai trouvé un logement à Paris !

– Cela ne m'étonne pas… Tu as toujours de la chance… C'est où ?

– Saint-Germain-des-Prés. Mais l'appartement n'est pas immense… Il doit faire quinze mètres carrés.

– Mais c'est moléculaire ! Tu vas passer de trois cents mètres carrés par niveau à quinze mètres carrés ! souffla l'ignoble créature, enchantée de constater que la chance ne dépassait pas quelques petits mètres carrés ! Et puis, il fallait bien raboter l'optimisme de la comtesse.

– Je m'habituerai… Je me prépare donc à rentrer dans mes chaussures de naine ! Je bénis les huissiers d'avoir enlevé tous les meubles du château ; à quelque chose, malheur est bon. Au moins, je serai exemptée de déménagement…

L'ennemie raccrocha, totalement perturbée par la bonne nature permanente de Dragonette. Elle allait quitter un château pour un cagibi et elle ne se plaignait pas. C'est d'un pénible, ces gens toujours contents de leur sort !

Le grand jour arriva. Les impedimenta de la comtesse se réduisaient à deux valises en carton assez spacieuses pour emporter ses derniers trésors. Installée confortablement dans le train, elle se dit qu'à Paris, elle repartirait de zéro pour plonger dans la grande inconnue. Le frisson du vide, situé par définition au bord d'un précipice abyssal, lui parcourut l'échine lorsqu'elle prit conscience de son avenir plus qu'incertain… Car elle supputait qu'en arrivant dans la capitale, le régime serait obligatoirement spartiate : en raison de l'épaisseur infinitésimale de son porte-monnaie, la comtesse serait logiquement abonnée à la vache enragée. Voilà un régime idéal pour maigrir et gratuit de surcroît ! Quand on pense à ces personnes prêtes à faire s'envoler les euros pour perdre des kilos… La ligne est souvent directement proportionnelle au porte-monnaie : moins il est rembourré, plus l'on mincit.

Théodore de Chabignol l'avait reçue avec affabilité, mais lorsqu'il apprit sa dèche, il faillit revenir sur sa décision : lui louer son « nid douillet » lui faisait prendre le risque de ne pas être payé ! Dragonette fit mine de sangloter, nécessité faisant loi. Elle joua les *Niagara Falls* avec une telle conviction qu'elle emporta le morceau. Il s'inclina tout en faisant jurer à Dragonette sur la Bible qu'elle s'acquitterait de son loyer avec un mécanisme d'horlogerie, sinon « Dehors » ! Il avait cédé sur l'argument de la morale chrétienne, de la fraternité et de sa bonté d'âme. À l'idée que sa famille - enfin ce qu'il en restait - le prenne pour un homme de peu, il préférait passer pour ce qu'il n'était pas : un homme au grand cœur. Et pour cause : il ne lui demandait pas de caution. L'affaire conclue, il invita alors sa nièce à visiter ce qui serait désormais *ses appartements*. Sa canne, sa jambe de bois, son arthrose et sa mauvaise volonté l'empêchèrent de l'accompagner au septième étage.

La comtesse de Sermoafort découvrit donc seule sa future chambre. Oh malheur ! Quel trou de souris avec sa lucarne étroite comme un cœur racorni, son vieux sommier à une place, pas vraiment partageur et totalement défoncé par un usage séculaire… Et en plus, sévissaient les habituels locataires, rongeurs et araignées, apparemment pas gênés par l'épaisse couche de poussière. Le ménage s'annonçait rude. Elle le prit pour une répétition générale !

En redescendant au troisième étage après cette inspection, Dragonette versa des larmes de désespoir dans les bras de son oncle qui les interpréta comme l'expression même de la reconnaissance. Redoublant de charité chrétienne, cet homme magnanime accepta de lui prêter l'attirail de la parfaite ménagère. En quelques heures, le taudis changea d'allure.

La comtesse songeait à feu son Hubert qui devait la surveiller de là-haut… Elle accrocha au mur les quatre miniatures qu'elle avait sauvées des griffes des huissiers, représentant ses deux géniteurs et Hubert en gros plan, mais de dos ! Puis elle disposa le casque des dragons de son père et la théière familiale en argent, dans le coin gauche de la chambre. Le dernier vestige de son "luxueux" passé - une bouilloire électrique - put fonctionner grâce à Mustapha, le voisin de palier. Et vive les gens du Sud ! Quand il l'avait entendue ouvrir la porte, ce Marocain pure souche était sorti précipitamment de chez lui pour savoir à qui il avait affaire. Mustapha Defrance (il portait le nom de sa mère) l'avait immédiatement assurée de ses bons et loyaux services ; avec force salamalecs, il lui avait prêté une rallonge de dix mètres. Car évidemment, l'électricité du *nid douillet* de ce grigou de Théodore n'était plus à l'ordre du jour depuis une vingtaine d'années. Les aventures de Robinson Crusoé en tête, Dragonette s'imaginait dans sa propre caverne, redonnant vie à ce lieu sordide.

Elle enveloppa soigneusement le matelas défoncé par les ans dans une paire de draps de lin et se promit d'acheter un sur-matelas avec ses premières rentrées d'argent. Ses deux valises, empilées l'une sur l'autre, serviraient momentanément de table de nuit. Son étole en cachemire datant de Pépin le Bref recouvrit l'ensemble qui fut tout de suite du meilleur effet. Elle y déposa sa lampe de poche et rendit la rallonge à Mustapha après avoir dégusté un Lapsang Souchong, emporté par bonheur dans ses bagages. La chambre lui parut soudain presque chaleureuse. Mais en décembre, il y régnait un froid de canards au pluriel…

Heureusement, en vieille habituée des chambres de château glacées, la comtesse avait pris la précaution de glisser chaussettes et bonnet de laine dans ses bagages : l'attirail idéal de la bombe sexuelle ! Sa sacro-sainte bouillotte en cuivre, digne vestige des armées napoléoniennes, faisait également partie de l'expédition : son élégante courbure épousait idéalement les reins. Ce soir, elle épouserait surtout les draps de son lit ! Heureusement, avant le dîner, elle avait eu la bonne idée de la remplir d'eau bouillante…

À 4 heures du matin, méridien du rein oblige, Dragonette de Sermoafort se réveilla en sursaut, prise de son habituelle envie… Un frisson d'angoisse la parcourut, l'amenant à se fustiger : elle avait oublié de demander où se situaient les toilettes de l'étage. Mais où avait-elle donc la tête, lui rappelait cruellement sa vessie au bord du débord ? Il faut avouer que sa nouvelle vie avait de quoi la tournebouler. Dragonette alluma sa lampe de poche et chercha avec désespoir le récipient qui pourrait accueillir l'expression plus qu'humaine et naturelle de ses organes rénaux. Elle implora tant et si bien Mahomet, Yahvé et le Seigneur Jésus-Christ, son Ami-Conseiller Privilégié (elle s'adressait toujours aux trois en même temps, car elle avait décidé qu'ils ne faisaient qu'un seul et même Dieu), que le miracle eut lieu. Le rayon de sa lampe désigna deux pots de chambre possibles : le casque des dragons et sa rutilante théière aux poinçons séculaires.

– Impossible ! s'exclama-t-elle en imaginant l'éventuel détournement de ces deux objets.

Mais l'urgence se précisait. Par respect pour l'armée française, Dragonette se retrouva à califourchon sur la théière familiale ! Heureusement, sa généreuse nature n'arriva pas à la remplir ras bords. Se relever, ou plus exactement redresser ses soixante-dix kilos, lui demanda force mouvements et contorsions qui lui occasionnèrent une contracture musculaire. Un bonheur n'arrivant jamais seul, les poils de sa moustache se coincèrent dans le couvercle de ce barbare ustensile ! Allait-elle réussir à sauver la précieuse toison qui, à cinquante-quatre ans passés, observant le décompte logique des ans, commençait à se dégarnir dramatiquement ? Debout, la théière à la main,

Dragonette remerciait le Ciel d'avoir inventé cet ustensile, tout en maudissant le piège qui retenait ses poils prisonniers. À force de se trémousser, cette clairsemée de la foufounette obtint gain de cause, en consentant à abandonner encore quelques poils sur le champ de bataille… et put aller se recoucher. Et si elle écrivait une nouvelle qui s'intitulerait *La calvitie de la toison* ? Peu sûre d'un éventuel lectorat, elle chassa cette idée. À peine eut-elle prononcé "Quelle aventure, la vie !" qu'elle tomba à nouveau dans les bras du meilleur des amants, Morphée, dieu des songes, fils de la nuit et du sommeil. Heureusement, la bouillotte en cuivre continuait à chauffer les draps de ce lit naufragé dans une chambre qui possédait tous les atouts d'un congélateur hors compétition.

Le lendemain matin, elle fut réveillée par le bruit familier de la chasse d'eau sur le palier. Elle se leva d'un bond et essaya d'identifier le coin des toilettes. Il lui fallait absolument se débarrasser du contenu de son pot de chambre improvisé. Elle enfila son peignoir de soie, dernier cadeau de son Hubert, offert bien des lustres auparavant. Dragonette surgit dans le couloir portant le précieux récipient tel un ostensoir, avec la majesté qui sied à ce genre d'exercice. Évidemment, elle croisa son voisin de palier qui, justement, sortait des toilettes. Le bonnet de nuit enfoncé jusqu'aux oreilles, les grosses chaussettes de laine dépassant du peignoir en soie qui recouvrait deux pullovers, Dragonette ressemblait à un cosmonaute. Mustapha, partagé entre l'ébahissement et le rire, se demanda avec qui sa nouvelle voisine allait prendre le thé, quand il la vit bifurquer vers les W.-C. *Ses* W.-C. Son objet de fierté qu'il astiquait quotidiennement avec un soin jaloux. Il se gratta l'oreille de perplexité : pourquoi cette femme allait-elle prendre le thé dans les W.-C. ? S'il avait eu plus de courage, il se serait bien invité, car il adorait le thé… Puisque c'était ainsi, la prochaine fois, c'est lui qui l'inviterait, avec un thé également fait maison. Il lui montrerait la générosité des gens du Sud ! De son côté, Dragonette sentit le ridicule de la situation, mais poursuivit sa trajectoire d'un pas décidé. En découvrant les toilettes, la châtelaine éprouva un choc. D'une propreté exceptionnelle, le carrelage plus blanc que les sommets de l'Himalaya (du temps où ils n'étaient pas pollués), ce lieu la transporta. D'éblouissement, elle faillit déraper sur les carreaux scintillants. C'est alors qu'elle remarqua les murs tapissés de femmes nues, aux seins plus explosifs que des grenades espagnoles. Mustapha fantasmait comme un ogre ! Elle jeta à la hâte le contenu de sa théière dans l'urinoir, ce qui réjouit l'oreille télescopique de Mustapha. *Ouf, tout est normal*, pensa-t-il, sans toutefois chercher à préciser le fond de sa pensée. Puis elle se délesta de ses intérêts avec bonne humeur et sortit, arborant le sourire du vainqueur. Mustapha ne put s'empêcher de l'apostropher :

– Bonjour madame, ça va bien ? Attention à y garder les toilettes bien propres. J'y passe du temps à tout y nettoyer, aussi bien qu'une femme de ménage.

Mustapha mettait un "y" à tout bout de champ dans ses phrases. Q'y mettait-il dedans ? Un grand bout de son univers sucré au loukoum ?

Dragonette le regarda, l'œil bordé de reconnaissance et surenchérit :

– Cent fois mieux qu'une femme de ménage !

Devant un tel compliment, ce fut tout juste si Mustapha ne sentit pas monter l'orgasme. Dragonette entama le grand air d'Aïda. Même le voyant le moins doué de la place de Paris aurait pu prédire que le septième étage allait vivre des moments d'une intensité rare, très rare.

Dragonette descendit ensuite chez son oncle qui l'avait invitée à faire sa toilette chez lui : son appartement si spacieux et si confortable s'y prêtait. Il y régnait une chaleur exquise, inversement proportionnelle au froid polaire de sa chambre… Sa femme de ménage lui ouvrit la porte avec une déférence feinte. Elle avait instantanément flairé le type même de la nièce de province qui s'était fait plumer et exploiter comme une gourde par son mari. Mais surtout, Germaine Renard sentait en elle la rivale. Et ça, elle avait programmé qu'elle ne se laisserait pas faire. Jamais, elle n'accepterait de lui laisser son pré carré. Même si le métro devait rouler sur son corps. Même si elle devait affronter les lazzis d'une populace en pétard. Madame Renard trouvait des avantages chez Théodore de Chabignol que Dragonette était loin de soupçonner. Elle se montra à la fois mielleuse, servile et en même temps patronne, tout à fait chez elle :

– Entrez, votre oncle m'a prévenue. La salle de bains se trouve au fond du couloir. J'ai déposé deux serviettes de bain orange sur le bord de la baignoire. Ensuite, nous prendrons le petit-déjeuner.

Ce “nous” fit sur Dragonette l'effet d'une goutte de citron sur une plaie vive. Elle remit néanmoins à plus tard son interrogation sur le sens de ce petit pincement au cœur. Après une bonne douche, elle se rendit compte que la couleur orange des serviettes lui insufflait une énergie indescriptible… Comme si ce coloris bombardait du soleil sur sa peau. Elle s'habilla posément et se retrouva devant son oncle :

– Je t'attendais, Dragonette, pour ton premier petit-déjeuner parisien.

Il avait fait fort, l'ancêtre. Deux croissants par personne, des palmiers, des toasts et tout un choix de jambons et de fromages de brebis. Un délicieux thé de Chine complétait ce *breakfast* plantureux. Rien à voir avec la *maigritude* du dîner de la veille…

En guise de dîner, son oncle lui avait servi des harengs saurs (son cauchemar de petite enfance, car ce mot au pluriel représenta sa première difficulté en orthographe). Puis ces agapes s'étaient terminées sur un fromage de chèvre qui puait tellement le bouc que madame de Sermoafort se surprit soudain à avoir des doutes sur le comportement sexuel desdites chèvres avec leur mâle dominant !

Hier, la vache enragée lui avait semblé démarrer encore plus vite que des chevaux de course prêts à s'élancer hors de leurs boîtes de départ ! Mais aujourd'hui, sa réalité s'avérait tout autre : son avenir s'amorçait dans un luxe dont elle avait oublié jusqu'au goût. Car la boulangère de son patelin, accrochée elle aussi au tableau de chasse de feu son Hubert, ne partageait ses croissants au beurre qu'avec lui seul. Une façon comme une autre de prendre sa revanche sur la châtelaine…

L'oncle Théodore lui offrit le thé avec cette question qui leva une fois de plus le voile sur sa pingrerie congénitale :

– Un sucre ou pas du tout ?

Dragonette se vengea des frustrations engendrées par les harengs saurs de la veille, en dégustant les viennoiseries parisiennes avec une volupté incomparable. À sa grande surprise, elle comprit que cette avalanche de délices provenait de la générosité (intéressée ?) de la citoyenne Renard, gourmande comme quinze lèchefrites. D'ailleurs, sa lippe inférieure trahissait son état permanent de gloutonnerie. Par leur comportement, leur morphologie et leur estomac goulu, ces gens-là apportent la preuve logique que la gourmandise compte bien au nombre des sept péchés capitaux. Pas étonnant qu'elle frisât l'obésité avec un tel régime. Dragonette la regarda se mouvoir et jouer la maîtresse de maison avec l'intérêt d'un entomologiste. L'œil vif, le geste aussi, contrastait avec l'aspect fessu de son postérieur, semblable à ceux des bœufs de Kobé. Inspirée par sa silhouette à la fois épaisse mais souple et son regard rusé, Dragonette baptisa illico Germaine Renard, "Fox-Trot".

Après un dernier café accompagné de son dernier sucre, Dragonette prit congé, avec moult civilités, au nom de sa recherche d'emploi, non sans avoir demandé conseil à son cher oncle.

– Consulte les petites annonces que les commerçants affichent volontiers… Dans ce quartier, les bobos ont toujours besoin de femmes de ménage.

– Les bobos ? À quelle race appartiennent-ils ? Je ne connais que les bonobos…

– Les bobos ? Ce sont les bourgeois bohêmes ! Faut te recycler, Dragonette. Bonne chasse et tiens-moi au courant de tes exploits.

– Pendant ce temps-là, nous allons faire la toilette, glissa Fox-Trot à son patron, qui alluma un œil quelque peu entendu.

Dragonette se retira tout en songeant que la complicité entre Théodore de Chabignol et Fox-Trot devait parfois déboucher sur des situations torrides… Elle en rigola intérieurement, mais se mit à détester le “nous” que Fox-Trot venait, une fois encore, d’employer. Néanmoins, il lui fallait adopter une stratégie pour entrer dans son jeu, du genre : *Je t'embrasse pour mieux t'étouffer !* En même temps, pourquoi s'en faire une ennemie alors qu'en mettant leurs deux *je* au pluriel, ces femmes pourraient y trouver plus d'avantages que d'inconvénients…

Dragonette suivit alors le conseil de son oncle et rendit visite à la concierge, entrevue la veille. Le hasard se montrant efficace, elle la croisa dans la cour. Cette dernière était plus noire que l'ébène et s'appelait Blanche. Son visage scarifié reflétait le désintérêt le plus manifeste pour l'humanité mais surtout une nostalgie qui rappelait les sanglots longs des violons. Lorsque Dragonette lui annonça son installation au septième étage, elle s'exprima en quatre mots ternes et secs :

– Je prends bonne note.

Les yeux obstinément fixés au sol, elle se remit à balayer avec la vitesse d'un escargot asthmatique traversant un passage à niveau. À la vue de cette personnalité cadenassée à triple tour, Dragonette se fixa un challenge de taille : la faire sourire. Cela prendrait le temps qu'il faudrait… mais elle réussirait.

Plus gentille personne que Dragonette était difficile à dénicher. Et pourtant la vie l'avait griffée au sang. Son drame avait commencé dès sa plus tendre enfance : son père désirait un fils qu'il aurait appelé Dragonet, étant lui-même officier dans le corps militaire de cavalerie, considéré comme *le plus courageux de l'armée française* : le 2e régiment de dragons. Ces dragons-là faisaient la guerre à cheval, mais se battaient à pied ! Aussi, quand la petite fille vit le jour, elle fut baptisée Dragonette, prénom rare mais encore usité en Lozère. Et son père, tout en clamant son désespoir, l'aima profondément : dès l'âge d'un an, il comprit qu'il n'en ferait jamais un homme. Ce constat affligeant n'empêcha pas Dragonette de vivre en véritable garçon manqué et de prendre quelques mémorables torgnoles, toujours méritées.

Son grand plaisir consistait à chiper le casque en cuivre de son père : à crinière pendante de style néo-grec Minerve, il arborait un plumet rouge dont elle raffolait. D'ailleurs, elle avait l'habitude, en secret bien sûr, de se caresser les joues avec, tout en fermant les yeux de plaisir. Elle défilait aussi en criant à tue-tête dans la maison : “À nous, les dragons !” et pointait son épée imaginaire sur les chats et les chiens, terrorisés par cet ennemi inattendu. L'aristocrate candide ignorait encore que la vie est un grand champ de bataille et qu'elle devrait en livrer tous les jours. Par conséquent, cette jeune personne, néanmoins investie de la vaillance des dragons, n'avait jamais mené une quête identitaire et n'avait jamais pris conscience de la puissance qui sommeillait au fond d'elle. Raison pour laquelle elle ne sut que jouer plus tard, le rôle de victime auprès d'un époux, bon à rien, volage et vaurien.

À sa décharge, ce seigneur jouissait d'un pouvoir de séduction qui faisait pâmer la gent féminine, à commencer par les grenouilles de bénitier les plus résistantes ! Dragonette, victime consentante, filait droit sans vraiment se poser de questions, vaincue d'avance par le despotisme de son tyran de mari. Il lui avait appris à vivre dans le froid, à travailler quinze heures par jour, été comme hiver, à se lever tous les jours à six heures. Y compris le jour du Seigneur. “À ce tarif, la vie nous appartient !” fanfaronnait-il, en pratiquant son sport favori : la grasse matinée avec le petit-déjeuner servi au lit. Grâce à cet entraînement drastique, Dragonette avait acquis une forme éblouissante et une paire de mollets d'une résistance hors du commun. Elle avait pris la mesure de sa chance : Hubert avait raison, la vie lui appartenait vraiment !

Le comte Hubert de Sermoafort avait hérité de son père un talent rare : il savait faire trimer les gens à l'œil. Mais une fois par mois, il s'acquittait de ses devoirs : il payait sa légitime de sa personne. C'était le tarif, hors de question d'y déroger. Dragonette s'estimait déjà contente de son sort et se considérait d'ailleurs parmi les privilégiées. Une fois par mois, soit douze fois par an, cette femme si charmante avait la chance unique de partager la fête du “mi-temps” : elle désignait ainsi les bijoux de famille de son mari, sa chère moitié à la vie à la mort. À cinquante ans passés, le sexe une fois par mois, vous parlez d'une aubaine…

En Tchécoslovaquie, on vénère toujours sainte Dragonette… Mais il incombe à un seul saint de triompher des dragons : saint Michel ! Madame de Sermoafort l'implorait souvent, surtout lorsque les huissiers montaient à l'assaut du château.

En venant à la conquête de la capitale, Dragonette effaçait le passé d'un coup, d'un seul. Elle avait décidé que pour réussir la troisième partie de sa vie, elle viserait désormais le haut du sapin de Noël… Là où brille l'étoile du Berger. Car elle possédait une qualité rarissime : sa foi en la vie. En outre, le fait de se croire immortelle lui permettait de ne jamais se poser la question de son âge et par conséquent, ne la limitait point dans ses entreprises. Son leitmotiv ? Regarder en avant, les yeux fixés vers le sommet, sans jamais se retourner.

Feu son Hubert avait commis une erreur de jugement magistrale : il avait vécu à côté d'une perle exceptionnelle sans jamais en voir la nacre. Dommage et tant pis pour lui. *De profundis.*

Chapitre 2

Les boulangeries, parisiennes ou de province, se révèlent toujours de vraies mines d'or : elles regorgent de petites annonces, collées souvent à la va-vite sur le comptoir. Au point de faire passer croissants et pains au chocolat au second plan, au grand dam de la boulangère qui, dans l'espoir d'une vente, ne cesse de répéter : "Et pour vous, ce sera quoi ?" *Coa, coa, coa…*

Tous ces humains qui, au travers de leurs petites annonces, *recherchent, donnent, troquent, trouvent, invitent à participer, à s'engager…* suscitent, sans s'en douter, une petite effervescence dans le cerveau de ceux qui scrutent avec avidité la réponse idéale à leurs attentes. Ah ! les angoisses, ah ! les casse-tête des mères de famille qui se retrouvent sans baby-sitter pour garder leurs petits monstres blonds au moment de leur shopping, de leur coiffeur, de leur rendez-vous crapuleux.

Tout comme les propriétaires de chatons ou d'un bébé alligator qu'ils renient aussi vite qu'ils l'ont aimé ! L'objet de leur passion devient soudain l'intrus, à caser à n'importe quel prix : le chaton, en grandissant, s'oublie sur tous les tapis persans pour marquer son territoire et le reptile quadrupède a grandi si vite que la baignoire a diaboliquement rétréci. Comment se débarrasser de ce saurien si encombrant ? Auprès de qui ? Si on l'abandonne dans la Seine, sur les douze coups de minuit, ce n'est absolument pas chrétien pour les nageurs du dimanche qui risquent d'y laisser une partie de leur anatomie… ou d'être broyés en deux par l'animal affamé. Noyer des chatons ou les endormir à l'éther ne pose pas vraiment problème. Mais allez noyer un alligator… Et si vous réussissez enfin à l'anesthésier, puis à l'occire (bien respecter l'ordre du déroulement de cette délicate opération sinon on y laisse quelques doigts), comment sortir le corps sans se faire remarquer de l'immeuble ? On peut à la rigueur dire au concierge qu'on part se balader avec son maxi sac en croco sous le bras.

Mais il y a belle lurette que les quidams ne peuvent plus prendre les concierges pour des andouilles : il serait politiquement et socialement correct, enfin, de vénérer les concierges.

Et puis ces derniers verraient forcément les pattes du défunt dépasser du paquet. On imagine sans peine la terreur des éboueurs découvrant la bête et les gros titres des quotidiens parisiens : *"À QUI APPARTIENT LE CORPS DU CROCODILE DE 2 MÈTRES 50, DÉPOSÉ HIER, RUE DE L'UNIVERSITÉ ?"* Il est très peu probable que le coupable se précipite pour se dénoncer…

Il existe d'autres solutions pour se débarrasser d'un crocodile trucidé, comme scier la tête et les pattes et ensuite le faire cuire au court-bouillon : en consommé, aromatisé d'épices savoureuses, il fera de l'effet. Cependant, il sera impossible de récupérer la peau : un cuir cuit est un cuir foutu ! Mais voilà enfin l'occasion rêvée pour les snobs socialistes, les aristos dégénérés et les bourgeois nourris mais pas élevés, de faire des gorges chaudes et de s'extasier : "Ce velouté de croco au curcuma est sublimissime, tellement nouveau, tellement inattendu, tellement surprenant… Ah ! ce râble de saurien aux herbes aromatiques est un véritable chef d'œuvre d'intelligence culinaire. Oh ! ce Jean-Patrice, toujours à la pointe de l'innovation en matière de gastronomie. Le Bulli est battu…" Que ne faut-il énoncer comme âneries pour paraître dans le coup !

Autre solution qui nécessite une patience angélique et un nez solide : laisser se décomposer le corps du crocodile. Mais où ? à la cave ! Et ceux qui n'ont pas de cave ? Chez eux, sous leur lit. Bonjour, la puanteur... Finalement, il est plus facile de se dessaisir d'un canari que d'un *nouvel animal de compagnie* (NAC pour les sapeurs-pompiers !). Mais quelle idée superbe pour se débarrasser d'un ou d'une petite amie un peu trop envahissante !

Un boa, appartenant au copain d'enfance de Dragonette, avait un jour disparu de son appartement parisien. Sa mère, lui rendant visite, aperçut un pneu, dans la cuvette des toilettes, qui commençait à bouger étrangement : une charmante tête, curieuse de voir le propriétaire du fessier qui s'approchait de façon macroscopique de sa tanière, avait surgi sans vergogne ! En effet, ce reptile, craignant une desquamation préjudiciable à son épiderme si sensible (la pollution est aussi l'ennemie des reptiles), s'était installé avec béatitude, dans cet endroit humide à souhait... Se sachant ailleurs que dans la forêt tropicale, la mère de son copain, le joint encore fumant à la main, eut un mal fou à identifier la bête. Mais elle eut le réflexe de déranger les pompiers qui, heureusement, venaient de suivre un stage sur les NAC : "Ceux-ci ne nous veulent que du bien", lui dirent-ils pour la rassurer, après avoir capturé le brave serpent, heureux de retrouver un peu de chaleur humaine.

Pour preuve de leurs dires, les sapeurs passèrent le boa autour du cou de cette dame apparemment respectable. Celui-ci, charmé par son parfum, sûrement *Shalimar* de Guerlain, la serra un peu fort et lui démit les cervicales. La femme - on serait hystérique à moins - poussait des cris de putois.

Les sapeurs-pompiers n'étaient pas venus pour rien : ils avaient gagné une victime avec laquelle ils repartaient, la brandissant tel un trophée sur leur brancard. Pendant ce temps, le boa pris d'une fringale bien compréhensible, engloutissait les deux poulets que le copain d'enfance, traumatisé par le drame qu'il avait involontairement suscité, venait de lui proposer.

Mais aujourd'hui, Dragonette n'avait pas l'intention d'adopter un animal de compagnie : elle avait plutôt besoin de se faire adopter par des employeurs en quête de femme de ménage !

Elle revint dans sa chambre avec quinze noms glanés dans les magasins du quartier. Deux annonces semblaient plus urgentes que les autres. Elle les entoura d'un trait de crayon rouge. Heureusement, le bureau de poste n'était pas loin, elle se propulsa à nouveau hors du septième étage et squatta en toute quiétude la cabine N° 5 de ladite poste. Ce chiffre représentait son porte-bonheur et lui faisait gagner au loto de quoi s'offrir des paires de bas. Une voix asexuée lui répondit et lui donna rendez-vous sur-le-champ. Heureusement, la comtesse avait déjà enfilé la tenue de circonstance qui lui permettait de se sentir plus à l'aise dans son futur rôle : jupe droite et talons plats assortis à la couleur de son blazer bleu marine. En moins de temps qu'il n'en faut pour l'écrire, elle vola au rendez-vous. Une fois encore, le 5 allait lui porter chance…

Dragonette se trouva nez à nez avec une femme étrange qui lui fit traverser un couloir peint en noir. Puis, elle arriva dans une pièce où la pénombre semblait avoir étendu son voile depuis toujours.

Comment nettoyer quand on n'y voit rien ? Cette question turlupina Dragonette, déjà pénétrée de rigueur professionnelle. La femme la fit asseoir sur le divan et resta debout : cela n'impressionna guère la provinciale qui connaissait cette technique d'intimidation. Au contraire, Dragonette put l'observer à loisir. Trois poils sortaient de son appendice nasal, sûrement les fruits de ses hormones à l'abandon. Sa peau était triste comme un jour sans amour. Son visage avait l'air absent, désabusé et en même temps inquiet. Une masse de châles en laine escamotait son corps tant bien que mal. Rien de très excitant pour un homme. Logique imparable : qui peut désirer un être aussi abattu et informe ?

Mais cette femme dénuée de tout charme, sèche et douloureuse, possédait une langue bien pendue qu'elle utilisa pour soumettre la candidate à une rafale de questions… puis, à un exercice pratique :

– Baissez-vous et soulevez ce tapis.

Dragonette sourit pour détendre l'atmosphère. *Ah, si un billet de banque avait eu la bonne idée de se glisser dessous…*

Elle s'exécuta et découvrit sous le tapis… 50 euros ! Médusée par ses propres dons de voyance, Dragonette ne put s'empêcher de s'exclamer :

– Alors là, ça, m'en bouche un coin !

– Moi aussi ! Remettez le tapis par-dessus le billet et piétinez-le.

Docile, Dragonette fit tout ce que la dame lui demanda : ses petits pieds dodus, au départ incrédules, se soulevèrent lentement et doucement.

La femme l'exhorta :

– Plus vite et plus convaincu !

Notre débutante en déduisit que sa future employeuse testait sa forme musculaire. Alors, l'aristocrate distinguée mit le paquet et exécuta un zapateado en règle, souvenir qui lui restait de sa carrière de danseuse de flamenco brisée dans l'œuf. La future employeuse battait des mains, enchantée. Elle lui ordonna de redoubler la cadence. Dragonette passa la vitesse supérieure et dansa à un rythme effréné, plus rien ne l'arrêtait. Que ne faut-il pas faire pour décrocher un travail à Paris ! Elle lançait ici et là quelques Olé convaincus et ponctuait le rythme en tapant dans ses mains. Il ne manquait plus que les tapas, le vin du Rio Jano et le premier venu se serait cru transporté dans une *venta* de Grenade. L'hystérique arrêta Dragonette quand elle vit les joues de la candidate virer au rouge aubergine, prémisses d'un éventuel afflux sanguin au cerveau. À la seconde même, Dragonette sentit une brûlure au mollet. Une crampe ? Nenni.

Le loulou de Poméranie de la maison avait planté ses canines dans ce jambonneau inespéré. Heureusement, il ne l'avait pas mordue au sang. Elle le regarda droit dans les yeux, en marmonnant qu'il avait l'air plutôt mignon. La propriétaire du chien ne parut nullement gênée :

– Quand Hector aime les gens, il les mordille par affection…

– Décidément, l'amour fait toujours souffrir ! s'exclama Dragonette, en se massant le mollet.

Sa future employeuse la complimenta, Dragonette montrait de la bonne volonté et se comportait sans problème avec les billets de banque : elle savait les piétiner sans vergogne.

Autre bon point, Hector l'avait aimée tout de suite. Dragonette, époumonée, opina du bonnet. La psychologie canine l'enchanta… Elle dut encore montrer sa bravoure et exécuter deux entrechats, trois fouettés et un roulé-boulé, toujours sanglée dans sa jupe droite. Sa souplesse la fit engager immédiatement, tous les lundis matins, à seize euros de l'heure.

– Je vous paye un euro de plus que le tarif habituel. Outre le ménage, je vous demanderai d'ouvrir la porte : tous les lundis matin, je consulte. Chez moi. Je suis psychiatre. Il vous faudra donc être particulièrement aimable, gentille, patiente, avec ces êtres en grande détresse.

Dragonette remercia Mahomet, Yahvé et le Seigneur Jésus-Christ, son Ami-Conseiller Privilégié, en pensant que cela ne manquerait pas de piquant d'ouvrir la porte à des gens vraisemblablement piqués. Rendez-vous fut pris pour le lundi suivant. Une poignée de main solda l'affaire.

Une fois sur le trottoir, la comtesse de Sermoafort comprit pourquoi sa future employeuse l'avait testée : il lui fallait vérifier si Dragonette était ou non bourrée d'inhibitions. Cette future spécialiste du ménage réalisa avec un soulagement indescriptible un trait essentiel de sa personnalité : non, elle n'avait pas de blocages. Mais alors pourquoi feu son Hubert préférait-il toujours aller voir ailleurs si les pâturages étaient plus verts ? Lui qui savait tout, il avait bien dû se rendre compte que son épouse était totalement libérée.

Armée d'une détermination à toute épreuve, Dragonette se rendit au rendez-vous suivant. La femme qui lui ouvrit lui plut instantanément. Un parfum de patchouli l'enrobait, embaumant tout l'espace. Elle était si jolie à regarder avec ses bijoux qui la paraient des pieds à la tête, en passant par le cou, la taille, les poignets et les chevilles ! Ils produisaient un cliquetis musical à chaque respiration de son corps généreux, moulé dans des dentelles pailletées. Sa poitrine se révélait également généreuse. Son corsage retenait à grand-peine deux seins gonflés comme des pastèques. Sa peau de satin au grain lisse et velouté ne pouvait que susciter la jalousie de la gent féminine. Un sourire plus que charmeur soulignant des lèvres d'une sensualité à faire damner un concile d'évêques, éclairait en permanence son visage. Un projecteur allumé devait paraître éteint à côté de cette éblouissante créature.

Dragonette éprouva un coup de foudre immédiat pour ce personnage fellinien. Elle se présenta. Son nom à tiroirs n'impressionna pas d'un iota la bougresse en face d'elle :

– Vous êtes noble ?

Dragonette ne sut si elle devait s'excuser ou se redresser comme un petit coq.

– Je n'y peux rien, éclata-t-elle d'un rire tout joyeux.

Le coup de foudre s'avéra réciproque.

– Cela ferait peut-être très bien auprès de mes clients, répondit-elle, en buvant du petit-lait. Mon standing pourrait s'en trouver renforcé, au point même de dépasser le sommet de la tour Eiffel ! Ils vous appelleraient tous "la comtessa". C'est plus chic en italien qu'en français. Vous préférez peut-être conserver l'anonymat et adopter un surnom ?

Dragonette songea à la tête que tireraient papa et maman s'ils étaient encore de ce monde. Dans sa campagne, tout le monde l'appelait par son surnom : Baby ! Pourquoi pas à Paris ? Dragonette osa et se lança :

– La comtessa Baby ?

Rosa Moustika battit des mains et, telle une tragédienne de la Comédie-Française, proposa :

– La comtessa Baby… Il manque quelque chose… je rajouterais… Potelée… ! Baby Potelée ! La classe ! C'est beaucoup moins poussiéreux que votre nom à tiroirs. Et surtout tellement plus gai !

Dragonette changeait de vie et, dans l'instant, résolut de plonger dans la modernité la plus absolue. Elle donna son accord pour ce pseudonyme olé-olé mais somme toute annonciateur d'un avenir plus joyeux.

– Ainsi, vous recevez à domicile, comme la psy de la rue d'à côté ?

– La psy reçoit des dingues, moi je reçois des hommes dingues de moi. Je leur loue mon corps pour quelques instants, si vous préférez. Mes clients me surnomment "la réanimeuse".

Dragonette, fascinée, comprit qu'elle avait affaire à une guérisseuse et lui en fit part.

Alors Rosa Moustika explosa de rire.

– En quelque sorte, vous n'avez pas tort… puisque je suis un remède à l'impuissance de ces messieurs. Je suis la réanimeuse des popol en berne ! Et devinez qui profite de mes loyaux services ? Leurs bourgeoises, bien sûr.

Dragonette pensa qu'il n'y avait pas de mal à louer son corps, regrettant presque que le sien fût déjà quasiment périmé (c'était faux, mais elle le pensait). Elle poussa un ouf de soulagement en se disant qu'il valait mieux éviter d'étaler son véritable nom à la cantonade : qu'aurait dit son père s'il était encore de ce monde ? Et sa mère ? C'est alors que la jolie Messaline lui demanda à son tour de se baisser pour regarder si elle ne voyait rien, mais cette fois-ci *sur le tapis*. Décidément pour se faire engager à Paris, il fallait savoir se mettre à quatre pattes ! Incommodée par sa jupe droite, Dragonette, prête à tout, se baissa et chercha un éventuel billet de banque, lorsqu'elle aperçut un billet de cinq cents euros au pied d'un guéridon. À Paris, c'était une manie : les billets fleurissaient du côté des tapis. Elle n'en avait jamais tenu un aussi important dans les mains : à la campagne, on n'a pas l'habitude des grosses coupures.

Dragonette, alias Baby Potelée, rougit de joie en tenant ce billet qu'elle tendit d'ailleurs spontanément à Rosa. Son conseil fusa :

– Pas tout de suite. Tenez-le entre vos doigts. Respirez-le, sentez-le…

Alors Dragonette se lâcha : elle le palpa, le huma, le caressa, le retourna dans tous les sens, allant même jusqu'à l'embrasser. Ce petit jeu jouissif lui donna soudain envie de gagner plein d'argent.

– Quel est le crétin qui a dit que l'argent n'avait pas d'odeur ? Même dans un sac ficelé, je flaire sa trace, souffla Rosa.

– Moi j'ai surtout senti le vide que l'argent crée quand on en n'a pas. J'ai pris beaucoup de plaisir à malaxer ce billet même si ce n'est pas le mien !

Rosa lui demanda si elle aimait en gagner. Elle répondit un oui enthousiaste à souhait.

– Bravo, vous n'avez pas de blocages ! Engagée !

C'était la seconde fois de la journée qu'on soulignait sa qualité, apparemment recherchée chez les femmes de ménage parisiennes. Mais pourquoi feu son Hubert n'entendait-il pas tous les compliments que l'humanité, soudain bienveillante à son égard, lui lançait ?

– Vous ne ferez pas que du ménage, vous êtes tellement sympathique. Je vous demanderai également d'ouvrir la porte et d'accueillir mes clients : ils raffoleront de vous. Vous verrez, les messieurs donnent facilement des pourboires. Faudra les prendre sans pour autant vous laisser séduire. S'ils vous font la cour, ils sont gourmands, bas les pattes ! Je compte sur vous.

Dragonette jura qu'elle n'avait pas besoin de devenir sourde et aveugle aux éventuels compliments de ces messieurs. Elle l'était déjà. Elle n'osa pas avouer à sa future patronne qu'elle avait mis son corps en jachère depuis belle lurette, depuis la maladie de sa moitié qui avait duré deux ans. Et puis feu son Hubert préférait brouter ailleurs. Même si elle ressentait des envies et des besoins communs à tout le monde. Elle n'osa pas non plus lui avouer que l'abstinence aspirait tout son être dans un trou noir de frustration et de douleur lorsque la nature réclamait ses droits. Elle avait beau dire à son époux qu'elle, au moins, à la différence des copines, n'avait jamais mal à la tête au moment de faire des galipettes, il faisait semblant de ne rien entendre. Alors la pauvre Dragonette, condamnée à un désert d'orgasmes, attrapait des céphalées terrifiantes. La vie se montre souvent d'une injustice, d'une barbarie inégalable.

Elle défaillit de bonheur lorsque Rosa lui annonça qu'elle l'engageait avec grand plaisir, tout en spécifiant bien qu'elle tenait une comptabilité drastique, "au préservatif près" : il faut toujours être en règle avec l'administration !

Dragonette, en professionnelle avisée, demanda à visiter les lieux : elle en apprit plus en une heure qu'au cours de toute sa vie sur les mystères de la sexualité. Rosa, lui pressant le bras en signe d'amitié naissante, lui dévoilait tout, commentant les effets bienfaisants du fouet, de la corde (Dragonette ne connaissait que les cordes à sauter), de l'œil de biche, de l'épingle à molette, des faux-cils caresseurs que l'on passe gentiment autour du membre du monsieur… Dans la salle de bains princière, pendaient sur une cordelette des préservatifs ("qui n'avaient pas encore servi", insista Rosa) de toutes les couleurs, à pois, à carreaux, avec des petits cœurs…

– L'amour est plus gai en rose ou en bleu, les couleurs remontent le moral, mes clients choisissent eux-mêmes le modèle qui les inspire, roucoulait Rosa, enchantée de voir les joues de Dragonette s'empourprer à vue d'œil.

L'appartement, identique à celui que la comtesse avait déjà vu dans les films, était meublé de canapés et fauteuils en velours rouge cramoisi. Des tableaux érotiques excitaient les murs un peu partout et des napperons de dentelle noire mettaient en deuil les émois des guéridons. Le rouge, la vie. Le noir, la mort. L'éternel affrontement entre Éros et Thanatos.

La libido de Dragonette recommença à frétiller car la diablesse au fond d'elle ne faisait que somnoler. Elle se demanda alors si c'était une bonne idée de chatouiller la bête qui la réveillerait de nouveau, parfois tard dans la nuit. Mais l'heure n'était pas à la philosophie, elle choisit de privilégier le *Carpe Diem* si tentateur.

Au moment où il s'agit de négocier le tarif de ses heures de ménage, Dragonette pensa que c'était à elle de payer, tant elle pressentait le bonheur de travailler en ces lieux torrides à souhait. Rosa Moustika se montra aussi généreuse qu'elle était belle. Elle lui proposa, en dépit de ses protestations, un forfait pour le lundi après-midi qui la combla. Rosa précisa également qu'elle vendait des *sex toys* dont certains de ses clients raffolaient tout particulièrement. Si Dragonette réussissait aussi à en placer, un petit pourcentage supplémentaire arrondirait ses prestations. Quel programme !

– À lundi prochain, Baby Potelée !

Dragonette lui serra les mains avec effusion en miaulant des mercis effrénés. Rosa ronronnait de plaisir.

Lorsque madame de Sermoafort se retrouva dehors, elle ne put s'empêcher de comparer ses deux futures patronnes. *L'une est aussi vivante que l'autre est morose. Mais elles me donnent toutes deux une promotion avant même d'avoir commencé : je ne m'userai pas à faire seulement du ménage, j'ouvrirai aussi la porte. En une journée, je gagne 140 euros. Donc quatre séances mensuelles me permettent de payer le loyer de mes appartements.*

En mettant sa chambre de bonne au pluriel, Dragonette avait l'impression de vivre dans un espace beaucoup plus conséquent. Elle se mit à louer le Ciel d'avoir autant de chance.

Mais le lundi ne constitue pas une semaine à lui tout seul. Si Dieu a imaginé une semaine de sept jours, c'est bien pour s'en servir ! Il lui fallait trouver davantage de clients pour assurer ses fins de mois. Dragonette s'accorderait néanmoins le dimanche comme jour de repos. Ce n'était pas original, mais c'était le seul jour où les fanfares jouaient dans la capitale.

Car Dragonette était depuis toujours une passionnée des fanfares. Elle rêvait d'apprendre à jouer de la grosse caisse et de défiler en cadence sur le macadam de Paris. S'inscrire à l'école de musique la plus proche serait sa priorité sitôt atteint son quota de patrons. Mais il lui faudrait attendre un peu avant de commencer à dépenser l'argent qui n'était pas encore gagné.

Pour se récompenser d'avoir si bien travaillé, Dragonette s'acheta de quoi déjeuner, d'autant qu'il lui fallait encore déchiffrer les petites annonces tout l'après-midi pour compléter sa liste d'employeurs. Elle découvrit cinq boulangeries dans le quartier, plus ou moins prolixes en petites annonces. Elle en lut une qu'elle élimina d'emblée : *"Cherche femme de ménage possédant un aspirateur, un seau, une serpillière et un balai"*. Quel était l'hurluberlu qui demandait le beurre, l'argent du beurre et la crémière par-dessus le balai ? Elle s'imagina trimballant l'attirail de la parfaite ménagère, boulevard Saint-Germain. Vraiment idéal pour passer inaperçue ! La honte… Mais elle en découvrit une autre qui lui plut instantanément : *"Scientifique de haut niveau, courant après le temps, cherche femme de ménage, pouvant lui en faire gagner, au moins quatre heures par semaine"*.

À cette lecture, Dragonette se mit à philosopher : *Puisqu'il court après le temps, cela signifie qu'il n'a jamais le temps. Comment peut-on perdre ce que l'on n'a pas ? Cela signifie aussi que moi, je dois courir à sa place ? Perdre mon temps en lui faisant gagner le sien ? Puisque son temps paraît plus précieux que le mien…* Cette réflexion, loin de la troubler, l'amusa.

L'accueil au téléphone fut cordial. Elle obtint rendez-vous le mardi après-midi avec le savant du nom d'Alberto Eins Janvier.

Enfin une dernière annonce lui sauta aux yeux : *"Couple cherche soubrette dégourdie et dynamique pour le grand nettoyage de printemps. Homophobes s'abstenir"*. La comtesse de Sermoafort pensa que le terme "soubrette" était rétro et se demanda pourquoi cette précision : "homophobes s'abstenir". Après la chasse au billet de banque, allait-il falloir passer un nouveau test pour prouver qu'elle ne l'était pas ? Sans se laisser démonter, elle téléphona pour prendre rendez-vous.

Dragonette rentrait tranquillement chez elle quand elle aperçut un étrange ballet autour des poubelles qui, exceptionnellement, débordaient beaucoup plus que d'habitude. Des hommes, peu de femmes, farfouillaient avidement, extirpant de possibles trésors qu'ils rangeaient aussitôt dans un véhicule garé à proximité. En discutant avec l'un des explorateurs d'ordures, elle apprit ainsi que le premier lundi de chaque mois était consacré aux "monstres" dans son quartier. Au début, elle n'osa pas regarder de près les poubelles quand, soudain, elle vit son interlocuteur fourrager et s'exclamer enthousiaste : "Ouais, nickel chrome !" en sortant un petit siège de bébé en bois, apparemment bien conservé. Il partit aussi vite qu'il était venu, sans demander son reste, sa trouvaille sous le bras.

C'est trop bête, qu'est-ce que je risque à aller fouiller moi aussi dans les poubelles ? pensa-t-elle en considérant le plaisir de cet archéologue des temps modernes. Madame de Sermoafort, toute honte bue, s'approcha à son tour et avisa une boîte en carton imprimé *À la peau de porc* qu'elle ouvrit délicatement. Ô merveille ! un brave cochon avait sacrifié son manteau pour un curieux porte-monnaie, hélas élimé jusqu'à l'os. À côté, trônaient un petit vase de Limoges, sans fêlure, un bonnet ancien en dentelle et un corset de poupée des années 20. Dragonette, au comble du ravissement, enfouit fébrilement ses trésors au charme suranné dans son grand sac.

Chaque soir, Mustapha, l'air de rien, guettait le retour de Dragonette, sous prétexte de briquer le palier. Le premier soir, lorsqu'il la vit monter avec un sachet contenant quatre grammes de carottes râpées, son grand cœur lui souffla qu'il lui faudrait cuisiner des bons repas pour sa future grande amie, sinon elle ne tiendrait pas le choc. Mustapha se félicita du bien-fondé de sa décision qui lui permettrait aussi de veiller au grain : il allait désormais lui concocter des couscous à se pâmer dont il avait le secret. Mustapha avait une idée derrière la tête… Seulement derrière la tête ?

Ce lundi soir, il entendit frapper à sa porte. Avec un air triomphal, Dragonette exhiba ses nouveaux trésors. Son enthousiasme faisait plaisir à voir. Aussi Mustapha saisit-il la perche et lui fit-il une proposition qu'elle accepta d'emblée :

– Le jour des grandes poubelles, on peut y découvrir des trésors… tu n'imagines même pas. J'y t'invite à dîner ce soir. Après on va y fouiller le quartier.

– C'est fou ce que l'on peut s'amuser à Paris, s'exclama Dragonette aux anges. Elle n'avait même pas remarqué que Mustapha Defrance venait de la tutoyer.

Elle déposa ses charmantes trouvailles dans sa chambre et décida qu'il lui fallait absolument une table de chevet. Car ses valises posées l'une sur l'autre montraient la même stabilité que les affaires gouvernementales !

Après le délicieux dîner de Mustapha, madame de Sermoafort arbora son air le plus distingué et Mustapha, son air le plus cordial, pour *honorer les monstres.* Condition préalable, avait précisé ce spécialiste ès brocante : porter des gants, car on ne sait jamais… On pouvait tomber sur de la vaisselle ébréchée, coupante, des objets en fer rouillé ou poisseux, des seringues, des capotes (sans aucune nationalité, mais ayant servi)… Les deux nouveaux amis furetèrent, farfouillèrent, soulevèrent et découvrirent essentiellement des objets sans intérêt : les professionnels étaient passés bien avant eux. Dragonette repéra néanmoins deux plantes moribondes, susceptibles d'être ranimées. Son petit doigt, vert de vert, lui souffla que le palier gagnerait beaucoup à être égayé par de la verdure. Au moment où le ras-le-bol commençait à se faire sentir chez ces deux dénicheurs de trésors, Dragonette aperçut une magnifique caisse en bois rectangulaire, sur laquelle était imprimé *"La malle des Indes"*. À l'intérieur, s'empilaient vieux journaux et revues qu'elle renversa dans la grande poubelle avec l'aide de Mustapha, pour tester le fond de la caisse : parfait état. Le dessus était propre, les côtés également. Dragonette venait de trouver sa table de nuit ! Les deux complices remplirent la caisse avec les plantes et remontèrent au septième étage, en chantant *Le poinçonneur des lilas*[2]. Dragonette installa sa nouvelle table de chevet, autrement plus stable que ses valises superposées, disposa sa lampe de poche, son vase de Limoges dans lequel elle mit un bouquet acheté en chemin à la sauvette et cloua artistiquement le corset de

[2] Chanson écrite, composée et interprétée par Serge Gainsbourg en 1958.

poupée, *une pièce de musée*, sur le mur. En un clin d'œil, le décor devint plus chaleureux. Mustapha lui proposa de l'aider à repeindre sa chambre durant le prochain week-end.

Ce qui fut dit, fut fait. Une semaine après son arrivée, les appartements de Dragonette resplendissaient. Il ne lui restait plus qu'à rénover l'installation électrique quand elle serait en fonds.

Quinze jours plus tard, les deux plantes avaient repris vie et bourgeonnaient généreusement sur le palier. Une mouche faisait des triples loopings autour des feuilles… Une puce se grattait contre la tige principale de l'arocadontus.

Elle est pas belle, la vie ?

Chapitre 3

Dragonette se rendit à 14 heures 30 chez Alberto Eins Janvier, scientifique diplômé ès Physique. Lorsqu'elle poussa la porte, elle crut se trouver face à Albert Einstein tant la ressemblance était frappante. Même longue chevelure cendrée, les yeux vif-argent, le teint pâle… Pas de doute : son clone se tenait sur le palier ! Son étonnement se traduisit par un sifflement admiratif qui plut beaucoup à Alberto. "Enfin quelqu'un de nature", la complimenta-t-il avec tact, en l'invitant à rentrer dans son appartement. Dans sa caverne, devrait-on dire.

L'œil rapide et avide de Dragonette évalua la situation : dramatique ! Les piles de livres grimpaient jusqu'au plafond, aucun plumeau n'aurait le manche assez allongé ! Sur les étagères, trônait une véritable brocante où se disputaient cadavres de cicindèles, fossiles, mâchoires de vieilles dames, de phacochères en rut et des milliers de papiers avec des combinaisons de chiffres à l'infini, car le savant cherchait à remonter à l'origine du Big Bang : hélas, ses calculs s'arrêtaient toujours au mur de Planck !

– J'ai besoin de quelqu'un comme vous pour prendre la poussière… Si vous n'êtes pas découragée par tout ce capharnaüm…

Dragonette se félicita d'avoir reconnu ce mot latin ! Les études permettent quand même de passer pour moins cruche qu'il n'y paraît au premier abord. Elle jura ses grands dieux qu'il n'y aurait jamais plus un atome, jamais plus une particule de poussière, dans le "capharnaüm". Ces renseignements, hautement scientifiques, enthousiasmèrent Eins qui engagea Dragonette sur le champ. Celle-ci, encouragée par la perspective de sa nouvelle place, lui demanda sa spécialité :

– Le clonage. D'ailleurs comme vous l'avez constaté, je suis le sosie d'Einstein, ce qui a beaucoup influencé mes recherches…

Elle ne put s'empêcher de l'interroger :

– La forme influence-t-elle le fond ?

Dragonette poussa même jusqu'à lui demander s'il lui apprendrait la relativité. Époustouflé, Alberto Eins Janvier promit de lui enseigner les rudiments de la physique quantique en échange d'une heure de ménage, les trois autres heures étant réglées au tarif parisien. À la place de physique quantique, Dragonette comprit le "Cantique des Cantiques" et se signa de gratitude.

Elle se rendrait chez Alberto tous les mardis matin, de 9 heures à 13 heures. Elle lui imposait cet horaire. Il acquiesça.

– Monsieur Eins reçoit-il ? Est-ce que j'aurai aussi à ouvrir la porte ?

– Oui, de temps en temps, quelques vieux barbons salaces viennent me rendre visite mais ils sont parfaitement inoffensifs. Même s'ils ont la main baladeuse, ils ne vous feront aucun mal. Tous ces chercheurs font passer leur sexualité après leurs travaux.

Dragonette imagina leur libido momifiée comme Toutankhamon dans son sarcophage mais ne pipa mot. Elle se garderait bien de faire de la pub pour Rosa Moustika qui avait déjà suffisamment de ta-pain sur la planche ! Et surtout, la prudence lui dictait de cloisonner ses activités…

– Au fait, comment faut-il vous appeler ?

Dragonette prit sa respiration et décida qu'elle tairait sa particule, pourtant élémentaire !

– Baby Potelée, expira-t-elle, inspirée…

Cette réponse parut plaire au maître :

– Comme c'est étrange… Vous portez le nom d'une femme de Cro-Magnon dont le squelette vient d'être retrouvé au fin fond d'une crevasse en Sibérie, dans l'Altaï, berceau des chamanes. Le parfait état de conservation de ce squelette nous fait espérer des informations de la plus haute importance…

Dragonette crut bon d'ajouter :

– La cryogénisation fait merveille… Mais le calvados également. Un homme, fou amoureux de son épouse, connut les affres du désespoir à sa mort : il plongea le corps de la défunte dans un cercueil rempli de calvados sous prétexte que l'alcool conserve. Cela remonte aux années 1880. On peut encore voir sa tombe à Camembert.

Le savant, surpris par la justesse de ces propos et la culture de son interlocutrice, fronça les sourcils et lui demanda combien de printemps couronnaient sa tête. Dragonette, se rappelant sa comparaison avec Cro-Magnon, lui répondit du tac au tac :

– En fait de printemps, il s'agit maintenant d'automnes ! J'ai un jour et cent millions d'années…

Fortiche, la réponse, pensa le savant. C'était même tellement intelligent qu'il se demanda si ce n'était pas sa nouvelle femme de ménage qui allait lui en apprendre :

– Chère Baby Potelée… Un peu de modestie. Vous en faites cinquante tout au plus… Enfin, 49…

Enchantée, la quinquagénaire calcula qu'elle avait gagné cinq ans puisqu'elle avait cinquante-quatre ans. Mais si le savant lui avait donné le nombre exact de ses printemps, elle ne les aurait pas pris ! La réponse d'Alberto Eins Janvier lui sembla du miel d'autant que feu son Hubert s'amusait sans cesse à la torturer avec son âge.

Quel plaisir de paraître plus jeune ! La seule question, c'est de définir le bien que cela procure et où.

Baby Potelée et Eins Janvier se serrèrent la main avec conviction. Ils sentaient tous deux qu'ils allaient former un tandem dont ils ne mesuraient d'ailleurs pas encore l'énergie.

Quand madame de Sermoafort se retrouva sur le trottoir, elle adressa une prière universelle à ses meilleurs amis Mahomet, Yahvé et le Seigneur Jésus-Christ. Décidément, le chiffre 5 de la cabine téléphonique lui portait chance : elle gagnait à tous les coups. Dans cette capitale, elle ignorait un élément capital : les Parisiens manquaient cruellement de femmes de ménage. Au point d'avoir inspiré les industriels, pensant ainsi revaloriser la profession sans frais, qui les surnomment d'un mot étonnamment barbare : techniciennes de surface ! Certes, les Africaines, les Arabes, les Chinoises, les Indiennes n'avaient de cesse de postuler. Mais certains employeurs recherchaient surtout les blanches, soi-disant réputées pour être autrement plus sportives devant la planche à repasser ou le parquet à cirer. Oui, une blanche comme elle, fût-elle une oie, aristo de surcroît, naïve, gentille, intelligente et sans blocage, s'avérait une denrée de choix sur le marché. Les Dragonette ne couraient pas les rues. Hélas, cette provinciale ignorait qu'elle représentait la perle rare, sinon elle aurait demandé un tarif plus élevé. Les bobos le lui auraient accordé sur un plateau d'argent. À ce tarif, elle aurait même gagné plus qu'un professeur agrégé... Car Dragonette avait un autre talent caché : elle était le plus fin cordon bleu que l'on pouvait imaginer. Elle pouvait faire la nique aux trois étoiles car c'était au septième ciel des papilles en folie que montaient ses invités, lors de ses repas hebdomadaires courus par tous les copains de la région, du temps de sa "splendeur".

Inutile de dire que le rendez-vous suivant s'avéra une réussite totale. Dragonette était tout simplement en train de devenir une *successful woman* ! Son bagout séduisit le couple qui ne lui demanda pas de se baisser pour ramasser un hypothétique billet de banque…

Comme ils semblaient délicieux, ces deux-là ! Georges exerçait la profession de coiffeur mais ne travaillait pas le lundi. Il portait un élégant pantalon de velours côtelé fin, noir, et son pull en V, jaune, dévoilait une énorme médaille en or autour du cou, tout en soulignant une brioche assez conséquente. Gaby avait pris son jour pour le passer avec son Georgio. La nature avait gâté Georges en lui donnant dès le berceau une jolie tête, des yeux de biche énamourée, bordés de longs cils, et une bouche aux lèvres pulpeuses… En revanche, Gaby, était doté d'un cou maigrelet que faisait ressortir sans pitié son pull bordé de fourrure.

Au bout d'un quart d'heure d'entretien, ces intuitifs flairèrent le jackpot en la personne de Dragonette et décidèrent en se consultant du regard, de la traiter comme une princesse : ils lui offrirent un thé de Chine fumé agrémenté de petits gâteaux bio, au son des romances à l'eau de rose de Julio Iglesias. Georges ne cessait de virevolter autour du plateau, effleurant subrepticement son cher Gaby à la moindre occasion. Dragonette songea qu'avec sa tenue noire et jaune, et son ventre rebondi, il avait l'air d'une abeille guettant le moment propice pour sucer le miel de sa fleur… Et le trio papotait, caquetait, pétassait… *Les bonnes femmes peuvent aller se rhabiller*, songeait cette Parisienne de fraîche date, certes encore empreinte de gaucherie, en considérant le plateau d'argent où trônaient une théière, sœur siamoise de la sienne et trois tasses en vieux Paris.

– Voilà une dentelle en point d'Alençon, fit-elle remarquer en désignant le napperon recouvrant le plateau. Nous la devons à Colbert qui prit la merveilleuse initiative d'encourager ce point de broderie !

Le petit couple se trémoussa et gloussa de joie :

– Vous nous en apprenez des choses... Que voulez-vous, nous fréquentons souvent les salles des ventes, on y fait des affaires en or. Les gens sont si fauchés qu'ils n'arrêtent pas de brader leurs souvenirs de famille. Souvent des aristos d'ailleurs... Vous n'en êtes pas une, j'espère ? ironisa le Figaro aux allures d'hétaïre.

Voilà qui s'appelle mettre les pieds dans le plat après avoir mis les petits plats dans les grands ! Devant de tels rustres si sympathiques, Dragonette renia aussitôt son arbre généalogique, sa parenté avec Jeanne d'Albret, mère d'Henri IV, les Mousquetaires du roi (ses très grands-oncles), et se présenta sous le nom de Baby Potelée. Les deux hommes applaudirent à grands cris jusqu'à s'agenouiller sur le tapis, pliés de rire : leur future femme de ménage deviendrait à coup sûr la nouvelle icône gay. Dragonette les fit tellement se désopiler qu'elle signa, là aussi, son engagement sur-le-champ.

– Vous avez l'art de chahuter les zygomatiques... Usez de votre humour avec nous, sans modération, roucoulèrent-ils sur le pas de la porte, en la raccompagnant.

Ils étaient enlacés tendrement... C'est si beau l'amour sincère et véritable. Ce n'est guère feu son Hubert qui l'aurait enlacée devant leurs amis. Et pour cause : il butinait sa meilleure amie.

Dragonette sortit de chez eux, en vouant désormais un amour sans faille pour tous les homos de la chrétienté et en son for intérieur, raillait les hétéros qui se sentaient obligés de justifier leurs sentiments à leur égard. Elle méprisait ces traditionnels clichés usés jusqu'à la corde, comme : "Les homosexuels se montrent tellement plus sensibles, plus esthètes, plus raffinés que les femmes dans tous les domaines : aux fourneaux, dans les entrechats, dans les mairies..." Tous ces stéréotypes, au nom de la bonne morale homophile, ô combien hypocrite, lui hérissaient l'épiderme !

Les futurs gages de la téméraire femme de ménage commençaient à former une addition rondelette qui rapprochait la fatidique date de son inscription au cours de musique : la grosse caisse allait passer de rêve à réalité, lui livrant ainsi tous ses secrets. Mais il lui fallait encore meubler le mercredi. Elle retourna alors chez la boulangère qu'elle sentit déçue devant son peu d'enthousiasme pour ses croissants au beurre : seules l'intéressaient ses petites annonces. À force de les passer au peigne fin, (plus fin que le peigne à poux), Dragonette atterrit chez une originale notoire, madame Happy. Cette personne vivait sur un tapis extrêmement matelassé, rempli d'une plante rarissime mais efficace : l'oseille. Hé oui, elle était milliardaire ! Ce n'est pas pour autant qu'elle se mit à l'envier. La mesquinerie n'était pas dans sa culture…

Si ses bajoues recouvraient presque son menton, la vieille dame était dotée d'une dentition qui fleurait l'implant de première qualité. Ses yeux bleu acier surmontaient un nez aquilin lui donnant un air imposant, à la Robespierre. Cette révolutionnaire, amie des grands parfumeurs, sentait plutôt bon. Quel atout pour un être humain qui a vu tant d'années lui passer sur le corps ! Ce jour-là, elle arborait une tenue sportive, un jogging mauve, assorti au nœud qui retenait ses cheveux.

Madame Happy attaqua très fort :

– Aimez-vous le caviar ?

Encore une patronne qui testait ses éventuelles inhibitions…

– Quelle question ! La grande surface de ma province vendait du caviar chinois à Noël et son goût de carton m'a terriblement déçue.

Et Dragonette avec son habituelle simplicité, évoqua les cocktails où elle et feu son Hubert servaient les œufs de lump à la louche avant la fonte définitive de leur magot :

– Les œufs de lump ne sont pas d'une grande originalité, mais après tout, ce sont des œufs de poisson comme le caviar !

La vieille dame la regarda avec compassion et fit aussitôt apporter trois toasts sur un plateau d'argent par Babar, son majordome. Elle voulait mesurer le bon goût de cette femme assise en face d'elle. Elle ignorait qu'une Dragonette de Sermoafort ne dit pas Amen à tout et que si elle n'aime pas, elle ne se gêne pas pour le dire. Celle-ci trouvait de plus en plus étrange d'être testée sans arrêt : à quatre pattes sur les tapis, en train de gymnastiquer en jupe droite, de faire le pitre pour gagner ses galons d'icône ou encore de croquer du caviar. Décidément, tous ces Parisiens lui paraissaient frappadingues !

Les toasts débordaient de petits œufs noir de jais, luisants comme s'ils venaient de passer sous la brosse à cirage.

– Du Beluga, bien sûr, et royal, souligna madame Happy, en invitant la candidate à le goûter. C'est le meilleur !

Sans une seconde d'hésitation, la comtesse de Sermoafort enfonça résolument ses canines dans le premier toast, prête à retrouver le goût du carton, quand elle faillit s'évanouir… de plaisir.

– Je comprends enfin pourquoi certaines femmes s'adonnent sans vergogne au plus vieux métier du monde : pour s'offrir du caviar !

Madame Happy esquissa un sourire, charmée de rencontrer une femme aussi décontractée.

Dragonette s'absorba dans le plaisir gustatif de ces toasts divins, tant l'appel des petits œufs se faisait pressant. À ce prix-là, elle voulait bien être testée tous les jours ! Elle croquait cet amuse-gueule imprévu, donnant coups de dent sur coups de dent. Sa langue s'activait, ses mâchoires broyaient, son palais rugissait de bonheur. Ses papilles explosaient de contentement. Elle avala les trois toasts, au bord de l'extase mystique. Mais pourquoi, oh pourquoi, feu son Hubert ne l'avait-il jamais fait accéder à un tel plaisir ? Ne serait-ce qu'une fois par an ? Hélas, quand les hommes sont réduits à l'état de cendres, allez leur faire des reproches…

Remarquant son air béat, la vielle coquine applaudit à tout rompre en lançant des bravos réjouis.

– Alors, qu'en dites-vous ?

– Madame, rien à voir avec ce que j'ai goûté jusqu'à présent. Ce caviar fait penser à du velours pour la bouche, un petit Jésus en culotte de dentelle.

– Prenez-vous votre pied avec votre palais ?

– C'est géant, répondit Dragonette, éblouie.

– Engagée sur-le-champ, tapa la vieille dame de sa main bijoutée, sur la table. Je ne veux autour de moi que les gens éprouvant du goût pour les bonnes choses de la vie. À cette condition seulement, ils s'épanouissent et répandent la joie de vivre autour d'eux. Je suis âgée et je ne supporte plus les vieilles barbes qui me racontent leurs ovaires, leur prostate ou leur constipation… Du balai, oust ! Au placard tous ces pleureurs, ces enragés des problèmes gastriques, ces empêchés de la joie et ces radins d'eux-mêmes.

La comtesse acquiesça, littéralement comblée par l'idée de ranger enfin tous ces emmerdeurs patentés aux oubliettes. En revanche, elle comprendrait quelques mois plus tard, que manger sempiternellement la même chose, fût-ce du caviar, peut engendrer un certain ras-le-bol. Comme quoi, on peut se lasser rapidement de l'extraordinaire qui compose son ordinaire.

– Néanmoins, vous devez impérativement venir chez moi toujours habillée en tenue de jogging.

Dragonette fut interloquée par cette bizarrerie soudaine.

– S'il le faut… Mais pourrai-je garder mes talons hauts ?

– Malheureuse, vous perdez la boule ! Comment pourrez-vous remonter le boulevard Saint-Germain en courant à mes côtés ? Vous n'avez pas lu attentivement mon annonce… commenta la vieille dame, dépitée.

C'est exact, dans l'excitation, la comtesse n'avait pas tout lu. Et pour cause, un petit malin avait amputé le papier ! Mais à la réflexion, l'idée de trottiner chaque semaine aux côtés de la vieille sportive commençait à l'enthousiasmer. Elle réalisa qu'elle tenait la chance unique de parfaire sa forme et son entraînement à la grosse caisse sur le pavé de Paris.

– Madame, rassurez-vous, je me réjouis à l'idée de courir à vos côtés. Je suis même prête à galoper, s'il le faut !

– J'adore votre enthousiasme. En effet, j'ai surtout besoin de quelqu'un de gai, d'amusant, pour me tenir compagnie. Ici, il y a une armada de femmes de ménage… Vous me serez plus utile à la course à pied qu'au ménage.

Cette promotion réjouit la comtesse au plus haut point. Aussi déclara-t-elle in petto :

– Je pars de ce pas investir dans ma nouvelle tenue de travail.

Madame Happy insista pour l'accompagner au magasin de sportswear, situé à cinq cents mètres de chez elle. Car elle tenait à lui offrir sa tenue. Au bout de deux cents mètres, elle avait déjà semé Dragonette… Trois cent mètres plus loin, cette dernière arriva en crachant ses deux poumons de non-fumeuse. Madame Happy attendait en trépignant depuis cinq bonnes minutes. Elle murmura :

– Ma petite fille, vous manquez sacrément d'entraînement. Vous allez me bénir car, grâce à notre jogging hebdomadaire, vous allez retrouver du souffle et des mollets. Pourquoi croyez-vous que je donne du caviar à mon personnel ? Pour le fer ! Hé oui, le caviar contient du fer… Voilà ce qui vous manque.

La sûreté de son diagnostic estomaqua la nouvelle employée !

Au magasin, madame Happy repéra tout de suite un ensemble rose framboise.

Dragonette gémit :

– Tout le monde va me voir déambuler dans cette couleur.

– Plus vous courrez vite, moins on vous verra !

Devant cette imparable logique, la comtesse acquiesça.

Madame Happy dégotta aussi une jolie paire de chaussures de marche en daim gris.

– Finalement, cette tenue a beaucoup de chic ! déclara Dragonette, enthousiasmée.

Les deux femmes se quittèrent dans les meilleurs termes. La comtesse avait changé de statut en un éclair : de femme de ménage, elle était promue au rang de sprinteuse ! Par la suite, ce n'est guère au pas de course que les deux sportives remonteraient le boulevard mais au triple galop.

– Quand on pense que certains sportifs paient des fortunes pour avoir un coach… Moi, je serai désormais rétribuée pour m'entraîner… déclara le soir-même, Dragonette, époustouflée, à Mustapha.

– Décidément, la chance t'y sourit à pleines dents ! Et Mustapha Defrance se rengorgea, pensant qu'il avait lui-même beaucoup de chance d'avoir rencontré une personne aussi veinarde que Dragonette. Sans le savoir, il adhérait à la grande loi de l'attraction qui veut que les énergies semblables s'attirent !

Après sa rencontre avec madame Happy, la comtesse de Sermoafort se retrouva sur le trottoir, plus enivrée que si elle avait bu quinze coupes de champagne. Et pour cause, ses succès quotidiens commençaient à lui tourner la tête. Un constat positif s'imposa à elle et l'émerveilla une fois de plus : plus elle faisait confiance à la vie, plus la vie devenait généreuse avec elle…

Plus le temps passe, plus je me rends compte qu'à la campagne, j'ai vécu une vie de galérien, disant sempiternellement Amen à ce tyran d'Hubert, se disait-elle sans le moindre ressentiment.

Aujourd'hui, elle était une femme libre, il ne lui restait plus qu'à choisir son camp : allait-elle devenir son bourreau ou sa meilleure amie ? Un matin, elle réalisa enfin que la position de *meilleure amie* vis-à-vis de soi s'avère bien plus confortable. Le haut du sapin de Noël n'était peut-être plus une utopie et l'étoile commençait à se rapprocher plus vite que prévu.

En s'installant à Paris, la comtesse était supposée manger de la vache enragée. En réalité, le menu s'annonçait sous de meilleurs auspices.

Tous les jours, elle squattait la cabine N° 5 de la Poste, prenait mille et un rendez-vous et rencontrait des employeurs. À chaque fois, elle faisait mouche et décrochait un nouvel emploi. Son oncle applaudissait à tout rompre jusqu'au moment où elle décida d'arrêter de tout lui dire : et s'il lui prenait l'idée d'augmenter son loyer ? À sa grande stupéfaction, c'est le contraire qui se produisit. Car le grain vient aux poules qui n'ont plus de dents. En effet, voyant son succès se développer de jour en jour, le vieux grigou comprit enfin tout le bénéfice qu'il pourrait tirer à héberger chez lui un tel porte-bonheur…

Un jour, au petit-déjeuner, il annonça à Dragonette en larmoyant :

– Je suis si fier de toi que désormais, il est hors de question que tu payes un quelconque loyer. J'ai testé tes facultés d'adaptation (lui aussi !) : je craignais en t'accueillant que tu sois paresseuse comme une loche.

Paris La Testeuse avait encore frappé. Chabignol redoutait la nièce à héritage, c'est compréhensible. Dragonette lui avait démontré qu'il n'en était rien. Devant de tels compliments, Fox-Trot adressa à la comtesse un clin d'œil complice, enrobé de miel et de fiel. Comme pour signifier que ce revirement lui était en grande partie imputable… Quel culot ! Dragonette se figea, la cuillère pleine de confiture coincée dans le fond du gosier. Ce qui eut pour effet de chatouiller ses amygdales et déclencha en elle une réaction inattendue : elle se mit subitement à aimer son oncle. Il n'aurait pas à le regretter, le vieux singe. En fait, elle comprit lentement mais sûrement qu'il était dévoré de curiosité à son égard. Il la regardait avec un intérêt d'entomologiste et elle, myope comme une taupe modèle, n'y voyait que du feu !

– Il se bidonne quand il cause de vous, susurra Fox-Trot, dans son français aux couleurs faubouriennes.

Et elle lui donna une tapette complice sur l'omoplate.

La comtesse fit mine de ne pas comprendre. Passer pour une imbécile aux yeux des crétins lui procurait toujours une jouissance indélébile. Cela lui permettait d'en apprendre bien plus sur leurs intentions… En outre, elle était dotée d'un réalisme à toute épreuve : feu son Hubert lui avait tellement répété qu'elle était "aussi fade qu'un kilo d'endives". Dans ces conditions, qui peut se penser digne d'intérêt ?

Toujours est-il que l'après-midi, devant la bonne nouvelle (ce loyer qu'elle n'aurait plus à payer), Dragonette déboula au cours de musique pour réaliser enfin son rêve. Les grands rêves sont les plus exigeants. Ils demandent tout et encore plus de nous-mêmes : de l'abnégation, de la volonté, du courage, de l'audace… Les grands rêves demandent de repousser sans cesse les limites…. Les grands rêves nourrissent l'énergie de l'homme, Dragonette en était l'exemple vivant.

En franchissant le seuil de l'école de musique, la vedette du ménage se trouva face à un homme aux lèvres étonnamment ourlées, et aux joues en forme de steak ; elle en perdit tous ses moyens. Mais son "Mademoiselle, qu'est-ce qui vous amène ?" lui redonna de l'énergie.

– Je viens pour apprendre à jouer de la grosse caisse, susurra-t-elle au joufflu-lippu dont elle apprit plus tard qu'il était le trompettiste en chef de la fanfare.

Apparemment, cette nouvelle ne le fit pas sauter de joie. Au contraire, il commença à se lamenter :

– Dieu sait que nous avons besoin d'élèves, mais il ne va pas être heureux, le Dédé, d'apprendre qu'une nouvelle élève veut lui piquer sa place…

Voyant poindre une larme dans l'œil droit de la postulante, provoqué par un compère-loriot des plus féroces, Joufflu-lippu s'attendrit et modula son propos :

– Je veux bien vous enseigner mais à condition de lui laisser la place aux défilés…

La nouvelle foudroya net Dragonette, car son idéal n'était pas tant de frapper sur la grosse caisse que de défiler à petits pas comptés sur le macadam, sous l'œil ravi des badauds. Leurs quolibets, du style *C'est où tu veux, quand tu veux, à l'heure qui te convient*… valaient toujours leur pesant d'or à ses yeux : il n'y a pas que le silence qui vaut de l'or !

– Parce que deux grosses caisses ensemble…, tenta d'argumenter Dragonette.

– Ça le fait pas ! rétorqua, péremptoire, Joufflu-lippu le trompettiste. Dédé veut garder la vedette…

La décision était sans appel. En même temps, sa connaissance des impondérables incita Dragonette à la raison : le Dédé aurait peut-être une rage de dents, une crise de foie ou une migraine carabinée, ledit jour du défilé ? De toute façon, il lui manquait un entraînement sévère avant de goûter aux joies du goudron parisien...

La comtesse de Sermoafort remplit sa fiche d'inscription, déposa deux photos d'identité et signa triomphalement son adhésion. Demain, elle serait l'as de la grosse caisse si elle n'en devenait pas lasse !

En apprenant la nouvelle, Théodore de Chabignol proposa de faire intervenir son ami, le préfet de Paris. Les grosses huiles, de temps en temps, peuvent aussi servir à jouer de la grosse caisse sur le bitume ? Dragonette fut sidérée de penser que l'on pouvait déranger le Pouvoir, ces hommes si haut perchés, pour les desiderata des petites gens... Elle l'en dissuada aussitôt. Fox-Trot, très inspirée par le petit porto quotidien qu'elle venait de déguster en sa compagnie, la mima en train de défiler. L'oncle se tapait sur les cuisses, sanglotait de rire et Dragonette fit de même. La soirée s'acheva dans les trémolos et les félicitations. Elle prit congé et remonta ses étages presque à quatre pattes. La vie avait vraiment du bon à Paris.

Sa chambre de bonne devenait de jour en jour plus accueillante. Sa théière trônait, plus rutilante que jamais. Pour lui éviter un rôle qu'elle ne méritait pas, Dragonette avait acheté un seau en plastique vert pomme dès le lendemain de son arrivée, idéal pour inspirer et accueillir ses petites envies nocturnes. Elle avait ainsi l'impression de *"faire pipi sur le gazon pour arroser les coccinelles"*.

Le lendemain serait un grand jour pour Dragonette : elle travaillerait pour la première fois chez Roger Mordefroid, thanatopracteur très réputé. Le Tout-Paris, enfin les survivants, se pressait chez lui pour faire embaumer ses morts.

Quand elle arriva, le patron vint l'accueillir en blouse blanche, maculée, un petit pinceau à la main.

– Vous aimez le maquillage ? lança-t-il négligemment.

– Évidemment ! Dragonette grommela un borborygme inaudible.

Elle mettait rarement du fond de teint car le *trompe-couillon* creuse les rides et forme des sillons autour de la bouche. Pour flirter… c'est poisseux !

– Venez, lui dit-il, en la prenant par le bras, je vous emmène rendre visite à un monument de l'Opéra qui vient d'arriver : la diva Maxima. Il faut absolument lui arranger le portrait avant que sa famille ne la voie dans cet état.

Son air absent, froid, glacial même, pétrifia Dragonette qui la trouva néanmoins belle, en dépit de sa bouche immense : celle-ci commençait à s'entrouvrir sur une dentition carnassière contre laquelle contre-ut, triples croches et la mineur, avaient dû allègrement ricocher. Ses yeux mi-clos garderaient pour toujours les mystères de sa vie intime, sans doute pour égayer son au-delà…

Le patron termina de maquiller ses paupières d'un trait d'eye-liner théâtral.

– Tenez, prenez ce fard, poudrez-lui les joues et le menton. Ne tenez pas la houppette de cette façon, plus souple le poignet, beaucoup plus souple. Penchez-vous un peu plus, vous ne risquez rien, elle ne vous mordra pas.

Faut avoir le cœur bien accroché, songea Dragonette qui ressentit soudain une certaine nostalgie pour ses autres employeurs.

Mais à voir le visage de la diva reprendre vie grâce au rose à joue, elle se dit que, finalement, elle pourrait découvrir un véritable intérêt à ce toilettage macabre. Et ce, pour au moins une bonne raison : tous ces morts ne la contrediraient pas. C'était assez jouissif de penser qu'elle aurait en permanence le dernier mot avec eux. Cette idée d'avoir enfin toujours raison lui fit tellement plaisir qu'elle bichonna sa première cliente avec soin. Ce soir, pour la première fois de sa carrière, la diva aurait une extinction de voix. Ce n'était pas une raison pour l'empêcher de jouer son dernier rôle à la perfection ! D'ailleurs, la mort, c'est bien le seul rôle qu'on ne loupe jamais... Dragonette se surprit à entonner le *Dies Irae*, *Dies Illa*, sur un tempo franchement Rythm'n Blues. Le talent de la diva s'avérait peut-être communicatif ?

C'est étrange, remarqua soudain cette novice pleine de bonne volonté, *mes neurones picotent...* Effectivement, il régnait une odeur tenace, âcre, chimique, qui prenait à la gorge et agressait le nez sans vergogne. Vraisemblablement le produit qui servait à l'embaumement... *Certes, ici, on n'est pas chez les Parfumeurs associés*, soupira Dragonette, émue au souvenir du parfum de Rosa Moustika.

Après l'avoir complimentée sur le maquillage de la diva, Roger Mordefroid l'invita à arpenter la salle où quelques corps attendaient leur ultime toilettage avant leur entrée au paradis. Enfin, en principe... Alignés les uns à côté des autres, les riches à côté des pauvres, les vieux à côté des jeunes, les beaux à côté des moches, ils étaient tous logés à la même enseigne : ils reposaient enfin en paix.

Et Dragonette songeait : *Ceux qui sont plus fortunés reposent sur du satin et les fauchés sur du coton. Les uns sont habillés en Hermès et les autres en Monoprix. Cela change-t-il quelque chose pour eux ? Rien. Leur issue est identique. Dans quelques mois, la belle chemise en dentelle ou la veste de smoking en soie sera réduite en lambeaux tandis que les corps seront tous boulottés par les vers qui ne boudent jamais de tels menus. Ils ne font pas les difficiles, festoyant aussi bien dans les corps sains que dans les corps en ruine. La grande faucheuse fait justice partout où elle passe. Au bout du compte, la même poussière pour tout le monde...*

Un autre détail frappa cette courageuse personne : les trépassés portaient tous un bracelet identique, fait d'un simple fil de fer terminé par un sceau en plomb. Signe immuable, posé par les policiers municipaux, pour signifier que les corps sont en règle pour leur ultime départ passant par l'enterrement ou la crémation. Elle songeait qu'à la naissance chaque bébé est également affublé d'une marque de reconnaissance en plastique, glissée au poignet :

– Dès notre arrivée sur terre ou à notre décès, nous voilà étiquetés comme les volailles sur les marchés, poinçonnés à la vie à la mort… remarqua-t-elle.

– Bon esprit d'observation, répondit le thanatopracteur.

Elle passa à côté d'un homme aux poches visiblement rembourrées. Elle tâta par curiosité et sentit une ribambelle de bagues à travers le tweed de son tailleur.

– Ce millionnaire désirait être enterré avec toute sa quincaillerie en or massif, diamants et pierres précieuses. Malheur s'il prenait l'envie à une de mes employées de les lui "emprunter". Tous ses bijoux ont reçu une petite séance de maraboutage afin d'envoûter les voleurs : ainsi les bagues rongeraient les doigts tandis que les broches brûleraient le tissu sur lequel elles seraient épinglées, déclara, cynique, Roger Mordefroid.

S'il croyait qu'une Dragonette de Sermoafort allait faire les poches des macchabées, il se méprenait !

Là, serrés l'un contre l'autre, se tenaient une femme et son bichon maltais, les babines définitivement retroussées :

– Voilà deux amis foudroyés lors de leur balade quotidienne au bois de Boulogne. Ils n'ont rien vu venir, ils n'ont pas eu le temps de souffrir. Comme elle n'avait que lui au monde, il n'y a pas de raison qu'on les sépare…

Un petit nœud rose, orné de strass, pendait misérablement autour du cou du chien. Sa maîtresse portait un élégant tailleur en daim et des bottes en agneau : elle avait toujours adoré les animaux ! D'ailleurs, sa ressemblance avec son bichon était frappante.

La comédie humaine se déroulant sous ses yeux fascinait la future spécialiste en thanatopraxie, qui se pinçait pour bien s'assurer de n'être pas en train de rêver. Tiens, ce visage d'homme exprime un mépris indescriptible… Quel secret peut-il bien cacher derrière ce masque impavide ? Qui a-t-il aimé ? ou trahi ? ou abandonné ? Encore un être qui emporte son mystère dans la tombe…

Ce défunt affichait un visage tellement antipathique qu'il lui ôta toute envie de le contempler, lorsqu'elle vit une femme entrer dans ces lieux et s'approcher du corps, totalement éplorée :

– Qu'est-ce que je vais faire sans toi ? gémissait-elle en une litanie continue.

Dragonette prendrait conscience, plus tard, que ce leitmotiv revient plus particulièrement dans la bouche des survivants : "Et moi, que vais-je devenir ?". Entre larmes et cris de détresse, c'est quand même le *moi-moi…* qui occupe toujours le devant de la scène. Une sacrée vedette, le moi-je. *Finalement, ceux qui restent sur cette terre commencent par pleurer sur eux-mêmes tandis que les morts ont bien fini de pleurer. Pour un grand nombre, la perte de l'être aimé se révèle une amputation de soi-même, mais pour d'autres, du porte-monnaie. Décidément, la vie est toujours plus facile quand on la partage à deux !*

Dragonette philosophait, quand elle vit Roger Mordefroid revenir vers elle, une bouteille de whisky à la main.

– J'ai ce qu'il faut si vous ne tenez pas le choc. D'ailleurs, moi je ne me prive pas. Ce n'est pas quand on ne sera plus de ce monde qu'on s'en mettra plein derrière la cravate, conclut-il, en se servant une rasade bien tassée.

La comtesse jugea cette réflexion d'une trivialité innommable et refusa net quand elle aperçut le corps d'un petit garçon, dans l'angle de la pièce.

– C'est anormal de mourir quand on est jeune et beau comme un ange, c'est insupportable.

La larme à l'œil, elle changea d'avis et tendit son verre au thanatopracteur dont le nez virait de minute en minute au rouge aubergine. Mais la vue de cet appendice nasal rempli de confusion et d'alcool l'incita à prendre une décision sans appel : ne plus jamais accepter de boire pendant le travail, surtout si son propre nez devait prendre le même chemin !

– Pour tenir le coup, il faut boire un coup, asséna le thanatopracteur en se tapant sur les cuisses. De toute façon, il y a une certitude, la mort, c'est héréditaire.

La justesse du propos laissa pantelante cette intrépide apprentie. *J'ai une passion à assouvir, donc je vais assurer*, marmonna Dragonette, loin de se douter qu'elle passerait ici des moments mémorables, peuplés de fous rires et d'anecdotes croustillantes, à raconter aux copains. *Il n'y a rien d'inutile dans la vie. Tout dépend juste de la façon dont on perçoit l'utile.*

Sa matinée passa à la vitesse d'une fusée intersidérale : elle avait lavé dix corps, maquillé trois femmes, embaumé deux chiens et un chimpanzé.

– Au début, on commence par se faire la main sur les animaux, avait ricané Mordefroid Vous irez loin ! grommela-t-il dans sa barbe.

Lui aussi avait remarqué que Dragonette n'avait aucun blocage.

Lorsqu'elle rentra dans ses appartements, elle fut interpellée par Mustapha qui lui avait mitonné une *kefta* de rêve, précédée de feuilles de brik à l'œuf, assaisonnées au cumin. Dragonette, alléchée par les effluves qui sortaient de son antre, n'eut pas le courage de refuser l'invitation. Mustapha la traita comme une impératrice : il avait dressé une ravissante table avec bougeoirs en plastique argenté et couverts dorés. Il mit une musique arabe propice à la danse du ventre. Dragonette dégusta tout ce qu'il proposait comme si elle n'avait pas mangé depuis quinze jours. Les deux se quittèrent avec force salamalecs sur le pas de la porte. Néanmoins, Dragonette dut jurer que la prochaine fois, elle apprendrait avec lui l'art de la danse orientale.

Quand elle se mit au lit, Dragonette fit des rêves étranges : le thanatopracteur livrait un duel à un *érospracteur*, déguisé en ange. (Même en rêve, le cerveau peut produire des néologismes !) Puis ce dernier la poursuivait pour lui "rouler des pelles" (l'expression favorite de Mustapha) : elle refusait les baisers enflammés de l'*érospracteur* et remontait le boulevard Saint-Germain en courant, les joues remplies de caviar. Car elle avait rendez-vous avec une grosse caisse.

La comtesse se réveilla dans une forme éblouissante, ses émotions érotiques nocturnes l'avaient mise d'excellente humeur. Elle ignorait que, de l'autre côté du mur, Mustapha connaissait depuis trois jours une turgescence à un endroit particulièrement douloureux quand il ne peut s'exprimer… "Veux-tu rester tranquille", lui disait-il en le caressant affectueusement. Mais le dard ne voulait rien entendre et refusait toute résipiscence. C'est Dragonette qu'il voulait. Point barre ! Or elle passait et repassait en toute insouciance devant lui et l'espoir de nuits meilleures ne semblait pas l'effleurer le moins du monde. Il ignorait que la bête de sexe qui sommeillait en elle était assommée par l'air parisien. Cette vie nouvelle exerçait sur elle l'effet d'un puissant sédatif.

Mustapha commença à faire un complexe. Pour une fois qu'une blanche lui plaisait et qu'elle était dodue à souhait, pas de chance, elle devenait atteinte de la cécité des neiges à son contact. Il décida au bout de la semaine d'aller consulter son frère le marabout qui lui demanda trois poulets, cinquante mètres de tissu et cent euros en échange de l'envoûtement. Dragonette coûtait la peau des fesses. *Mais quelle peau… et quelles fesses !* fantasmait-il !

Et l'ex-châtelaine ronflait à poings fermés au point de ne plus être réveillée par ses reins à 4 heures du matin…

Au bout de trois mois environ, les sortilèges du marabout commencèrent à faire de l'effet. Mais pas du tout ceux escomptés par Mustapha. Au régime forcené où elle travaillait, Dragonette fondait à vue d'œil. Ce qui ralentit un peu le désir de Mustapha qui put enfin passer des nuits beaucoup plus sereines. En revanche, Dragonette commençait à prendre goût à la présence de ce beau Marocain, à sa peau mate bien luisante, parfumée au patchouli, et à son regard aussi doux que ses loukoums. De plus, tous ces poils noirs sortant en buisson de son plastron le rendaient fort appétissant. Allait-elle attraper la balle au bond ? La libido de Dragonette se réveillerait-elle à la vitesse d'un TGV qui sort d'une gare, pour monter ensuite à 300 km/heure ? La vie propose des scénarios tellement insoupçonnables… Allait-elle offrir de belles nuits à ce maître-queue, sûrement très travailleur ?

Mustapha ? Travailleur ? Son poil dans la main s'apparentait plus à un baobab géant qu'à un poil ordinaire. Son seul travail consistait à briquer ses W.-C. et à concocter de bons petits plats pour lui et Dragonette. Enfin, pour Dragonette et lui, honneur aux dames ! En revanche, il commençait à se montrer un conseiller fort avisé : la nature l'avait doté des capacités voulues pour devenir le Talleyrand de la comtesse. Mais allait-elle seulement prendre conscience du talent de Mustapha Defrance ? Ce dilemme taraudait le cœur du pauvre Marocain du septième étage de l'immeuble cossu du boulevard Saint-Germain…

Chapitre 4

Cela faisait une semaine que Dragonette avait commencé sa grande carrière parisienne. Ce lundi matin, elle se rendit chez la psychiatre pour la deuxième fois. Elle la trouva encore plus abattue, le cheveu gras et le teint jaunâtre du coing prêt à cuire en gelée. Dragonette se sentit obligée de lui demander comment s'était passé son week-end.

– Une cata, répondit la psy, à croire que les hommes me fuient dès que je m'approche d'un peu près. La solitude commence à me peser… Heureusement qu'Hector est là.

À la même seconde, Dragonette sentit l'affection d'Hector à son égard, tout heureux de retrouver ses appétissants mollets. En une semaine, elle l'avait oublié. Pas lui. Il se mit à tournoyer autour d'elle, semant les poils drus de sa fourrure compacte, à tel point que le nez de Dragonette commença à la démanger de façon significative. Son allergie aux poils d'animaux commençait-elle à se manifester ? Heureusement, la gratouille passa aussi vite qu'elle était venue. Dragonette, si gentille avec tout le monde, se dit qu'elle allait transformer l'antre noir de sa patronne en un lieu sain, propre et agréable. Mais elle avait saisi qu'Anne-France et elle partageaient le même drame : celui de n'être pas désirées. Encore que Dragonette, depuis quelques jours, ne baignât plus dans le même cas de figure : le regard de Mustapha, les attentions de Mustapha, la gentillesse de Mustapha, ses couscous succulents… en disaient long sur ses intentions. Mais en dépit de cet intérêt inattendu et inespéré, Dragonette s'était persuadée, une bonne fois pour toutes, qu'elle n'appartenait pas à la catégorie des *désirables permanentes*, mais des *indésirables temporaires* ! Par conséquent, elle n'accordait aucune attention aux manifestations de séduction. Dragonette pouvait parfois déclencher des coups de foudre inattendus mais elle l'ignorait. Tôt ou tard, elle ouvrirait son cœur à sa nouvelle patronne. D'ailleurs, la prochaine fois, elle lui apporterait un bouquet de fleurs. Cela donnerait des couleurs, de la vie et du moral à cette brave psy qui, soudain, trouva ridicule de s'être livrée ainsi à sa "bonne". *La bonne*... quelle terminologie obsolète, aussi vieillotte que la mentalité d'Anne-France.

Au moment où Dragonette s'apprêtait à ouvrir la bouche, Anne-France se reprit et lui balança violemment :

– Oubliez tout ce que je vous ai dit. Je voulais tester votre faculté d'écoute. Le placard à balais se situe ici. Vous y trouverez une blouse blanche que je vous prierai d'enfiler. Cela fera plus professionnel que votre tenue de pensionnaire.

Les hypothétiques confidences de Dragonette furent aussitôt reléguées en chambre froide. Et à la place d'un bouquet de fleurs, c'est un bouquet d'orties qu'elle lui offrirait ! La complicité avec sa nouvelle patronne ne s'amorçait pas dans le meilleur des mondes.

Dragonette découvrit alors que la chambre d'Anne-France était peinte en noir avec rideaux assortis, sa salle de bains en gris foncé, sa salle à manger également. L'appartement en deuil était assorti au moral de sa propriétaire, totalement dépressive d'après elle. Le diagnostic établi, Dragonette décida qu'il était hors de question qu'elle fasse à son tour une dépression, maladie virale des plus contagieuses comme chacun sait. Mais comment lui faire passer le message, "mine de rien" ? Dragonette savait que le noir absorbe terriblement l'énergie. Aussi commença-t-elle à chantonner un air de *La belle Hélène* d'Offenbach, adapté à sa sauce :

– Le noir est un grand pompeur, un super pompeur, un vrai pompeur… eur… eur… d'énergie.

Le chien battait la mesure avec sa queue.

Anne-France déboula, écumant de rage :

– Ici, on ne chante pas, on ne se dandine pas, on ne fait pas semblant d'être heureux !

C'était la réflexion que l'on ne pouvait se permettre de dire à Dragonette. La rébellion monta en elle comme une déferlante, en un quart de seconde :

– Chère Madame, aucun patient n'est encore arrivé. J'aime la vie, je chante, j'ai le moral, je suis Normale, moi, avec un N majuscule. Et je tiens à le rester.

Le loulou de Poméranie, se sentant également concerné, prit le parti de Dragonette et se mit à aboyer contre sa maîtresse. Celle-ci, sidérée, laissa tomber les bras en murmurant :

– Si vous êtes normale, alors, tout va bien !

Et elle tourna les talons. Anne-France n'affrontait jamais les situations de face surtout lorsqu'elle avait affaire à plus fort qu'elle, comme dans le cas présent. Néanmoins, Dragonette n'en tira aucun avantage et dépoussiéra les meubles avec une dextérité et une huile de coude première pression à froid, qui laissa Anne-France pantelante d'admiration. Au premier coup de sonnette, deux heures plus tard, l'appartement rutilait, expirait, inspirait, en un mot respirait, car, enfin, il avait été aéré : la vie circulait à nouveau ! Anne-France souriait même quand Dragonette fit entrer le premier patient. À voir ce visage soudain éclairé, elle la trouva presque charmante.

Au second coup de sonnette, Dragonette se trouva face à un monsieur en larmes, un obèse d'environ cent quatre-vingts kilos. Son visage luisait, tel un toast encore chaud et trop beurré. Avec tous les surplus de chair qui dégringolaient de sa silhouette, il tenait du Shar-peï, chien rare drapé lui aussi dans une multitude de plis. En le dirigeant vers la salle d'attente, Dragonette crut bon de le réconforter en le prenant par le coude. Ayant le sentiment d'être enfin compris, l'homme se jeta dans ses bras. Dragonette, déséquilibrée par cet élan inattendu, s'étala sur le canapé, entraînant l'obèse dans sa chute. Il s'affala sur elle de tout son long et commença à l'étouffer... finalement tout heureux de sentir un corps féminin sous lui, ce qui ne lui était pas arrivé depuis des lustres ! Ce gros monsieur avait un mal fou à s'extirper du canapé. La malheureuse ne savait plus comment se tirer de ce mauvais pas, son effroi redoubla quand elle entendit Anne-France raccompagner sa première patiente. Que faire ? La psy allait les trouver littéralement enlacés sur le canapé. Qu'allait-elle penser alors que Dragonette, n'écoutant que son bon cœur, avait juste voulu rendre service et soulager cet homme de toute la misère du monde ? Hélas, l'énergie du désespoir ne lui permit pas de se dégager à temps. Quand la psy rentra dans la salle d'attente, elle vit la folle étreinte du couple qu'elle interpréta illico : elle imagina que, grâce à son traitement de choc, son patient avait enfin retrouvé sa libido et que Dragonette était une "chaude de la craquette", l'expression favorite de Fox-Trot. La cervelle d'Anne-France fonctionnait au quart de tour : elle sentit soudain tout le parti qu'elle pourrait tirer de sa femme de ménage. Pourquoi celle-ci ne servirait-elle pas d'appât pour tous les impuissants qu'elle traitait ? Son sourire s'agrandit encore et elle adressa une remarque enthousiaste à l'homme qui venait tous les quinze jours pleurer sur lui-même :

– Vous me semblez en super forme depuis la dernière fois, je vous félicite !

Quant à Dragonette, au bord de l'asphyxie, elle voyait sa mort arriver à grands pas. Car l'obèse ne bougeait plus et enfonçait consciencieusement sa phénoménale bedaine dans son pauvre thorax. Elle imaginait son estomac et son colon défoncés, avec ses kilomètres d'intestins, qui, petit à petit, étaient broyés sous ce poids. Cauchemar ! Ce fut Hector qui sauva la mise et devint le héros du jour, en mordillant les mollets de l'obèse. Celui-ci, sentant les canines acérées dans sa chair, retrouva l'énergie suffisante pour se redresser. Dix secondes de plus et Dragonette mourait étouffée. Mais le Ciel n'en avait pas décidé ainsi : elle put enfin reprendre sa respiration et, à partir de ce moment-là, éprouva pour Hector une éternelle gratitude.

– Bravo pour votre sang-froid, lui murmura Anne-France, enchantée de ce qui venait de se passer.

Une fois ces deux-là installés dans le cabinet, Dragonette eut beau tendre l'oreille, elle ne perçut aucun bruit… et mit un mouchoir sur sa curiosité, somme toute assez légitime. Elle en retira néanmoins un enseignement précieux : ne jamais adopter la position du missionnaire avec un gros. Voilà une posture qui coupe le souffle et peut vous envoyer *ad patres.* Finalement, il vaut toujours mieux avoir le dessus !

Au troisième coup de sonnette, Dragonette alla ouvrir la porte en marchant sur des œufs. Elle se trouva face à un humain dont elle ne sut dire s'il s'agissait d'un homme ou d'une femme. "C'est un gars-fille" aurait-on dit dans sa campagne. Mais ce terme désignait plus un homosexuel que l'être indéterminé et indéterminable qui se tortillait comme un ver blanc devant elle. Quelle situation inconfortable lorsqu'on ne sait si l'on doit dire *Monsieur* ou *Madame* à un être sans sexe. Dragonette ne pouvait dire *Cher ami*, c'eût été trop familier. Elle comprit soudain qu'ouvrir la porte était un métier, que dire, un art, et qu'elle aurait forcément besoin d'un apprentissage de quelques semaines. *L'autre* sentit le désarroi dans lequel il plongeait Dragonette. Il était coutumier du fait et afficha un sourire narquois :

– Vous êtes nouvelle, ici, c'est la première fois que je vous vois ! Cela doit être passionnant d'ouvrir la porte…

Une certitude s'imposa à l'esprit de Dragonette : ce visiteur au sexe non encore répertorié se distinguait par une muflerie aiguë ! Dragonette bougonna quelque chose d'incompréhensible, qui sembla plaire à cet individu étrange.

Finalement, la vie se montrait passionnante depuis qu'elle avait quitté sa campagne profonde qu'Hubert qualifiait toujours avec mépris de "trou du cul du monde". A contrario, Paris s'imposait comme le nombril du monde, si chic avec ces femmes élégantes, certes refaites de l'orteil au sourcil, du nombril au bas-ventre et de l'oreille droite à l'oreille gauche. Et ces hommes sexy, aux cheveux teints et aux ongles passés au vernis incolore… Paris n'était pas le *trou du cul du monde*, mais la capitale du grand capital et des gens qui misaient tout sur le paraître plutôt que sur l'être… Dragonette se surprit à partir dans le jugement et se fustigea. Quelle horreur ! elle qui savait toujours se montrer si bienveillante envers les autres.

Lorsque l'obèse sortit, le sexe indéterminé rentra dans le cabinet. Le cabinet de la psy fonctionnait tel le principe des vases communicants.

La dernière patiente arriva vingt minutes plus tard. Dragonette fut littéralement agressée par la logorrhée terrifiante de la jeune femme : elle ne put pas placer une seule virgule et encore moins un mot. Cette créature, pire qu'un moulin à paroles, montrait un état d'excitation incontrôlable, preuve d'une réelle hystérie. Riche de ce qu'elle venait de vivre, Dragonette n'osa pas la prendre par le coude mais lui proposa de s'asseoir. La bavarde intarissable n'entendait rien et se mit à arpenter la salle d'attente de long en large tandis que Dragonette la suivait, avançant de trois pas, reculant de quatre, pour essayer de la calmer. Il s'ensuivit un étrange ballet qui cessa au moment où Dragonette se prit les pieds dans le tapis et tomba en avant sur l'hystérique. Les deux femmes se retrouvèrent au sol, Dragonette à moitié à cheval sur la patiente d'Anne-France qui, évidemment, ouvrit la porte à ce moment-là.

La psy n'en crut pas ses yeux et attribua à la pauvre Dragonette une sexualité plus que débridée. Quel tempérament ! Son employée s'attaquait aussi bien aux hommes qu'aux femmes… Ces mauvaises pensées la firent trébucher à son tour et elle se retrouva allongée sur Dragonette, qui, pesant deux fois plus lourd, écrasait consciencieusement la patiente ! Le loulou aboyait, ravi de voir tous ces mollets alléchants à portée de crocs. Anne-France se montra parfaite, garda son self-control et, la première debout, aida les deux femmes à se relever. Dragonette, navrée, trouva tout de suite le coupable : Hector ! Il avait caché son os sous le bord du tapis entraînant ainsi la chute des trois muses. Hélas, la diarrhée verbale de la visiteuse quadrupla sous l'effet du choc. La psy, avec force gestes, la pria d'entrer dans son bureau. Dragonette comprit alors que sa patronne se conduisait en vraie professionnelle : elle venait de calmer les éléments, tel le Christ transformant la tempête en une mer d'huile, étale comme l'eau dans le verre. L'ayant vu faire, elle se dit qu'elle essaierait la même technique la prochaine fois. *Aux innocents…*

Lorsque fut terminée sa matinée, elle eut l'impression qu'elle venait à peine d'arriver. Les quatre heures étaient passées à une allure faramineuse. Elle tremblait de se retrouver devant Anne-France qui la soumit à un tir groupé de questions. Heureusement, les réponses de Dragonette coïncidaient avec celles de la patiente qui avait expliqué comment elle était tombée. Alors Anne-France, enchantée de la mansuétude de madame de Sermoafort, la félicita au-delà de toute espérance, en lui susurrant qu'elle avait peut-être de grands projets pour elle. Dragonette commença à la trouver fort sympathique. Oui, elle lui offrirait un bouquet de fleurs, la prochaine fois, et reléguait définitivement les orties au placard.

Morte de faim, Dragonette avisa un fast-food et commanda un sandwich au poulet, qui n'en avait que le nom : une mayonnaise à l'huile rance tapissait une feuille de salade fripée comme une fesse de vieillard cacochyme qui recouvrait une tranche de supposée viande blanche, aussi dure et froide qu'un iceberg. Cet ignoble en-cas provoqua une douleur vive sur sa dent cariée. Quelle arnaque…

– Ils ne sont pas dégoûtés, les clients. Moi, si j'avais un fast-food, je les traiterais mieux, lança-t-elle, furieuse, à l'adresse de la vendeuse qui haussa les épaules d'un air blasé.

Elle en avait vu d'autres.

– La prochaine fois, essayez le sandwich au croco, vous aurez l'impression de manger des fruits de mer.

Et voilà que le saurien réapparaissait ! Il existait donc le petit malin qui avait l'art d'accommoder les crocodiles en sandwichs et autres plats gastronomiques !

Dragonette répondit que le crocodile sent la vase : elle en avait eu un à ses pieds, heureusement à moitié anesthésié, lors d'une représentation au cirque. Alors, le sandwich à la vase, non merci ! Et puis, les crocodiles ne la faisaient plus fantasmer depuis des lustres. Depuis la mort d'Hubert, plus personne ne la prendrait pour une cloche. Alors elle commanda une barquette de frites passées dans une huile de friture couleur macadam qui devait en être au moins à sa vingt-cinquième cuisson. Elle eut l'impression de mettre des bouts de charbon dans sa bouche. Heureusement, elle avait un estomac d'autruche et, avec un peu de chance, Mustapha lui préparerait ce soir un bon dîner…

Revoir Rosa Moustika lui procurait d'avance un bonheur indicible. Lorsqu'elle vint lui ouvrir la porte, Dragonette n'en crut pas ses yeux. Le décolleté de Rosa était carrément vertigineux, au point de lui donner une petite émotion. Ridicule, une fille de dragon ne peut en aucun cas avoir des tendances homosexuelles. En réalité, Dragonette venait de sentir ce qui peut plaire aux hommes : le sexe, le sexe, le sexe… À la campagne, les seins sont considérés comme objet de péché, les décolletés montent jusqu'au menton et les jupes descendent à mi-mollets ! Rosa possédait tout simplement l'art de mettre en valeur ce que la nature lui avait offert. Et ce spectacle devait sûrement procurer aux hommes la même émotion que celle ressentie par Dragonette.

Comme cette peau rose ressemble à du velours, comme c'est agréable à regarder… pensait Dragonette qui, absorbée par ce spectacle, n'avait pas encore détaillé la tenue complète de Rosa : cuissardes violettes, jarretelles en velours mauve et string noir, qui dissimulait à grand peine le bijou de famille. Rosa tenait un fouet à la main qu'elle brandit telle la victoire de Samothrace et, tout sourire, murmura :

– Bonjour, Baby Potelée. La position horizontale n'étant pas celle que je préfère, ce matin, je fouette !

– Très peu pour moi, les lanières de cuir, répondit Dragonette, mi-figue, mi-raisin.

– Le fouet provoque une excitation systématique sur les fesses de ces messieurs. Il fait monter le désir de manière indélébile. Mais je ne pratique que le fouet et le martinet. Je n'utilise pas le chat à neuf queues : torturer mes clients, quelle horreur ! Hors de question de marcher sur les plates bandes des sados-masos. Un jour, je vous ferai une petite démonstration.

– À condition d'avoir le coquin qui va avec, répondit Dragonette, tout émoustillée et reprochant mentalement à feu son Hubert de ne pas avoir partagé ce charmant petit jeu avec elle.

– Évidemment, ma chérie, je comprends que vous ne couriez pas après la veuve poignet.

Dragonette ignorait le sens de cette expression. Désirant dépuceler sa naïveté, elle en demanda l'explication à Rosa :

– La veuve poignet ?

Devant l'air désolé de Dragonette, Rosa crut bon d'aller plus loin dans les explications :

– Quand une femme n'a pas d'homme, elle se caresse et se donne un orgasme. Ce massage en solitaire procure du plaisir. C'est mieux que rien, mais rien ne vaut un homme.

De toute sa vie, cette campagnarde n'avait entendu un discours aussi osé. Et joignant le geste à la parole, elle commença à se caresser les bras. Rosa subodora que la pauvre créature ne savait pas où se situait l'objet du plaisir.

– C'est le clito qu'il faut caresser. Pas les bras.

– Je connais très bien les clitos, j'en cueille à l'automne. Ce sont des champignons délicieux, pouffa de rire Baby Potelée, pour montrer qu'elle connaissait le sujet. Elle était incollable sur les clitocybes !

– Baby Potelée, vous êtes une marrante ! Mais vous avez besoin d'une petite remise à niveau : si votre naissance vous a donné une particule, il semblerait, en revanche, que la partie cul ne soit pas encore au point... Mais mon premier client arrive bientôt, la leçon de choses sera donc pour une autre fois. Au fait, je vous ai préparé une tenue adéquate pour accueillir ces messieurs. Qu'en pensez-vous ?

Baby Potelée aperçut avec stupéfaction, posée sur un fauteuil du salon, une combinaison noire en simili cuir, dans laquelle Rosa lui proposait de se glisser.

– Mes kilos en trop vont-ils pouvoir rentrer dans cette... tenue, protesta-t-elle, faiblement.

– Évidemment, c'est du 46. Vous allez aussi porter cette perruque blonde, personne ne vous reconnaîtra. Je vais vous maquiller et vous faire des yeux de biche... Et une bouche pulpeuse à la Marilyn ! Plus tard, quand vous serez plus au courant, et si cela vous amuse, vous donnerez la fessée aux clients à ma place !

Oh là là, heureusement que mon père, officier du 2e régiment des dragons, est déjà désintégré quinze pieds sous terre, pensa la novice, partagée entre l'effroi du crime qu'elle croyait commettre et l'excitation de la nouvelle aventure qui s'offrait à elle. Elle assassinait sans vergogne Dragonette pour renaître en Baby Potelée. Changement de personnalité, changement de critères ! Il ne fallut pas plus d'un quart d'heure à Rosa pour transformer cette femme passe-muraille en une femme désirable.

Rosa applaudissait de joie, comme un petit enfant : sa nouvelle recrue était vraiment *tip top*... Lorsque Dragonette s'aperçut dans la glace, elle se prit pour quelqu'un d'autre, tant le résultat était saisissant. Ah, si Mustapha la voyait dans cet accoutrement... Bizarre, pourquoi avait-elle pensé à Mustapha ? Il n'était pas le seul mâle de la planète !

Le premier coup de sonnette interrompit ses réflexions et elle se rendit à la porte, en tortillant du croupion et en se tordant trois fois la cheville, car Rosa l'avait juchée sur douze centimètres de talons. Cela lui donnait une démarche chaloupée à souhait et imprimait trois double-huit à la minute à sa colonne vertébrale, sidérée de ce nouveau régime. Vu de dos, son postérieur balançait terriblement bien. Elle pouvait encore être sexy, Mamy Potelée !

En découvrant Dragonette, le premier client loucha sur sa silhouette mais la fermeture éclair de la combinaison érotique montait jusqu'au menton, comme pour dire stop. Tout était étudié pour que les hommes ne puissent avoir des idées mal placées avec Baby Potelée. Sauf de dos !

– Suivez-moi, je vous conduis au boudoir de madame Rosa.

Le client la suivit d'autant plus volontiers que les fesses rebondies de Baby Potelée possédaient les attraits nécessaires pour le mettre en appétit. Rosa, très empathique avec sa nouvelle assistante, la présenta à son client qui loua ses formes suggestives.

Jamais cet homme n'honora Rosa aussi galamment. À la suite, il faut l'avouer, d'une séance de flagellation qui lui arracha des cris, des gémissements, des râles ; c'était le prix à payer pour faire monter le désir au creux de ses reins. Il ressortit de la chambre de Rosa en sifflotant, avec un sourire qui en disait long sur le plaisir qu'il venait de ressentir. Cela rassura aussitôt Baby Potelée, un peu affolée par ce mélange de claquements de fouet et de hurlements mi-lubriques, mi-plaintifs, accompagnés par les douces chansons de Vanessa Paradis.

– Voilà 50 euros pour l'ouvreuse la plus sexy que je connaisse. Bye-bye, mon chou.

Sidérée, Baby Potelée vit atterrir dans sa main ce gros billet et fut éblouie par cet argent si facilement gagné. Rosa l'embrassa sur la joue et lui demanda :

– Heureuse, ma chérie ?

– Oh oui… J'ai les mêmes besoins qu'un bébé rhinocéros !

– Aah…, ne put que prononcer Rosa, surprise par la répartie décalée de sa nouvelle assistante.

– Oui. Un bébé rhinocéros, privé de sa maman, peut mourir s'il ne reçoit pas d'affection de quelqu'un d'autre. Moi, c'est pareil. Personne ne m'a parlé gentiment comme vous depuis tellement d'années. Vous me faites revivre… Merci du fond du cœur.

Dragonette, spécialiste ès rhinocéros et kangourous, tenait sa science des émissions de télévision qu'elle regardait pendant qu'Hubert pourchassait les gazelles de province. “À chacun ses animaux !”, clamait-il, en songeant au beau gibier qu'il venait de lever. Comme il rapportait soit un lapin, soit un cuissot de sanglier à chaque expédition amoureuse, Dragonette le croyait toujours à la chasse. Mais l'obsédé ne chassait qu'au lit les jeunes effrontées de la région.

La déclaration si spontanée de Dragonette toucha Rosa au plus haut point et elle la regarda avec affection. Elle avait, elle aussi, enfin affaire à quelqu'un de vrai, de sincère, à une grosse boule de tendresse d'une naïveté aussi monumentale que l'Annapurna.

Les coups de sonnette incessants empêchèrent la nouvelle recrue de faire le ménage. Au bout des quatre heures, Rosa la régla rubis sur l'ongle.

Dragonette quitta à regret sa combinaison de cuir sous laquelle elle transpirait à grosses gouttes, puis se démaquilla et se rhabilla. Elle éprouva un net rejet à l'idée d'enfiler de nouveau sa petite tenue bleu marine sans charme, asexuée comme un habit de nonne. Comment pouvait-elle s'habiller de manière aussi conventionnelle, fade et ennuyeuse ? Elle ressemblait à une vraie quiche ! Elle décida qu'il lui fallait désormais reconsidérer toute sa garde-robe si elle voulait encore plaire à la gent masculine. Il ne lui restait plus tellement d'années, dix ou quinze, guère plus, avant d'être attaquée par des rides irrémédiables et par une descente vertigineuse des organes, de la peau devenue définitivement flasque… sans compter les muscles qui deviendraient mous comme du papier mâché sur des os imbibés de rhumatismes.

Baby Potelée avait eu conscience de devenir une autre femme en enfilant la combinaison noire. Cette nouvelle peau lui avait procuré une sensation très inattendue et excitante, car ce changement s'opérait au niveau le plus intime de sa féminité. Était-ce encore possible de devenir une femme séduisante à cinquante-quatre ans ? Ces douze centimètres de talons, qui, d'un seul coup d'un seul, modifient la façon de se tenir, de déambuler et, par conséquent, excitent les hommes, n'étaient-ils pas de l'ordre de l'illusion ? Oui, mais une illusion qui fait illusion, ça peut payer… Finalement, ne faudrait-il pas se déguiser un peu plus, au lieu de porter un uniforme au bureau ou dans la vie ? Le vécu ne deviendrait-il pas plus palpitant avec des arguments de ce type ? Au bout du compte, il suffit de pas grand-chose pour devenir sexy : une croupe qui fait des huit, un déhanchement, sans arthrose de préférence, un décolleté qui plonge avec audace servi par un soutien-gorge pigeonnant… Mais madame de Sermoafort n'avait pas encore pris conscience d'un état de fait sans ambages : pour changer l'extérieur de son être, il faut d'abord transmuter l'intérieur. Et ce travail-là ne se fait pas en un quart d'heure ! En revanche, *bis repetita placent*, elle possédait cet atout unique et rarissime que les Parisiens lui ressortaient en boucle : son absence totale de blocages. Elle ignorait encore jusqu'où cette vertu la mènerait…

En additionnant le fruit de son travail et ses pourboires pléthoriques, son porte-monnaie en ce seul lundi, contenait près de quatre cents euros. La vie à Paris s'annonçait absolument grisante.

À ce train-là, fini les sandwichs aux glaçons de poulet. Je m'offrirai le restaurant chaque fois que j'en aurai envie.

Pour fêter la lourdeur inattendue de son porte-monnaie, Dragonette se rendit chez le traiteur et commanda homards et gelée de poireaux au foie gras pour dîner avec Mustapha et le remercier ainsi de l'avoir si bien traitée la semaine passée. Elle ne vit pas que derrière elle se tenait la commère de son village qui venait tous les lundis faire ses courses dans cette épicerie de luxe. Naturellement, celle-ci fit tout pour échapper au regard de Dragonette. La commère se consumait d'une jalousie tenace qui labourait son visage en sillons étroits. Elle trépignait d'envie devant les luxueux achats de Dragonette et en même temps se réjouissait car elle tenait largement de quoi alimenter la rumeur.

"Madame de Sermoafort achète force homards et foie gras chez le meilleur traiteur de Paris. Tu parles d'une dèche… C'est toujours les mêmes qui ont la belle vie… Elle a dû trouver du boulot, la chienne galeuse, ou bien elle se fait entretenir. D'accord, elle a perdu son château et son argent… soi-disant. Non seulement elle ne semble pas malheureuse,

mais encore elle a l'air parfaitement bien dans ses baskets, ce n'est pas normal. Avec elle, rien n'est jamais normal, elle ne réagit jamais comme tout le monde. La prochaine fois seulement, je la saluerai."

La commère possédait un visage confit dans du vinaigre et des pickles anglais, tant son caractère puait l'acidité. Tant pis pour elle, les êtres modèlent leur visage en fonction de leur vie. Et de leur cœur.

Et la rumeur, une fois de plus, fit son œuvre. Ainsi rugissaient les sycophantes, ces délateurs patentés, aigris professionnels, crucifiés par l'envie et la bêtise. Heureusement, les chiens aboient, la caravane passe !

Les deux compères se régalèrent, car la généreuse Dragonette n'avait pas lésiné en se rendant chez le meilleur traiteur de Paris. Mustapha mit au congélateur le dîner qu'il lui avait préparé, avec amour bien sûr !

Pendant ce temps-là, le vieil oncle dégustait ses harengs saurs, bénissant le ciel de ne pas avoir à les partager avec sa nièce. Il existe des passions non partageuses, la nature humaine n'y peut rien changer !

Fox-Trot, dont le fonds n'était pas vraiment méchant, avait remarqué que Dragonette arrivait souvent frigorifiée pour faire sa toilette. Sa poignée de main matinale, toujours chaleureuse, restait éternellement glacée.

– Vous avez une mauvaise circulation du sang ? osa-t-elle lui demander un matin ?

– Non, mais je dors sans chauffage. J'envisage de refaire l'installation électrique à la fin du mois.

Fox-Trot, affolée, réalisa que le froid de décembre se montrait particulièrement mordant et que la nièce logeait dans une glacière. Elle ne dit rien mais, trois jours plus tard, Dragonette pénétra dans une chambre à température des

Caraïbes. Un radiateur à huile chauffait la pièce depuis quelques heures : elle découvrit alors que toute son installation avait été refaite à neuf. Géniale Fox-Trot qui avait réagi au millième de seconde… Madame de Sermoafort dévala quatre à quatre les cinq étages et embrassa Fox-Trot et l'oncle avec une joie indicible. Ce dernier ne partageait pas ses harengs saurs mais, sans hésiter, les avis de sa gouvernante… Dragonette relégua la bouillotte napoléonienne dans la malle et put enfin dormir sans bonnet ni chaussettes. Avec un tel confort, elle allait faire des étincelles !

Le lendemain, mardi matin, était donc consacré à Alberto Eins Janvier, AEJ, comme elle aimait l'appeler.

Lorsqu'il lui ouvrit la porte, l'appartement était rangé. Plus rien ne traînait sur les étagères, pas un papier en vue… Baby Potelée en resta coite, au bord des larmes tant elle était déçue. Alberto crut bon de préciser :

– J'avais tellement honte de ce bordel, cela fait une semaine que je range. Conclusion : je tourne comme un chien enragé car j'ai perdu tous mes papiers… Aidez-moi. Où ai-je bien pu mettre mes calculs sur la relativité ?

Pouvez-vous croire que Dragonette ne mit pas plus de cinq minutes pour les retrouver ? Car elle avait saisi, d'instinct, le fonctionnement cérébral d'AEJ. Les papiers ne pouvaient se trouver ni perchés très haut ni dans un tiroir. Ils ne pouvaient qu'être à portée de main, au milieu de l'appartement, sur le bureau :

– La relativité, c'est la loi du milieu, pour moi, clama-t-elle enchantée.

Sidéré et ravi, AEJ lui claqua un gros baiser sur la joue. À Paris, les patrons embrassent-ils tous leurs employées ?

– En réponse à votre théorie quelque peu hasardeuse, je préfère vous citer une phrase du grand Albert Einstein : *"Placez votre main sur un poêle une minute et ça vous semble durer une heure. Asseyez-vous auprès d'une jolie fille une heure et ça vous semble durer une minute. C'est ça la relativité.*"

Dragonette apprécia beaucoup cette définition tout en se demandant si AEJ était un vrai savant ou un succédané de savant. Cette définition valait pour la différence existant entre caviar et œufs de lump. Le temps lui apporterait la réponse…

Dragonette dépoussiéra avec soin toutes les mâchoires posées sur la cheminée :

– À qui appartient cette corne ? demanda-t-elle, tremblante, et redoutant déjà la réponse.

– À un bébé rhinocéros.

Dragonette sentit une vive douleur lui lacérer le cœur :

– Pauvre petit chou, le fait de lui enlever sa corne aurait pu le faire mourir, murmura-t-elle.

– Ce n'est pas moi qui ai commis ce forfait, protesta Alberto, désolé à l'idée que Dragonette le jugerait comme un minable. C'est un cadeau d'anniversaire…

Est-on ou non coupable d'accepter un cadeau indigne d'un être humain ? Doit-on le garder ou le retourner à l'envoyeur ou l'expédier à la poubelle ? Elle méditait sur cette question fondamentale et se rappela avoir côtoyé une femme qui avait largué tous les bijoux de son amant dans la lagune de Venise, car il s'était conduit comme un malotru : le ventre noué, il avait assisté à la noyade des diamants, rubis et saphirs dans les eaux troubles du canal. Cela ne donne-t-il pas envie de devenir scaphandre à Venise ?

Dragonette attaqua la salle de bains tout en se promettant de faire aussi bien que Mustapha avec les toilettes du septième étage. Hélas, la crasse semblait sévir depuis des millénaires et remonter même au paléolithique ! Nettoyer ici, comme partout, requérait trois qualités, propres aux caractères forts : courage, patience et persévérance.

Le ménage est une grande initiation à la vie intérieure, songeait Dragonette qui, les neurones soi-disant au repos, phosphorait fort quand elle passait balai et serpillière. D'ailleurs, sainte Thérèse d'Avila ne disait-elle pas : *"Mes filles, c'est au fond des casseroles que vous trouverez Dieu !"*

Elle termina de nettoyer la salle de bains quand soudain, elle aperçut un poil très significatif, noir de jais, replié en boule sur lui-même, abandonné au fond de la baignoire, refuge de prédilection, avec le bidet, du système pileux du sexe, mâle et femelle confondus ! À qui appartenait-il ? À AEJ ou à sa maîtresse ?

Cela lui rappela une soirée à la Tour de Nesle, il y a dix ans de cela, où elle avait découvert un talentueux auteur, compositeur et comédien, Hervé Devolder, qui avait interprété avec une finesse rare, un de ses textes, *Épi roux* : un récit autobiographique où il narrait avec poésie l'histoire du poil de la femme qu'il avait aimée, découvert avec ravissement sur le bord de sa baignoire. Ce poil était couleur carotte : cet indice d'une généreuse foufounette et de sa couleur blond vénitien, incarnait le vestige d'un amour exalté, éperdu et, hélas, perdu. Toutes les femmes adorent Hervé Devolder car il incarne tout le contraire d'une enflure narcissique. Voilà un comportement tellement rare chez les artistes qui, d'habitude, professent une seule passion, tout au long de leur vie, pour un seul être : eux-mêmes.

Au fait, où en est mon poil ? pensa l'artiste du plumeau. Dragonette se passa la main sous le côté droit du menton : le traître était déjà de retour ! En effet, son unique poil s'obstinait à repousser aussitôt arraché ! À une cadence régulière, deux fois par mois, Dragonette avait rendez-vous avec sa pince à épiler et son miroir pour arracher cette manifestation d'hormones par trop zélée. Et lorsqu'elle réussissait l'exploit du premier coup, elle le replantait dans le pot des cactus. Voilà enfin un scoop : une fois semés en terre, les poils ne repoussent jamais !

Elle se rendit ensuite à sa première séance de nettoyage chez son couple d'hommes, fans de Julio. Après quelques coups de sonnette intempestifs, Gaby, surnommé par elle “le cou maigrelet”, arriva, en sueur, totalement échevelé :

– Entrez, ma chère. Je vous attendais. Vous désirez un petit café ? Il est important que nous nous parlions un peu avant de commencer à travailler, pour mieux nous connaître...

Dragonette acquiesça. Pendant au moins une heure, Gaby ne parla que de lui, le nombril toujours en gros plan ! La fête au moi-moi-moi, réglée sur le tempo du cha-cha-cha, battait son plein. Gaby se révéla un frustré de première, jamais content de son sort, en un mot, la victime idéale. La terre entière lui en voulait. Et Dragonette écoutait, secouait la tête en signe d'approbation ou de dénégation, au point de sentir son cervelet se balancer de droite à gauche et de bas en haut ! Elle renchérissait, riait, mais ne put prononcer beaucoup plus qu'une exclamation ou une interjection, raison pour laquelle, Gaby le cou maigrelet la trouva merveilleuse : il avait compris tout de suite, en la voyant la première fois, qu'il avait enfin affaire à une vraie dame. Les autres femmes étaient toutes des “pouffes” sans exception. Il venait surtout de trouver un parfait miroir pour son égotisme. Au bout d'une heure, il pleurait sur son sein comme un enfant, mais, heureusement, il était amoureux fou de son “Georgio taille de guêpe”. Enfin, c'est ce qu'il déclarait...

– Prenez le plumeau maintenant, Dragonette. Surtout jamais le chiffon pour mes carafes en cristal taillé de Bohême. Sinon, vous allez me les rayer. C'est ma mère qui me les a offertes. J'y tiens plus qu'à la prunelle de mes yeux...

Est-ce que j'ai une tête à rayer du Bohême ? Ce Gaby me stresse, je n'ai pas intérêt à casser quoi que ce soit, sinon il me fait une syncope ! Mais ce plumeau me donnerait presque des crampes. Je dois manquer de magnésium…

– Plus souple le poignet, beaucoup plus souple avec le plumeau.

Voilà une formulation qui lui était familière…

Dragonette termina son après-midi en beauté. À monter et descendre sans cesse les marches de son escabeau pour prendre la poussière sur les hauteurs, elle avait la sensation de retrouver son vieux château. L'argent ne se trouve pas forcément par terre, il ne suffit pas de se baisser pour le ramasser. Il faut aussi savoir faire travailler ses mollets en plus des poignets !

Chapitre 5

Un jour, Dragonette prit le métro à Chambre des Députés pour descendre à Sèvres Babylone, quartier du thanatopracteur. Les voyageurs lui parurent plus ternes que jamais : ils étaient tous habillés en noir et en gris alors que le printemps débutait avec allégresse. Le plus coloré de tous portait une chemise bordeaux sous son costume gris foncé. Et Dragonette arborait son éternel ensemble de travailleuse : jupe et pull bleu marine, col Claudine et talons plats.

Dans ce métro, les gens semblent tous coincés du bulbe, lugubres comme un jour sans poulet, qu'est-ce qui pourrait bien les dérider ? Et puis, ils s'habillent si tristement. Dans les années 70, l'orange se mariait avec le rose, le vert fluo paradait à côté du rouge, le jaune et le bleu s'enlaçaient tendrement. Aujourd'hui, les couleurs sombres triomphent. La morosité ambiante déteint tellement sur les êtres qu'ils ne trouvent même plus la force de mettre une petite note de couleur. Voir tous ces voyageurs faire la gueule à la vie, c'est insupportable…

Dragonette avait pensé si fort que le Ciel dut l'entendre : le métro marqua sa pose à Solferino et un petit nerveux en blue-jeans, santiags et blouson noir, s'engouffra dans le wagon. À la seconde où le métro redémarrait, l'olibrius braqua les voyageurs avec sa mitraillette et ordonna :

– Que tout le monde rigole, sinon j'envoie la purée. Les plus moroses et les plus sinistres seront visés en priorité.

Sidérés, les passagers relevèrent la tête : il avait l'air excité, l'individu et il braquait avec audace !

Il commença à hurler :

– Je n'ai pas dit de sourire, mais de rire. Vous, là-bas, vous ne riez pas assez. Encore plus fort. Allez plus vite que ça.

Dragonette regardait la scène avec avidité, sans peur, et éclata de rire. Les coincés avaient vraiment du mal à esquisser un rictus. Depuis le temps qu'ils faisaient grise mine, la mécanique de la bonne humeur était devenue rouillée, grippée, cassée. Puis, petit à petit, chacun commença à regarder son voisin, ne sachant comment se sortir de cette situation terrifiante qui obligeait le monde à rire au lieu de s'agresser les uns les autres à coups de tête d'enterrement. Un être humain osait attaquer la sinistrose à la Kalachnikov ! Sous la menace de l'engin de guerre, les mâchoires furent bien obligées de se débloquer, les gens commencèrent à sortir des "ah ah", des "hi hi" et des "oh oh", étranglés de peur.

– Plus fort, mieux que ça ! vociférait le petit nerveux.

Et le wagon, d'abord interloqué, se trouva dans l'obligation de rigoler… sous peine d'être exécuté ! Cette pratique, si ardue pendant les trente premières secondes, se développa à la vitesse de l'éclair : les voyageurs se tapaient sur les cuisses, claquaient l'épaule du voisin, se tordaient de rire, exhortés par le petit nerveux. Mieux, les uns et les autres commençaient à se parler. Et même à plaisanter. Dragonette, enroulée comme d'habitude autour de la barre, était pliée en quatre de rire. D'un coup d'un seul, l'arrêt de la station Rue du Bac stoppa cette chaleureuse ambiance, née sous la menace. Alors le terroriste du rire baissa son arme et lança :

– Je vous souhaite une bonne journée. Cette animation vous était offerte par le président.

L'homme jeta en l'air une poignée de tracts vers lesquels se tendirent cent mains. Sidéré, le wagon le vit repartir aussi vite qu'il était entré. Les voyageurs s'esclaffèrent, applaudirent à grands cris. Ils venaient de vivre un moment unique : les langues déliées, les sympathies se réveillèrent, et chacun prit plaisir à parler à son voisin… Enfin un matin pas comme les autres. Mais, revenu de sa surprise, le wagon se demanda :

– Le "président" ? Mais de quel *président* s'agit-il ? du quartier ? de la ville ? Le président de la République ?

Les tracts gardaient leur mystère. Les supputations allaient bon train. Dragonette songeait que ce n'était guère dans son petit village de Nullepart qu'elle aurait vécu pareil événement ! Et cette femme de bon sens pensait que cela aurait drôlement fait remonter la popularité de l'actuel président de la République qui voyait sa cote de sympathie virer à l'antipathie.

Alberto lui avait confié l'autre jour que son grand-oncle disait toujours : *"L'État est notre serviteur et nous n'avons pas à en être les esclaves"*. À l'aube du troisième millénaire, les Français étaient-ils les esclaves d'un système, ou tout simplement assistaient-ils, impuissants, les bras ballants, à la fin d'une civilisation ? En tout cas, les interdits se multipliaient de jour en jour, il se votait sans cesse des lois qui augmentaient leur champ d'action tout en rognant les libertés. Dans quelque temps, pensait Dragonette, faire l'amour serait réglementé : un jour sur deux en semaine, liberté le dimanche, afin d'accroître le rendement au boulot. Cela pendait au nez de ses semblables. Le jour où l'État toucherait au sexe, les hommes se réveilleraient peut-être !

Heureusement qu'il existe encore des Rosa Moustika qui peignent la vie d'une autre couleur, songeait Dragonette. *Elle est libre, elle…*

Arrivée à destination, elle descendit du métro et se dirigea vers son lieu de travail avec toujours autant d'entrain. Dans quelques minutes, elle ferait la toilette des morts… Elle qui aimait tellement la vie.

En franchissant la porte de l'établissement, elle trouva le thanatopracteur en train de vitupérer.

– On ne respecte plus le timing, s'égosillait-il.

Elle crut qu'il lui reprochait de ne pas être à l'heure et murmura, la mine assortie à celle du patron :

– Un braquage a surpris tout le monde dans le métro…

Il lui sembla que celui-ci la regardait d'un œil sombre. Mais, en s'avançant dans le local, elle comprit que l'embaumeur ne s'adressait point à elle mais à un homme désemparé, veuf depuis la veille.

Difficile de rencontrer homme plus attrayant ; sa pochette en soie bleu lavande, semblable à la couleur de ses yeux, était assortie au costume gris perle et lui donnait une allure folle. De temps à autre, il la sortait pour essuyer les larmes qui coulaient silencieusement. Dragonette aurait bien consolé le veuf qu'elle trouvait fort à son goût. Elle grillait même de le prendre dans ses bras : lui aussi la regardait très gentiment, comme s'il cherchait maman ! Dragonette se reprit, se reclassant immédiatement dans les *indésirables temporaires* et soupira en songeant à son propre drame.

Dommage, encore deux veufs qui passent à côté l'un de l'autre. Il y a un tel boulot ici… Mais je suis payée pour m'occuper des morts et non des vivants !

Madame de Sermoafort ne voyait toujours que le devoir, les intérêts des autres passant toujours avant les siens. Elle se promit intérieurement de faire un toilettage particulièrement soigné pour la défunte de ce monsieur si séduisant. Elle eut le temps d'apercevoir sa chevalière qui ne portait pas deux lettres enlacées (le comble du mauvais goût, selon elle) mais des armoiries. *Un homme du même monde… Vraiment dommage de passer à côté !* Encore un préjugé qu'elle ne tarderait pas à ostraciser.

Et son patron, tellement emporté dans sa colère, continuait de plus belle :

– Que veulent les morts ? La paix ! Alors pourquoi les membres de la famille veulent-ils les exposer dans leur salon, à la vue de tous ? Tous ces va-et-vient sont fatigants et troublent le repos du mort. Paradoxalement, certains vivants sont tellement pressés d'en finir avec leurs défunts qu'ils donnent l'impression de vouloir s'en débarrasser au plus vite : tout juste s'ils ne les enterrent pas avant même qu'ils aient poussé leur dernier soupir. La coutume, c'est de veiller les morts trois jours. On ne respecte plus le timing !

Hé oui, cet homme d'affaires avisé s'appuyait sur la coutume ! Chaque jour passé chez lui comptait pour une location supplémentaire. Comme à l'hôtel ! Son grand jeu consistait à retenir ses clients, les familiers du défunt, en les culpabilisant : "L'âme d'un mort enterré trop vite ne peut s'élever vers les sphères célestes comme il se doit", leur expliquait-il en employant des images pseudo-ésotériques. Mais, surtout, un jour en moins creusait un trou de cent euros dans sa caisse ! Harpagon, à côté du cynique thanatopracteur, faisait figure de dispendieux. Ce n'est guère ici que Dragonette se ferait des pourboires. Et comme si le Ciel voulait la tester encore une fois, la même matinée, elle découvrit quelques coupures dans deux vestes d'homme et un gilet de femme. Tellement honnête, elle les rapporta au patron qui la complimenta :

– Vous êtes un cas. C'est la première fois qu'une employée me rapporte la monnaie. Vous allez mettre cet argent dans des enveloppes distinctes et nous les rendrons aux familles.

Dragonette pensa *Mon œil !* La semaine suivante, elle trouva lesdites enveloppes, en deuil de leur contenu bien sûr, errant dans les poubelles. Elle s'épata elle-même : sa connaissance des travers humains commençait à être vraiment au point.

– Mettez des gants pour ce cadavre car bientôt il marchera tout seul…

L'humour du thanatopracteur devenait vraiment douteux par moments.

Madame de Sermoafort vit avec horreur que les asticots n'avaient pas attendu pour jouer les charognards. Ils occupaient un poste stratégique sur la joue gauche du macchabée où ils venaient de creuser un trou large comme une pièce de cinquante centimes d'euros. Elle sentit son petit-déjeuner faire un aller-retour dans son estomac. Que ne faut-il pas faire pour gagner sa vie ? Alors, elle se mit à rêver au couscous de Mustapha et à son cours de grosse caisse. Ou encore au décolleté de Rosa, magnifique exemple de joie de vivre : un être humain généreux, si gentil et toujours en train de chanter quand elle ne fait pas l'amour !

Le thanatopracteur continua à lui prodiguer quelques conseils et revint à la charge :

– Contrairement à ce que vous pourriez supposer aujourd'hui, nous nous trouvons face à un énorme problème depuis quelques années : certains cadavres ne se décomposent plus. Pourquoi n'arrivent-ils plus à se désintégrer ? Pas par sainteté, non ! Mais parce que l'industrie agro-alimentaire met trop de conservateurs dans l'alimentation. Par conséquent, les vers désertent cette nourriture pas assez naturelle à leur goût. Bientôt, le sous-sol sera tellement encombré de cadavres imputrescibles qu'il deviendra plus peuplé que sur terre. Il ne restera plus une seule place pour enterrer nos morts. Heureusement qu'à cette époque, je ne serai plus en activité…

Tellement passionnée par la vie des animaux, des insectes et des vers, Dragonette ne put s'empêcher de lui poser une question qui faillit lui provoquer une crise d'apoplexie :

– Mais alors si les asticots ne s'intéressent plus aux morts, que vont-ils bien pouvoir se mettre sous la dent ? Ils vont mourir de faim s'ils n'ont plus rien à manger !

Accablé, le pauvre homme répondit :

– Ce n'est pas mon problème ! Il faudrait demander à un scientifique…

– J’en ai un sous la main : AEJ ! Je lui proposerai ce thème de réflexion. Cela le sortira de sa physique quantique et surtout de ses expériences sur le clonage ! À ce sujet, une de mes copines parisiennes me racontait que les Chinois, dans le 13e arrondissement, ne meurent jamais…

Roger Mordefroid interrompit Dragonette :

– Ce n’est pas un scoop. Les familles brûlent vraisemblablement les corps des défunts ou les font disparaître en toute discrétion, mais ne déclarent jamais de décès. D’où l’étonnante longévité des Chinois du 13e… qui profitent des cartes d’identité des disparus…

Le thanatopracteur devait être raciste pour parler comme ça. Mais, sans le savoir, il donnait à Dragonette la solution idéale pour les crocodiles parisiens, frappés par le jugement dernier : la crémation ! Mettre son croco ou son boa constrictor réduit en cendres, dans une urne, permettrait d’en garder un souvenir ému tout en évitant des solutions scabreuses. Les nageurs du dimanche pourraient continuer à évoluer sans danger, dans la Seine ! Évidemment, la pratique de la crémation allait à l’encontre des intérêts du thanatopracteur car elle lui enlevait de plus en plus de clients. Idem pour les taxidermistes qui n’auraient plus un seul cadavre d’animaux à empailler. La finance ne fait pas forcément bon ménage avec les solutions pratiques…

Soudain, la comtesse éprouva un choc de taille : elle crut reconnaître parmi les candidats à l’embaumement, l’obèse, qui avait failli la tuer la semaine dernière. En s’approchant de plus près, elle vit qu’il n’en était rien. Avec son habituelle courtoisie, le thanatopracteur lui dit :

– Voyons si vous êtes intelligente et si vous allez savoir vous débrouiller. Habillez-moi cet individu.

Ce nouveau métier avait renforcé les convictions de Dragonette : il était impératif qu’elle suive des cours de gymnastique car elle manquait de muscles, ses biceps ne valaient guère plus que du coton. En effet, habiller un mort demande beaucoup de force ! Tout le monde sait qu'un corps pèse plus lourd mort que vif. Alors, dans le cas d'un obèse…

Dans les semaines qui suivirent, l'astucieuse assistante inventa une grue miniature qui permettait de lever les jambes des cadavres au moment d'enfiler un pantalon. Ensuite, elle disposait d'un crochet pour soulever le buste. Elle put ainsi passer chemisiers, pull-overs, robes… en un rien de temps. Non seulement sa colonne vertébrale ne se fatiguait plus, mais encore elle abattait trois fois plus de travail que son patron, littéralement ébloui par ses performances. Il émit le désir de se procurer le même appareil que le sien. Sur les conseils de Mustapha, la fine mouche avait breveté son invention, par conséquent, le patron dut sortir un paquet d'euros. De rage, ce grippe-sou en fit une jaunisse qui le cloua au lit pendant une semaine.

Pendant ce temps-là, suite à une indiscrétion, tous les thanatopracteurs de Paris accoururent pour comprendre comment la maison *Vivrepourmourir* pouvait abattre une cadence de travail quintuple de la leur. La comtesse vendit trente grues dans la semaine. Et commença à prendre goût au business. En conseiller avisé, Mustapha eut son pourcentage. Quant à Dragonette, elle plaça les bénéfices sur un livret C, "comme connerie", souligna son oncle. Cela rapportait des queues de cerise mais il était hors de question de le placer en Bourse, plus que plate, en ces temps de crise.

Ce mercredi, madame de Sermoafort devait ensuite se rendre chez la mangeuse de caviar… Après la séance macabre du matin, courir ne pouvait que distraire sa cervelle durement éprouvée. Elle retrouva son survêtement framboise et ses chaussures de sport gris foncé dans l'antichambre, revêtit l'ensemble et se présenta ainsi habillée à madame Happy :

– Bonjour, quelles sont les nouvelles aujourd'hui, Baby Potelée ?

Puisque cette patronne ne voulait entendre que des choses gaies, Dragonette lui avait confié son nouveau surnom qu'elle avait adopté sur-le-champ. Elle lui raconta comment elle aurait pu faire fortune en trouvant des biffetons dans les poches des macchabées, mais elle s'empressa d'ajouter qu'elle avait tout rapporté à son patron. Madame Happy admira la conscience professionnelle de son employée. Et se trouva rassurée de penser que sa partenaire de jogging ne lui piquerait pas les billets de banque qu'elle laissait traîner par plaisir dans les vide-poches, les toilettes et même les poubelles de sa salle de bains. Car elle souffrait d'une pathologie incurable : il lui fallait voir ses chers billets partout, partout, partout, car ils la mettaient dans un état de transe absolue. Elle en avait même tapissé les murs de ses toilettes, passage obligé quotidien ! Quel doux plaisir de s'adonner à leur contemplation… Même son PQ était frappé au chiffre magique de la Banque de France ! À chacun sa religion : pour Happy, le dieu euro, le dieu dollar remplaçaient sans vergogne Mahomet, Yahvé et le Seigneur Jésus-Christ, Ami-Conseiller Privilégié de Dragonette.

Madame Happy avait donc engagé quelqu'un d'honnête et s'en trouva fort aise. D'ailleurs, si sa nouvelle recrue lui faisait ce récit, cela prouvait bien qu'elle incarnait un modèle d'honnêteté ! Mais Dragonette avait, sans s'en douter, piqué au vif la milliardaire en se moquant de la pingrerie du thanatopracteur. Car madame Happy professait un tel amour pour ses billets qu'elle les lâchait avec des élastiques, encore plus raides que ceux de l'embaumeur. Cependant, elle offrait des cadeaux somptueux. De manière fort compulsive, elle achetait tout et n'importe quoi, uniquement dans les boutiques de luxe. Dans le quart d'heure suivant, Happy n'avait plus qu'une idée : s'en débarrasser ! Dragonette héritait avec bonheur des lubies de sa patronne tout en reconnaissant lucidement qu'elle servait de vide-poches… Mais peu lui importait : la comtesse raffolait des cadeaux, elle qui en avait été privée toute sa vie.

Les deux femmes partirent très vite pour le premier vrai sprint de Dragonette. Madame Happy se montra charitable et emprunta un trajet ne présentant aucune difficulté : la rue de Rennes (depuis le boulevard Saint-Germain), ligne droite parfaite et entrecoupée de rues nombreuses, ce qui permettait de souffler à chaque feu rouge. Évidemment, madame de Sermoafort peina beaucoup pour suivre Happy et fut semée vingt-deux fois. Mais elle réussit néanmoins à finir le parcours, jusqu'au pied de la gare Montparnasse, car une fille de dragon ne s'avoue jamais vaincue. Elle commença à percevoir l'intérêt de la course à pied et retourna en pleine forme chez madame Happy qui la convia à prendre un thé, accompagné de petits cookies à la pâte d'amande et aux graines de sésame :

– Le sésame contient un maximum de sélénium, anti-oxydant et par conséquent antivieillissement.

Madame Happy aimait jouer les professeurs et partager ses petits secrets :

– Lorsqu'un homme a un terrain inflammatoire, il lui suffit de prendre 4 à 5 cuillérées à café de graines de sésame par jour et l'inflammation se calme.

Et madame Happy vanta aussi les mérites de l'amande :

– Le grand guérisseur américain Edgar Cayce préconisait la prise quotidienne de trois amandes, pour fortifier le terrain. Bourrée de magnésium, l'amande prise chaque jour devrait permettre d'éviter le cancer.

Dragonette courait, Dragonette s'instruisait, Dragonette se régalait. Pour tous ces bonheurs, elle était rétribuée et gâtée. La conscience qu'elle avait de tous les bienfaits de la vie ne cessait de l'enchanter.

Ce jour-là, la vieille sportive lui offrit deux pulls, qu'elle aurait sinon jetés à la poubelle :

– Tenez, chère Baby Potelée, dit-elle en lui tendant un pull rouge tissé avec des brins de laine scintillant. C'est neuf, je ne l'ai porté qu'une fois car j'ai l'air d'un feu rouge avec ça sur le dos. L'autre jour, un pompier m'a prise pour un incendie et m'a demandé s'il pouvait éteindre le feu avec sa grande lance. À mon âge…, minauda-t-elle.

Dragonette ne répondit rien mais n'en pensa pas moins : elle aussi aurait l'air d'un feu rouge si elle portait ce pull. Elle ne mourait pas d'envie qu'on la prenne pour un incendie. Elle accepta mais demanderait conseil à Rosa.

– Quant à l'autre pull, il est très sexy. Je ne suis pas sûre que vous portiez ça… Mais le noir passe partout et puis, il faut vous mettre dans le coup ! Je ne l'ai jamais porté.

Oh, bonheur, songea Dragonette, le même que celui de Rosa. *Si tu savais, Happy, comme j'ai envie d'être sexy à mon tour… Et comment que "ça" me plaît ! C'est vrai qu'il n'a jamais été porté, il y a encore l'étiquette. Quoi, 500 euros !*

Madame Happy laissait naturellement toutes les étiquettes pour bien montrer la valeur de ce qu'elle offrait…

Dragonette se déclara enchantée de ses cadeaux. Elle remercia madame Happy avec sa spontanéité habituelle, tout en s'efforçant de ne pas en faire des tonnes.

– Je peux vous dire qu'il y en a pour de l'argent avec les deux pulls… Je vous gâte, dit la milliardaire, en insistant lourdement.

Évidemment, elle oublia de payer ses quatre heures à Dragonette qui pestait intérieurement. Arrivée sur le pas de la porte, prise d'une inspiration subite, elle se retourna vers Happy :

– Au fait, j'ai rendez-vous chez mon médecin et n'ai pas d'argent sur moi pour payer sa consultation, car je comptais sur votre règlement…

La vieille finaude en profita pour lui demander si elle avait des problèmes de santé :

– Nenni, je pète le feu, juste un contrôle de routine.

Madame Happy lui tendit les billets, évidemment il manquait un euro. Elle était la reine de la perversité :

– Pensez à me le demander la prochaine fois…

– Je n'y manquerai pas, répondit avec aplomb Dragonette.

À partir de ce moment-là, madame Happy commença à apprécier Dragonette car elle ne tremblait pas servilement devant elle, comme tout le reste de son personnel : elle savait se faire respecter avec beaucoup de gentillesse, mâtinée de fermeté. De surcroît, Happy, en mauve, semait toujours Dragonette, en framboise, sur le trajet. Dès que les deux "sportives" se rejoignaient, elles ressemblaient à un bouquet d'anémones ! C'était chic d'entendre les passants s'exclamer : "Tiens, la vieille sème la jeune… Tu as vu, à son âge, comme elle se débrouille bien, quelle forme elle tient !". Happy buvait du petit-lait en entendant tous ces compliments flatteurs à son égard.

Arrivée à Montparnasse, Happy sortait son mobile et le chauffeur venait les chercher en Rolls gris souris. Le grand jeu de la patronne consistait à s'asseoir à côté du chauffeur et à faire monter Dragonette à l'arrière. Ce sport répugnant représentait la punition suprême pour madame de Sermoafort, qui se recroquevillait sur elle-même comme un accordéon au repos : les passants regardaient rouler l'auto avec une telle hargne… Elle qui désirait toujours passer inaperçue souffrait le martyr d'être si involontairement exposée au regard des autres. Un jour, elle se mit à compter le nombre de fois où les promeneurs, envieux, tapaient sur la Rolls à coups de pied dans l'aile arrière, en les insultant : "Salopes de bourgeoises, à bas les riches ! À pied, à pied, comme nous…"

Là, dans cette position, madame de Sermoafort voyait le monde comme il est : plein d'envie, jaloux, mesquin, petit en somme. Et en même temps, elle se remémorait une phrase du grand génie Soljénitsine : *"L'égalité n'existe pas"*. Une certitude : se mettre à la place de la milliardaire, alors qu'elle-même vivait dans une chambre de bonne, ne lui apportait pas de satisfactions transcendantales !

Happy lui fit un jour remarquer : "Tous ces gens ont du fromage blanc dans la tête : quand il n'y aura plus de riches, qui paiera pour les pauvres ?" Cette remarque plongea Dragonette dans la plus vive perplexité.

Madame Happy ne restait pas en rade et montrait un talent exceptionnel pour insulter à tour de voix les concitoyens qui invectivaient son automobile : "Connard, minable, raté… vielle loche paresseuse… C'est pas un poil que tu as dans la main, c'est une bûche !" Elle considérait cette petite guerre verbale comme un sport amusant dont elle retirait une véritable jouissance. Et dans ces moments-là, Madame de Sermoafort, alias Baby Potelée, aurait tout donné pour rentrer dans un trou de souris.

Une fois que Happy s'était bien défoulée, elle se tournait généralement vers sa dame de compagnie :

– Ah, la terre est peuplée de cons, j'adore emmerder les cons. Ce n'est pas une vie pour eux d'envier les gens comme nous… La jalousie provoque des ulcères à l'estomac.

– Ils ont peut-être faim…, lança hardiment Dragonette.

Happy résistait à tout argument et se braquait.

– Du temps des dinosaures, l'homme était condamné à mort à très court terme : il lui fallait constamment être aux aguets pour échapper à ces monstres et autres reptiles terrifiants. S'il restait fossilisé dans ses chaussons, il était avalé tout cru par les tricératops, les tyrannosaures et les stégosaures !

Dragonette exhala un ouf de satisfaction à l'idée qu'elles ne couraient pas tous ces dangers en sprintant rue de Rennes, au XXIe siècle ! Quel soulagement ! l'homme avait su exterminer toutes ces espèces prédatrices !

Happy poursuivit férocement :

– Outre tous ces dangers, l'homme devait se donner un mal fou pour trouver sa pitance, en pratiquant la chasse et la cueillette. L'homme ne pouvait s'offrir le luxe d'être un assisté. Les conditions de survie ne sont-elles pas autrement plus faciles aujourd'hui ?

Dragonette se tassait encore plus sur son siège et pestait intérieurement sur la dureté de Happy, à qui cette attitude n'échappa point :

– Que faites-vous pour vivre, Baby Potelée ? Des ménages ! Et vous n'hésitez pas à courir à mes côtés… N'est-ce pas du courage ?

– Oui, évidemment…

Comme Dragonette avait toujours été habituée à la dure, elle se lançait dans le *struggle for life* sans trop se poser de questions. Pour elle, l'important, c'était d'avancer.

Madame de Sermoafort se sentait d'autant plus malheureuse à l'arrière de la Rolls que la suspension de ce véhicule s'avère aussi souple et molle qu'une guimauve : cela lui déclenchait chaque fois des haut-le-cœur fort désagréables.

– La Rolls, c'est vraiment pas mon truc, confia-t-elle un soir, désolée, à Mustapha.

– Arrête de dire que c'est pas ton truc de rouler en Rolls ! Je t'y propose un petit jeu : la prochaine fois, bombe le torse, respire et fais comme si t'y étais la reine d'Angleterre ! T'y seras surprise de voir ce qui se passe en toi…

Dragonette écoutait les conseils de Mustapha. Lorsqu'elle se retrouva dans l'engin de madame Happy, à l'arrière, elle interpréta le rôle d'Elisabeth II, tout en regrettant que Lady Diana ne fût pas à ses côtés ! Le martyr habituel devint plutôt jouissif. Les passants, la voyant si digne, pensèrent qu'il s'agissait d'une grande personnalité, fort respectable. Ils se montrèrent déférents à son égard. Les noms d'oiseaux, pour une fois, restèrent au perchoir. Dragonette apprécia cette nouvelle manière de vivre le monde. La voix de Mustapha résonnait encore à son oreille :

"Notre façon d'y percevoir la réalité change selon le choix de notre comportement : que nous soyons victime, bourreau ou tout simplement bien dans notre peau, non seulement notre propre perception se modifie mais encore le comportement de l'autre change en fonction de ce que nous émanons. Si quelqu'un y sent la victime en toi, il ne fera pas cas de toi. Il ira même jusqu'à t'humilier, t'y mépriser, t'y piétiner… Je suis sûr que toi-même ne respectes que la force. Je compare tout être humain à une boule de bal à mille facettes… Quelle est celle que t'y veux mettre en valeur ? Quelle est celle que t'y veux faire exister, ou au contraire dissimuler ?"

Mustapha se révélait chaque jour de plus en plus épatant.

Un jour, Dragonette demanda à Happy de supprimer sa punition : monter à l'arrière de la Rolls. Elle n'avait pas besoin de faire semblant, elle était déjà quelqu'un et se sentirait beaucoup plus à l'aise à pied ! Voyant la mine assurée de sa Baby Potelée, Happy accéda à son désir et surenchérit en lui annonçant sa décision : maintenant que Baby Potelée courait beaucoup mieux, elles feraient toutes deux le retour également au pas de course. Fini la Rolls et vive l'huile de mollets !

Finalement, Dragonette, mine de rien, arrivait toujours à ses fins.

– Au fait, mon chou… vous vous habillez de mieux en mieux. Cela me plaît, déclara un jour Happy en voyant une partie de sa garde-robe sur le dos de Dragonette, à qui elle octroyait en moyenne un à deux vêtements quasiment neufs par semaine !

Suite à cette déclaration, Happy voulut offrir son manteau de léopard à la sprinteuse hebdomadaire, qui faisait tellement de progrès ! Dragonette répondit aussitôt :

– C'est trop gentil, il est très beau mais je ne peux accepter un cadeau d'un tel prix.

Happy rétorqua qu'elle serait terriblement vexée si *sa* Baby Potelée ne le prenait pas :

– J'en ai marre de me promener dans la rue et de me faire appeler de tous les noms d'oiseau, chaque fois que je porte mon léopard. L'autre jour, j'ai bien failli me faire lyncher. Risquer ma peau pour un manteau, c'est contraire à mon instinct de survie.

Dragonette répondit faiblement que madame Happy était bien gentille mais qu'elle non plus ne crevait pas vraiment d'envie de mettre la sienne en péril :

– Je n'échangerai pas ma peau contre celle d'un léopard…, déclara-t-elle avec une bravoure qu'aurait appréciée son Daddy.

Madame Happy déploya des trésors de séduction pour se délester de son cadeau empoisonné :

– Faites preuve d'imagination, transformez-le en robe de chambre… ou en couverture. Au lieu de l'avoir sur le dos, vous l'aurez sur le ventre !

Son lit avec une couverture ocellée, couleur tabac, ornée des délicieuses petites taches noires en rosettes du léopard ? Cet argument de poids conquit d'emblée Dragonette, qui chérissait particulièrement le style colonial. Elle aurait ainsi toujours chaud et sa chambre prendrait une autre tournure, au point de devenir plus vivante et même luxueuse.

Pourtant, madame de Sermoafort adorait les animaux et pleurait sur les bébés rhinocéros. Mais elle avait une dent contre les léopards. Au moment où il baissait son froc en pleine brousse, pour des besoins parfaitement naturels, un de ses ancêtres du côté maternel, avait appâté involontairement un mâle en rut. La vue et le parfum de cette cuisse poilue, sentant l'armée et la poudre des fusils, avait tout naturellement réveillé l'instinct du félin : il avait croqué la jambe en moins de temps qu'il n'en faut pour l'écrire. Ce brave soldat, qui avait toujours évité le combat, mourut sur-le-champ, d'angoisse et de douleur. Un malheur n'arrivant jamais seul, sa fiancée fit une crise cardiaque fatale à l'annonce de ce drame. Le cruel prédateur avait donc exécuté deux victimes !

En étalant la peau sur son lit, Dragonette trouvait ainsi l'occasion de réparer le mal fait à son ancêtre. Aucune intention revancharde dans son geste, vocabulaire uniquement réservé aux mesquins… Simplement, une fille de dragon n'oublie jamais de venger l'honneur des siens, fût-ce deux siècles après.

Alors Dragonette prit délicatement le manteau et l'enveloppa soigneusement dans un sac de supermarché. Elle sentit qu'il serait déplacé de se faire payer ce jour-là : elle venait de gagner une couverture à plus de trente mille euros, alors pour une fois, elle n'allait quand même pas réclamer ses quatre heures à seize euros… Évidemment, sa patronne pensait de même et garda le silence. Dragonette ne broncha pas. Madame Happy apprécia la délicatesse de son employée et fredonna :

– Happy et Baby, un duo pour la vie !

Refrain récurrent des comédies musicales de Broadway. Dans la réalité, "il faut bien manger", comme dit Monsieur tout-le-monde, sinon on est mangé par les autres… et par des léopards égarés.

Sur le pas de la porte, Dragonette, médusée, entendit Happy lui quémander en échange son minable petit manteau synthétique:

– Oh, Happy, le mien est si moche... Je ne peux vous faire un cadeau aussi infâme.

Happy insista, trépigna, fit son petit caprice.

– Si, si, j'en meurs d'envie. Vêtue ainsi, je pourrai enfin passer inaperçue dans la rue !

Le grand cœur de Dragonette ne fit qu'un bond : sans dire un mot, elle ôta son ignoble trois-quarts bleu marine qu'elle tendit à Happy, enchantée. Cette bizarrerie de milliardaire cloua la langue de Dragonette, qui grelotta de froid en rentrant chez elle sans manteau, car il n'était pas question de s'afficher dans la rue avec sa peau de léopard.

– Je vois que la chasse s'y est montrée plutôt fructueuse aujourd'hui, déclara Mustapha, en apercevant le nouveau couvre-lit de Dragonette qui lui conta l'histoire en rougissant de plaisir.

Mais, comme elle le lui avoua, Happy la faisait tordre de rire et l'aidait à acquérir une forme olympique. Alors, comment pouvait-elle nourrir une seule once de ressentiment à son égard ?

Devant les nécessités de ses fonctions multiples, Dragonette s'inscrivit à un cours de gymnastique, à deux pas de chez son oncle.

Dans le 7e, les femmes sont branchées. Et tout le monde se tutoie immédiatement, en s'appelant "ma choute", "Darling", "doudou", "mon ange"... Les "chérrrrries" pleuvent et comportent plusieurs R, sûrement pour faire durer la soi-disant tendresse un peu plus longtemps. La gentillesse s'évanouit à la porte de la salle de sports, à la seconde où le professeur commence le cours. Chacune jauge sa voisine. L'une soupèse au passage les bourrelets au ventre de sa meilleure copine, "qui tombent comme une jupe plissée sur le pubis", l'autre traque le lifting. Et la langue de vipère numéro 1 de débiter son couplet sur Clarisse :

– Son front est redevenu lisse comme un lac grâce à son esthéticienne, véritable experte en décorum. Elle a réussi à gommer sa ride du lion... qui ressemblait plus à un fossé qu'autre chose.

Langue de vipère numéro 2 de souligner :

– Oui, mais dans deux mois, elle réapparaîtra. Et à nouveau, il lui faudra un petit coup de Botox pour se dérider !

Et langue de vipère numéro 3 de rétorquer :

– En tout cas, c'est raté pour Armelle, elle se trimballe maintenant avec une bosse au milieu du front, un vrai cyclope...

Et la si jolie fossette amoureuse de Mélanie gît maintenant aux abonnés absents, car son chéri lui a dit good bye ! Et la bouche de Chantal réclame une canine de remplacement de toute urgence. Et le teint rouge aubergine d'Isabelle trahit son abonnement quotidien au litron de Bordeaux. Et la grosse poitrine de Marylou ballotte en rythme chaque fois qu'elle fait du step. Un jour, un de ses seins est même passé par-dessus bord ! "À l'abordage !" s'était alors exclamée la lesbienne de service.

– Pourquoi Marylou ne porte-t-elle jamais de soutien-gorge ? Elle veut aguicher le prof ?

– À cause des armatures. Il paraît que le frottement sur la peau peut provoquer le cancer !

Marylou est la débile du cours : elle ne cesse de débiter un chapelet de lieux communs, dans l'espoir d'aguicher Patrick, le professeur bodybuildé devenu indifférent à la gent féminine.

En réalité, la plupart de ces dames se livrent à leur sport favori : passer soigneusement leur langue au vitriol chaque matin ! Comme dit Mustapha : “Ici, tout le monde allume tout le monde”. Ce ne serait pas grave s’il ne s’agissait que d’allumer ! *“Dans la langue, il se cache un dragon qui ne répand pas le sang, mais qui pourtant assassine”*, dit un proverbe chinois…

Dragonette surprit quelques regards moqueurs à son arrivée mais, lorsqu’elle donna son nom, la patronne releva tout de suite :

– Ah, tu es noble ?

– Bof, aujourd’hui, cela compte encore ? avait répondu Dragonette, un peu agacée.

La patronne de la salle de sports en convint mais elle aurait bien aimé avoir un nom à particule, cela fait immédiatement plus chic. Même si le bon peuple de France insiste toujours sur le côté rétro et décadent de ces deux petites lettres de rien du tout. Tout le monde se moque du *de* mais tout le monde en veut ! Sauf que les vrais aristocrates, avec ou sans particule, savent ce qui va avec : le devoir. Le devoir ? Oh le vilain mot détrôné derechef par les États Providence qui préfèrent mettre les droits sur le trône !

Dans sa salle de gym du 7e, le vocabulaire se voulait tantôt chic, tantôt réaliste. Ainsi, la belle Marylou qui avait eu la chance de tomber sur un homme raffolant des fortes poitrines, se vantait toujours :

– Mon mari s’est saigné aux quatre veines hier soir pour m’offrir mon vison…

– Cela doit faire un mal de chien, avait répondu Dragonette du tac au tac.

La pauvre Marylou, dont le cerveau était limité au strict premier degré, avait répondu que cela ne faisait mal qu’au porte-monnaie. Et de rire trivialement…

– Et quand notre homme nous comble de son amour, c'est encore mieux ! philosophait Dragonette, avec une certaine nostalgie, en en parlant à madame Happy.

– Ma chère Baby Potelée, pardonnez-moi ce poncif, mais l'amour, dans le désintérêt le plus total, est aussi rare à trouver qu'une aiguille dans une botte de foin. En revanche, le duplex à Londres, le chalet à Chamonix, la villa à Saint-Tropez, le voyage annuel aux Bahamas, voilà les arguments de choc qui mènent les êtres par le bout du porte-monnaie et font durer l'amour…

Dragonette cita à Happy la phrase de Benjamin Franklin qu'elle venait de lire dans le métro : *"Ceux qui sont prêts à sacrifier une liberté essentielle pour acheter une sûreté passagère ne méritent ni l'une ni l'autre !"*

Happy reçut cette phrase comme un cadeau et resta pensive de longues minutes :

– Mon mari, américain, comme mon nom de famille l'indique, possédait un compte en banque aussi rondelet que le mien, donc il n'y a jamais eu de problème, nous étions à égalité. Pour une femme de ménage, vous avez une bonne mentalité… (Madame Happy ne connaissait pas le vrai nom de Dragonette.) Et vous êtes pure comme le lys de la vallée ! Au fait, comment va le léopard ?

Dragonette laissa éclater un sourire qui dévoilait toutes ses dents jusqu'aux molaires :

– L'animal se porte à merveille et se montre d'une galanterie à nulle autre pareille : il me tient chaud la nuit, c'est un délice. Il ne râle jamais, il est toujours d'accord avec moi et de plus, il ajoute une note exotique à mon décor… C'est du pur bonheur.

Happy adorait l'enthousiasme de Dragonette. Elle ne résista pas au plaisir de la taquiner :

– En attendant que vous ayez un amant, bien sûr !

Pas gênée, Dragonette rétorqua :

– Bien sûr ! Depuis que je suis arrivée à Paris, les regards masculins me semblent plus nombreux. C'est curieux. À la campagne, personne n'osait lever les yeux sur moi.

Et de lui raconter le charmant veuf qu'elle avait entraperçu chez l'embaumeur… Mais curieusement, elle n'osa pas parler de Mustapha. Ce dernier appartenait à son jardin secret. Elle s'avouait honnêtement que sa peau mate, ses poils sortant à profusion de sa chemise, ses petits yeux coquins… lui plaisaient énormément, mais une femme peut-elle sortir avec un monsieur uniquement pour le sexe ? Pour le plaisir et rien de plus ? Si elle n'avait pas de blocages, en revanche elle s'encombrait de quelques scrupules : *si mes copines de province me voyaient… elles feraient des gorges chaudes. Je les entends déjà : "Dragonette s'envoie en l'air avec un Marocain. Elle ne s'embête pas, car, c'est bien connu, tous les gens du Sud ont le sang chaud. Nos mecs… ils sont ramollos. Elle a de la chance, cette vieille peau…"*

Demain, elle demanderait conseil à Rosa.

Hélas, la bête sauvage qui sommeillait en elle, commençait à se réveiller. Bientôt ses maux de tête la reprendraient. Et Mustapha qui la convoitait, la langue pendante comme le chameau qui n'a pas bu depuis un mois ! Ne pas répondre au désir de l'autre, un désir qui la faisait frémir du coccyx aux cervicales, la mettait de plus en plus mal à l'aise.

Rosa éclata de rire quand Dragonette lui exposa son problème. Mais contrairement à ce que l'on pourrait penser, cette dernière lui conseilla la prudence :

– Tu crois, Baby Potelée, que je vais te répondre : prends le plaisir là où il se trouve ? Mais tu apprécies tellement Mustapha en tant qu'ami… Le jour où tu n'auras plus envie de faire des galipettes avec lui, comment va-t-il se comporter ? En plus, c'est ton voisin de palier : si vous vous querellez, adieu le couscous, les petits services, la rigolade du soir et bonjour le malaise. En t'envoyant en l'air avec lui, tu risques de retomber plus bas que terre et surtout de perdre et l'ami et l'amant. Tandis qu'en renonçant à ton désir, il reste sur le sien, donc sur ses illusions, toi aussi d'ailleurs, et personne ne se fâche.

Rosa avait raison. Dragonette approuva. Si Mustapha lui prodiguait toujours d'excellents conseils, un petit quelque chose la dérangeait : elle sentait qu'elle ne serait jamais fière de l'avoir pour amant. Donc, cette relation ne serait pas juste et mènerait au fiasco. Dans le doute, il valait mieux s'abstenir. Elle put vérifier quelques semaines plus tard combien le conseil de Rosa était avisé. Mais elle avoua néanmoins à la grande prêtresse du sexe que le désir recommençait à lui tarauder les entrailles, ce à quoi Rosa lui répondit :

– Ah, le besoin d'homme te travaille ? Et te monte à la tête ? J'ai un excellent moyen pour te défouler : dès la semaine prochaine, tu te mets au fouet. Cette pratique s'apprend très vite et, surtout, apaisera ton feu intérieur.

Madame de Sermoafort accepta en pensant qu'après tout, c'était de bonne guerre : les hommes payaient pour se faire flageller, donc elle ne ferait pas de mal volontairement à un être humain. Au contraire, elle donnerait du plaisir. Car il était hors de question pour Rosa ou elle-même de s'adonner aux pratiques cruelles du sadomasochisme : il s'agissait simplement d'un fouettement propice à raviver les innervations dorsales de ces messieurs. Quoi qu'il en soit, la comtesse n'aurait pas fait de mal à une mouche, elle n'avait même pas tenté de chasser le locataire qui squattait sa chambrette…

En effet, un dimanche de grasse matinée, où les heures comptent cent vingt minutes, une présence soudaine la réveilla : elle crut apercevoir un petit chat blanc au pied de son lit. Ce n'était autre qu'un rat albinos qui la contemplait pensivement. Dragonette, saisie de frayeur, remonta ses draps jusqu'au menton. L'intrus demeura immobile, apparemment sans la moindre velléité de l'agresser ou de la terroriser. Il semblait même tellement urbain qu'elle osa enfin sortir de son lit et l'approcher de plus près jusqu'au moment où elle distingua son petit collier autour du cou : *Laboratoire de Recherche Expérimentale sur les Animaux*. En examinant le rat, elle vit la lettre P, tatouée sur sa cuisse gauche. Que signifiait cette abréviation ? Paul ? Patrice ?… Président ?

– Tu as faim ? lui demanda-t-elle.

Évidemment, le rat ne broncha pas, ce qui ne dérangea nullement Dragonette qui n'attendait aucune réponse. Mais lorsqu'elle lui tendit un petit bout de jambon, il l'avala goulûment. Elle résolut de lui donner un repas.

Au fil du temps, elle réussit à l'apprivoiser et le baptisa Marcel. Il se montrait très tendre et très joueur avec elle. Ce rat savait parfaitement, aux nuances de sa voix, si elle lui parlait gentiment ou si elle le grondait. L'intelligence de ce petit animal la fascinait. Dragonette avait vu à la télévision un reportage sur les rats, capables, une fois dressés, de détecter les mines anti-personnel. Un petit harnais autour du poitrail, ces mammifères, reliés par une laisse à leur dresseur, se baladent sur les champs de mine et, aidés de leur odorat, repèrent l'endroit où sont enterrés les engins de mort. Leur poids, extrêmement léger, ne peut déclencher les bombes et les démineurs en désamorcent alors le mécanisme, presque sans risque.

Dragonette comprit très vite que son protégé ne voulait plus jamais retourner à l'ignoble laboratoire : elle imaginait qu'en ce lieu de supplice, de vilains messieurs expérimentaient sur lui toutes sortes d'horreurs comme l'envoi de courant électrique pour le faire courir, boire ou bander. En un mot, la science s'acharnait à lui faire prendre des vessies pour des lanternes. Marcel était trop futé pour s'amuser plus longtemps à ce petit jeu-là. Il avait enfin trouvé son véritable paradis sur terre et n'en voulut point déloger.

Dragonette passa un contrat drastique avec son rat : interdiction de monter sur la peau du léopard. Marcel comprit qu'il devrait se contenter de la rugosité du vieux parquet et l'accepta. Mais le jour des grandes poubelles, une semaine plus tard, sa nouvelle maîtresse trouva tout un attirail pour chat dans la rue : panier, brosse et mini laisse vernie rouge. Décidément, Dragonette savait provoquer le hasard ! L'ensemble n'avait apparemment jamais servi et serait parfait pour faciliter leur cohabitation. Elle le glissa dans son cabas et fit le soir même une mise en scène pour Marcel, digne des Molière : elle l'installa dans le panier au son des grandes orgues de Saint-Eustache avec une coupelle pour sa nourriture, en face. Il goûta ce luxe avec d'autant plus de volupté que Dragonette avait disposé un petit tapis dans son nouveau logis. Elle prit aussi l'habitude de le brosser quotidiennement en le flattant et en insistant sur sa beauté : son pelage plus blanc que blanc faisait ressortir ses petits yeux rouges pétillant de malice. À force d'être brossé, le poil de Marcel devint d'une douceur angélique.

Mustapha adopta aussi Marcel et lui apprit des tours : marcher droit devant lui, faire des voltes, demi-tour à gauche et à droite, selon les claquements de main. Le rat ressemblait alors à un vieux grognard des armées napoléoniennes. Par la suite, il apprit à se tenir debout sur ses pattes arrière, dressé comme une marmotte. Un morceau de gruyère le récompensait de tous ses efforts. Marcel se conduisait en vrai cabotin : il aimait entendre rire Mustapha et Dragonette. Mais lorsqu'il dormait dans son panier, il était hors de question de le déranger, il râlait systématiquement comme un vieux garçon. Dragonette conclut qu'héberger un rat plutôt qu'un bébé rhinocéros, s'avérait beaucoup plus raisonnable !

Un jour, la comtesse éprouva un coup de cœur pour un caméléon vert amande, vendu parmi fleurs et oiseaux dans l'île de la Cité. Elle sortit son porte-monnaie sur-le-champ et le baptisa Janine, malgré son incapacité à discerner son sexe. Elle eut beau lui soulever la queue, le corps de Janine ne livra pas son secret. Dragonette pourrait désormais arpenter les rues de Paris avec sa bestiole sur l'épaule.

Marcel faillit avoir une attaque en apercevant Janine. La jalousie le dévora d'emblée. De rage, il jeûna pendant trois jours. Mais Dragonette déploya des trésors de patience et de gentillesse pour l'empêcher de déprimer. Et puis un matin, il commença à jouer avec Janine et s'amusa tellement qu'il l'adopta le jour même. Dragonette, en rentrant le soir, trouva le caméléon gentiment blotti contre Marcel. Il était devenu entièrement blanc.

– Tout baigne ! s'exclama Mustapha appelé pour venir contempler ce miracle de l'amour.

Dès lors, les deux compagnons de Dragonette formèrent un tandem indissociable et ne se quittèrent plus. Plus d'une fois, Marcel sauva Janine d'une mort certaine car, en bon caméléon, elle grimpait sur le lit et se confondait avec la peau de léopard : désormais, en couchant dans le panier avec Marcel, elle ne risquait plus d'être écrasée par Dragonette qui s'affalait sur son lit en rentrant de sa journée de travail, persuadée d'avoir le champ libre sur la peau de bête interdite aux deux lascars. Sacré Marcel... Et si un jour Janine se confondait avec le tissu à rayures du panier ? Impossible, ce petit reptile saurien avait la faculté de changer de couleur, mais pas de devenir strié !

Chapitre 6

Le jeudi matin, Dragonette allait passer quatre heures en tant qu'assistante à la charcuterie *Au Brave Cochon Rose.* Elle avait obtenu l'emploi grâce à son sens aigu de l'observation. Une petite pancarte rose bonbon, collée sur la vitrine, avait attiré son regard : *"C'est la foire des porcs, venez nombreux"*. Attirée par l'humour de l'annonce, elle était rentrée dans le magasin proposer ses bons et loyaux services à la charcutière. Celle-ci l'avait regardée de toute sa hauteur, derrière son comptoir. Pas le moins du monde impressionnée, Dragonette lui souriait gentiment. Cette femme à lunettes, aux yeux noisette, le cheveu difficile à coiffer, inspira tout de suite confiance à Annette Biennenchert, la patronne de l'établissement. Son ensemble de travailleuse, bleu marine à col blanc, faisait sérieux. La charcutière pouvait dormir sur ses deux oreilles : cette dame charmante n'était pas du style à faire du gringue à son matou. Si elle avait lu les pensées de Dragonette, elle aurait su qu'elle pouvait dormir tranquille : la postulante éprouvait une vive répugnance pour le rougeaud moustachu qui découpait le cochon en face d'elle. Les doigts boudinés et cramoisis, la chevalière en or rougie par le sang, le visage congestionné virant au rouge vermillon, le tablier barbouillé d'hémoglobine, enveloppant et dessinant une bedaine généreuse, retombant sur le nombril… le malheureux charcutier possédait les attraits indispensables pour inspirer une répulsion *in aeternum* à Dragonette ! Évidemment, la charcutière, passionnément éprise de son mari et professant à son égard une *admiration perpendiculaire* ne pouvait imaginer une seconde qu'une femme pût rester insensible au charme d'un tel représentant de la gent masculine !

En un éclair, Annette Biennenchert comprit l'intérêt qu'elle aurait à l'engager une fois par semaine : *Chouette, je la mets à la caisse chaque jeudi matin, comme ça, je fais mes courses et mon coiffeur !* pensa-t-elle en son for intérieur.

Après un stage assidu d'un mois, Dragonette prouva qu'elle avait un poignet particulièrement souple pour actionner le tiroir-caisse ! Tout cela grâce à son entraînement chez le thanatopracteur !

Lorsqu'il n'y avait plus de clients dans la boutique, elle regardait le charcutier dépecer, trancher, ordonner la viande. Elle admirait le coup de main du patron, toujours le couteau à la main, pour débiter le porc en morceaux : carré de côtes, milieu de filet, pointe de filet, gorge…

– Madame Dragonette, vous savez que l'on découpe le filet mignon dans la pointe de filet ?

Dragonette hocha la tête pour exprimer son assentiment :

– Je n'ai jamais trouvé le filet *mignon* mais succulent… cuisiné au roquefort avec des poires caramélisées autour.

Et Dédé Biennenchert de rigoler en entendant ce piètre jeu de mots qu'il jugea plein d'esprit.

Son employée s'intéressait à tout et appréciait de voir ce grand professionnel ranger les pieds de cochon religieusement, les uns au-dessus des autres, comme les cierges dans les casiers d'églises.

Un jeudi en fin de matinée, Dragonette vit arriver sa patronne, après sa séance hebdomadaire chez le coiffeur : elle s'était fait teindre les cheveux en rouge. Car, vivant un drame quotidien, elle voulait à tout prix attirer l'attention de son époux : à force de voir des boudins, le charcutier ne touchait plus la charcutière.

“À croire que certains métiers vous la coupent”, répétait Fox-Trot, l’œil égrillard.

L’abstinence sexuelle se révélait un drame pour cette créature très portée sur la copulation. De frustration en frustration, cette femme plutôt jolie, avait pris trente kilos qu’elle dissimulait tant bien que mal derrière le comptoir. Mais plus elle grossissait, plus l’inspiration manquait au charcutier. Plus les chances de la charcutière diminuaient, plus son poids augmentait. Le cercle vicieux… Sauf que, dans ce cas précis, le vice dormait comme un chat en boule dans son panier. Impossible de le réveiller tant le somnifère se révélait puissant. Le lit des charcutiers, la nuit, transpirait l’ennui, aussi silencieux qu’un dortoir de nonnes. La charcutière commença à penser qu’une personne malveillante lui avait jeté un sort et piqué une poupée pour la marabouter ! Victime d’un hypothétique rituel de sorcellerie, la gentille charcutière déprima jusqu’au jour où elle imagina de se faire teindre les cheveux en rouge incendie, assorti au magasin. Bingo, tout le monde la remarqua. Les messieurs y allèrent de leurs petits compliments. Et les dames la félicitèrent pour son audace.

Mais le dialogue entre ces deux-là n’augmenta pas d’un iota. Il était réduit depuis tellement d’années à sa plus simple expression ; seule une phrase magique était répétée tous les jours sur les coups de treize heures par Dédé Biennanchert : “Alors, maman, il raconte quoi, le tiroir-caisse ?”

La charcutière se dandinait alors sur sa chaise, comptait les billets qu’elle mouillait de son index et, dans un souffle d’extase, annonçait le montant de la recette. Si le tiroir-caisse n’exprimait pas une somme juteuse, son mari affûtait son grand couteau dans leur direction pendant au moins dix bonnes minutes. Et Dragonette se demandait si elle ne vivait pas dangereusement tous les jeudis matin… !

– Et s'il lui prenait un coup de sang, disait-elle le soir à Théodore et Fox-Trot, accrochés tous deux passionnément au récit de ses aventures diurnes.

Fox-Trot hochait la tête avec intérêt car elle était cliente du *Brave Cochon Rose*. Et à elle non plus, rien n'échappait :

– En tout cas, le métier de charcutier doit être lucratif. Il suffit de regarder le diamant que la charcutière porte à la main droite. Un œuf de pigeon !

Mais la charcutière réussit quand même son coup. Deux mois après cette folle teinture, sa moitié lui adressa un compliment :

– T'es aussi belle que ma viande, maman. Je te mangerai, mon lardon.

Ces mots magiques retentirent aux oreilles d'Annette Biennenchert qui conclut que le sortilège était définitivement rompu !

Dévorer ceux que l'on aime… quel programme délicieux pour un carnivore ! Annette Biennenchert se tortilla de plaisir et trois jours après, sa balance enregistra un kilo de moins. Le miracle de l'amour ! Et plus elle se mit à maigrir, plus son charcutier de mari la serrait à nouveau de près. Voilà peut-être une bonne recette pour modifier le cours de sa vie amoureuse : changer de couleur de cheveux !

Les patrons de la comtesse ne se montraient pas ingrats avec leur employée, lui distribuant toujours du rab : un bout de lard, des tranches de saucisson, des aspics de jambon… Pas un jeudi sans repartir le cabas plein, pour le plus grand plaisir de Marcel et de Mustapha.

– Voilà un jambon qui fait envie, s'exclamait-il chaque fois en passant une langue gourmande sur ses lèvres veloutées.

La première fois, Dragonette avait fait une remarque acerbe :

– En bon musulman, tu ne devrais pas manger du cochon !

– Mais j'adore ça ! T'y crois que ça m'empêche de prier Allah et son prophète avec moins d'ardeur ?

Elle en convenait : Dieu ne demande pas qu'on s'habille en soutane, que l'on porte des bouclettes ou la tonsure pour s'adresser à lui.

Un soir où Dragonette revint avec force cochonnailles, il lui raconta une histoire drôle :

– Un prêtre et un imam voyageaient dans le même compartiment. Au bout d'une heure, le curé ferma son bréviaire et, fixant l'imam, il lui demanda :

"Dites-moi, votre religion vous interdit d'y manger du porc. Mais vous est-il arrivé d'y goûter ?"

L'imam referma son livre de prières et répondit :

"J'y dois vous dire la vérité : oui, à de rares occasions. Mais j'y vous retourne la question : votre religion vous impose le célibat…"

Le curé l'interrompit en souriant :

"J'y sais ce qu'y vous allez me demander : ai-je goûté au fruit défendu ? Eh bien moi aussi, j'y dois vous dire la vérité : oui, une ou deux fois, j'y ai goûté !"

Le curé et l'imam reprirent leur lecture, puis l'imam, se détournant de son livre de prières, regarda le curé et lui dit avec un clin d'œil complice :

"C'est meilleur qu'y l'cochon, non ?"

Mustapha rit de tout son soûl et, engloutissant son jambon, lança à Dragonette, comme pour la provoquer et lui donner des idées :

– Moi, j'aime et j'y pratique les deux !

– Ah, tu connais beaucoup de cochonnes ?

Les deux éclatèrent d'un rire énorme mais Dragonette ne tomba pas pour autant sous le charme de Mustapha. Demain, il lui sauterait dessus ! Hélas Dragonette resterait de marbre, il le pressentait et cela le mettait au comble du désespoir.

Un jour, le charcutier fit une proposition ahurissante à madame de Sermoafort :

– J'apprécie votre bobine fort sympathique, madame Dragonette. Avec vos lunettes, vous faites plutôt intellectuelle, mais vos joues rebondies, votre bonne humeur permanente et votre air gourmand m'ont donné une idée. J'ai une proposition à vous faire…

Dragonette resta muette, mi sur son quant-à-soi et mi flattée par la description agréable que le patron venait de dresser de son gentil minois.

– Voulez-vous être en photo sur mes conserves de rillettes ?

– Pour quoi faire ?

– De la pub, pardi ! Vous avez un sourire à faire grimper les ventes…

– Vous voulez mettre ma bobine sur les rillettes d'oie ou les rillettes de cochon ? demanda-t-elle prudemment, désirant savoir à quelle sauce elle allait être mangée.

– Cela change-t-il quelque chose pour vous d'être sur de l'oie ou sur du cochon ?

– Oui ! Sur de l'oie, j'aurai l'air d'une dinde et sur du cochon, d'une andouille ! Je demanderai son avis à mon conseiller. Je vous donne la réponse la semaine prochaine.

Le charcutier se gratta l'oreille. Heureusement, le tiroir-caisse, ce jour-là, s'était montré particulièrement prolifique…

Naturellement, l'éminence grise de Dragonette lui conseilla de demander des royalties, ce qu'elle fit illico. Le charcutier accepta ses conditions sans sourciller. La photo devait être réalisée par Bobby, la star des photographes parisiens, fidèle ami du charcutier.

– Quelle date vous convient pour le *shooting* ? lui avait demandé le photographe, ne se prenant pas pour la queue de la cerise.

Il désirait tellement paraître branché ! Comme à New York… La dynamique Dragonette ne se laissa pas démonter et lui répondit :

– *Up to you !*[3]

Bobby rigola un bon coup, la trouva sympa et lui proposa une séance qui se déroula de façon homérique, Dragonette voulant se draper dans une toge, un sceptre à la main. Bobby réussit à lui faire entendre raison et la photographia au pied de l'église Saint-Germain-des-Prés, sous l'œil ébaubi des passants, vexés de ne pas reconnaître la nouvelle star. Bobby avait sorti les appareils les plus sophistiqués et avait mis en scène la vedette des rillettes, façon Spielberg. En réalité, il ne lui fallait que le visage de Dragonette, mais en lui faisant prendre des poses, le photographe obtint des mimiques fort sympathiques. Le résultat fut excellent : le courant passait entre ces deux-là.

Le charcutier, enchanté, écrivit au feutre sous le portrait de son employée : DRAGONETTE, LA REINE DES RILLETTES !

Voilà des étiquettes qui étaient fières d'être des étiquettes ! Désireuse d'aider ses patrons, Dragonette n'eut de cesse de coller deux heures durant ces belles images sur les pots. Cela lui faisait un effet bœuf ! Ah, si feu son Hubert avait vu cela…

L'imprévu se produisit : la vente des rillettes dépassa largement les espérances de la joyeuse équipe et Mustapha toucha dix pour cent sur le montant des gains de sa chère amie, pour qui il nourrissait désormais une admiration sans bornes : Dragonette savait faire de l'argent… Elle se comportait en véritable alchimiste et elle ne le découvrait qu'à

---

[3] "Comme ça vous arrange !"

cinquante-quatre ans. Mieux vaut tard que jamais ! Elle plaça ses intérêts qui travaillèrent si bien que la somme de départ doubla en dix mois. Magique la vie à Paris…

Quant au charcutier, il se trouva submergé par le succès. Si son compte en banque commençait à augmenter de manière pléthorique, en revanche il perdait du poids : trente kilos en six mois ! Et Madame devint plus mince qu'un fil : ils trempaient dans les rillettes jour et nuit, à confectionner leurs milliers de pots. Conclusion : au moment où chacun avait enfin retrouvé la ligne, ils se tuaient à la tâche au lieu de s'aimer. La rançon de la gloire ne les épargna point : le couple perdit l'appétit et il fallut les nourrir à coups de perfusion ! Ils devinrent ainsi prisonniers de leur propre légende : non, les rillettes ne font pas grossir ! Le magasin débordait de clients qui affluaient de partout "pour les rillettes de Dragonette". La notoriété du *Brave Cochon Rose* dépassa les limites du 7e arrondissement. Il arriva même un moment où le grand sujet de conversation dans les dîners du 16e ou du 20e portait d'abord sur "les rillettes de Dragonette" ! Force fut de constater que si la musique adoucit les mœurs et unit les hommes par-delà les frontières, la cochonnaille peut également jouer un rôle identique… Et pour une fois, ce n'était pas un tour de cochon !

Madame de Sermoafort ignorait que les rillettes étaient devenues la charcuterie préférée du président : chaque matin au petit-déjeuner, il piochait généreusement dans le pot de quoi tartiner ses toasts. Ainsi, contemplait-il quotidiennement la bonne bouille de Dragonette qu'il trouvait extrêmement sympathique. Le "président" ? Mais de quel *président* s'agissait-il ?

Évidemment, dans son petit monde, Dragonette ne se doutait point qu'elle était l'objet de conversations passionnées et de fantasmes sentimentalo-érotico-sexuels, des sphères les plus élevées de la bonne société jusqu'aux bas-fonds de la capitale : elle continuait sa routine qui se déroulait à l'image d'un mécanisme d'horlogerie suisse.

Le jeudi après-midi, Dragonette avait trouvé un employeur tout à fait transparent. Au bout d'un mois, elle en fit une description qui rendit Mustapha perplexe, car habituellement, les personnages de ses récits étaient plutôt hauts en couleur :

– Cet être est tellement ordinaire que je ne sais pas s'il s'agit d'un homme ou d'un extra-terrestre. Il vit dans une maison ordinaire avec des meubles ordinaires et des objets ordinaires. Il ne voit que des gens ordinaires. Il possède un chien ordinaire, sans race, et un chat de gouttière, dont je ne saurais dire la couleur. Et c'est à peine si j'entends chanter ses oiseaux en cage. Les poissons rouges tournent en rond dans leur bocal, toujours dans le même sens, en silence. Les murs sont beige clair, peut-être, ou blancs. Les fenêtres se fondent dans le tout. Les portes semblent toujours ouvertes. Voilà un être si ordinaire que sa vie ne surprendra jamais personne.

Mustapha ne dit rien, Marcel agita sa queue et Janine captura une mouche avec sa grande langue. Les trois individus sentaient monter l'intensité dramatique !

– Et pourtant, la semaine dernière, j'ai vu son cœur tout grand ouvert. Il était tellement beau que j'en pleure encore. C'est alors que j'ai compris l'essentiel : le cœur n'est ni à droite, ni à gauche, le cœur n'a pas de couleur, le bonheur non plus d'ailleurs. Mais plus l'amour l'habite, plus il devient beau. Même s'il est ordinaire.

Et Dragonette ne parla plus jamais de cet être ordinaire au grand cœur si extraordinaire. Il occupait une place à part, dans le sien. Plus l'on parle des choses, plus on les dilue. Madame de Sermoafort se refusait à diluer la beauté. Surtout quand la beauté possède une telle âme.

L'ambiance faillit devenir nostalgique. Aussi, pour changer de sujet de conversation, Mustapha proposa une folle aventure à Dragonette : un bal musette à Maubert Mutualité. Elle écarquilla des yeux grands comme des assiettes à soupe tant le bal musette se trouvait éloigné de ses préoccupations métaphysiques. Mais les descriptions enflammées de son Talleyrand de Mustapha la tentèrent au plus haut point. Que risquait-elle à s'y rendre un dimanche après-midi ? Il lui suggéra de s'habiller élégamment car les femmes apportaient un soin jaloux à leur toilette pour la circonstance.

Dragonette se promit de demander son point de vue à Rosa. Celle-ci lui conseilla de mettre un haut habillé, mais pas trop chaud, "car on transpire vite quand on danse", et une jupe, surtout pas droite et de préférence avec des volants : "C'est plus joli car la valse et le paso font virevolter les volants."

Dragonette pensa qu'elle avait mérité de se distraire un peu : elle comptait maintenant onze clients car elle venait de trouver, deux mois après son arrivée à Paris, une demi-journée de travail chez le curé de la paroisse du coin, le père Paul Peinnard, tous les samedis matin. Être la bonne du curé, ce n'est pas une sinécure. Ainsi, Dragonette commençait toujours par refaire son lit qui restait généralement un champ de bataille tout au long de la semaine.

Sa litière sent l'homme seul, sec de ne pas partager son corps. C'est beau, les sacrifices. Mustapha dit qu'il préfère les sacrées fesses ! Les hommes sont tous des cochons, sauf monsieur le curé !

Ensuite, le grand plaisir de Dragonette consistait à compter l'argent de la quête. Elle y trouvait souvent autant de boutons de culotte et de tickets de métro que de pièces de monnaie.

– Ils sont marrants les gens. Avec quoi monsieur le curé paie-t-il l'essence ? Et sa nourriture ? Et mes heures de ménage ? Pas avec des tickets de métro ! fulminait Dragonette.

Placidement, celui-ci lui servait toujours le même refrain :

– L'argent est un bon serviteur et un mauvais maître…

Un jour, elle arbora le pull rouge flamboyant que Happy lui avait offert. Son curé lui en fit compliment. Dragonette, surprise, lui demanda s'il s'y connaissait en mode féminine. Il lui répondit qu'il avait failli rentrer dans la haute couture et que, finalement, il était rentré dans les ordres. De la haute couture à la tonsure, quel parcours ! Une autre fois, Dragonette mit un pull très décolleté et demanda au curé s'il trouvait le modèle joli, avant qu'elle n'enfilât sa blouse.

– Il n'y a qu'un modèle susceptible de m'intéresser : la sainteté, lui répondit-il.

Ensuite, il lui fit une réflexion au moment de son thé, sur les coups de 10 heures :

– Vous allez affoler mes ouailles avec vos tenues provocantes.

– Vous êtes un vrai homme, monsieur le curé ! Mais le paysage appartient à tout le monde, ce n'est pas ma faute si les hommes sont tous des cochons !

– Ma petite fille, comme je vous l'ai souvent entendu dire, les hommes ne sont pas tous des cochons.

– C'est vrai, monsieur le curé, vous êtes l'exception qui confirme la règle.

– Moi ? Je ne suis pas un homme, vous le savez bien.

Et Dragonette pensait : *Y a-t-il beaucoup de femmes sur cette terre qui travaillent pour un homme qui n'est pas un homme ? C'est un destin, c'est le mien en tout cas. À homme exceptionnel, femme de ménage exceptionnelle ! D'autant qu'il ne peut m'offrir qu'une maigre rémunération. Donc je fais ma B.A. Comme je suis femme de ménage d'un saint homme, l'argent ne peut pas m'intéresser. Forcément !*

Un jour, le père Peinnard posa une colle à son employée en lui demandant la définition d'un bon curé.

– C'est un berger qui ramène ses brebis égarées au bercail.

– Vous êtes une bien jolie brebis, répondit le curé en la regardant droit dans les yeux !

Dragonette en rougit jusqu'aux oreilles.

– Vous avez les pommettes bien rouges…, la taquina le père Peinnard, en ajoutant qu'il affectionnait particulièrement ses rillettes !

Ah s'il pouvait en faire la pub lors de ses sermons… Une telle entraide, ce serait de la charité chrétienne, non ? Il ratisse large, il rassemble trois cent cinquante à quatre cents fidèles. Je n'ose pas lui demander ce service, je me rattraperai en confession. Si on ne peut pas tout dire à confesse, alors, à quoi servent les curés ?

Lorsque Dragonette apprit le prénom de son curé, Paul, elle lui dit que son rat avait la même initiale sur la fesse gauche. Horrifié, il s'exclama :

– Un rat, mais quelle horreur !

Dragonette promit de lui présenter Marcel. Après tout, c'était aussi une créature du Bon Dieu, non ? Le saint homme acquiesça et soupira : il n'avait déjà pas le temps de s'occuper des hommes, alors les animaux… Curieuse réflexion pour un homme au grand cœur.

Déjà quatre mois qu'elle était arrivée dans la capitale… Dragonette chérissait ses onze patrons et décida un jour d'organiser un cocktail dînatoire, un dimanche soir, sur le palier du septième étage. Mustapha approuva l'idée et lui promit de dresser un buffet qui rappellerait les délices des Mille et Une Nuits. Dragonette distribua à chacun de ses patrons un carton, en précisant que mariés et pacsés étaient conviés avec leur moitié. Tous les invités acceptèrent avec enthousiasme. Le nombre d'invités s'éleva à vingt, sans oublier Dragonette et Mustapha, plus le vieil oncle et Fox-Trot, soit au total, vingt-quatre personnes ! Le vieil oncle fut surpris que

Dragonette ait réuni autant d'amis en si peu de temps. Les invités étaient attendus à partir de 19 heures.

Mustapha cuisina trois jours durant les couscous les plus succulents, les tajines les plus goûteux, les desserts les plus parfumés. Ah ! Les dattes fourrées à la pâte d'amande aromatisée à la fleur d'oranger, les cornes de gazelle… En homme généreux, il avait cuisiné pour cinquante personnes, pensant offrir à chacun un *doggy-bag* à ramener chez soi.

Dragonette décora le palier avec ses fleurs préférées : lys et anémones, et disposa artistiquement les plantes vertes qu'elle avait sauvées d'une mort certaine dans les poubelles. Son palmier avait retrouvé une vigueur laissant présager encore de nombreuses années de vie. Puis, madame de Sermoafort dressa un buffet comme seule une femme habitant la campagne sait le faire. Elle avait acheté des branchages au marché aux fleurs de l'île de la Cité, dans lesquels elle avait planté coquilles d'escargot, champignons et glands. Elle avait disséminé des primevères violettes et blanches dans de la mousse bien verte trouvée en forêt de Fontainebleau. Sa nappe blanche ? Un prêt de madame Happy ! Son buffet semblait tout droit sorti des grandes écoles de peinture flamande de Vermeer ou Rembrandt.

Le premier arrivé fut son oncle, suivi de Fox-Trot. Cette dernière ne put retenir un cri d'admiration devant la table si bien dressée. Sa lippe gourmande eut beau frémir d'impatience, ils n'osèrent se servir et attendirent patiemment les autres invités. Une heure plus tard, enfin, arriva une femme que Dragonette eut du mal à identifier sur-le-champ. Et pour cause, Rosa Moustika, sans maquillage, était méconnaissable : son teint s'apparentait à la pâleur du marbre funéraire, elle arborait des lunettes rondes cerclées de métal, portait un chignon aussi serré qu'une feuille de papier à cigarettes, un col roulé noir, une jupe droite tombant à mi mollets. Les yeux de biche, les lèvres pulpeuses, les seins proéminents avaient disparu ! À la place de la bombe sexuelle se tenait une vieille fille terne et sans relief. Seul, son parfum signait l'identité de Rosa. Pour couper court à tout commentaire de Dragonette, sans voix, elle déclara :

– J'arrive de chez mes parents où je suis allée passer le week-end. Bravo Dragonette, pour ce magnifique buffet.

Dragonette apprécia la délicatesse de Rosa qui ne l'avait pas appelée par son nom de guerre : Baby Potelée !

Et Dragonette de répliquer sans sourciller que c'était vraiment gentil de si bien prendre soin de ses vieux parents. Elle la présenta à son oncle et à Fox-Trot, qui portait un chemisier rose à jabot de dentelle.

Elle proposa à ses trois invités de se restaurer tout en sentant une grosse boule lui serrer la gorge. Mais où donc étaient passés ses nouveaux amis ? Tellement philosophe, elle pensa que c'était formidable d'avoir déjà trois invités. Les autres ne tarderaient pas à arriver.

À 21 heures, personne. À 22 heures, personne, à 23 heures, personne… *"O tempora, O mores !"* s'était exclamé Cicéron, en s'élevant contre la perversité des hommes de son temps. Dragonette reprit cette phrase de déception à son compte. Le vieil oncle, Fox-Trot et Rosa avaient regagné leurs pénates vers 22 heures, après avoir dévoré sans complexe leur part de buffet.

Une fois ses trois invités partis, Dragonette pleura longuement, partagée entre la tristesse et l'indignation : le lendemain, elle aurait l'explication de cet affront que ses dix autres patrons lui avaient infligé. Même le curé l'avait oubliée… Vive la charité chrétienne !

Hélas, le congélateur de Mustapha ne put contenir tous les restes. Pendant cinq jours, Dragonette et lui ingurgitèrent tout ce qui ne pouvait tenir dans le frigo.

Le lendemain et le surlendemain, son enquête menée gentiment lui révéla que tous les invités, sans exception, avaient attrapé un mal de tête curieusement devenu contagieux en ce dimanche soir ! Quelle platitude dans leurs excuses… Quel manque d'imagination. Mais surtout quel manque de cœur. Néanmoins, Happy offrit la nappe blanche à la comtesse, Gaby et Georges une bonne bouteille de vin et le charcutier un jambonneau entier. Seule l'actrice de cinéma ne s'excusa point : elle était dépressive et avait dormi tout le dimanche, assommée par quinze cachets d'antidépresseurs, assaisonnés au whisky. Cette créature sentait aussi mauvais que ses fonds de culotte. Son fond de teint laissait des traces sur tous ses vêtements. Devant cette crasse généralisée, Dragonette s'offrit le luxe de démissionner auprès de cette pauvre chose.

Dragonette décida qu'un jour elle prendrait sa revanche. Alors elle cravacha sans relâche, jour après jour, pour atteindre le haut du sapin. Elle savait que personne ne manquerait à l'appel à la minute où son étoile scintillante atteindrait le zénith… Et puis le projet du prochain week-end l'amusait tellement qu'elle oublia l'affront de tous ces monstres d'égoïsme à la logique de comportement similaire. La plupart de ceux-ci suivaient aveuglément les préceptes de psychothérapeutes dont le mot d'ordre était : “Il faut d'abord penser à soi. Les autres passent après vous !” Quel altruisme, quel sens de l'altérité !

Arriva enfin le dimanche tant attendu du bal musette ! Dragonette se pomponna et partit au bras de Mustapha qui arborait son plus joli costume, gris perle à grosses rayures, avec un œillet rouge à la boutonnière. Après trois stations de métro, les deux amis arrivèrent à Maubert, dans la grande salle de la Mutualité, bordée par la délicieuse rue Saint-Victor.

L'œil prêt à friser, le sourire sceptique, Dragonette découvrit l'effervescence du bal musette, la musique, les danseurs évoluant avec enthousiasme sur la piste : la belle énergie de ce spectacle la cloua sur place. Mustapha eut beaucoup de mal à la faire asseoir à sa table : Dragonette s'était muée en statue de sel. Fascinée ! oui, elle était fascinée par ce monde nouveau qui s'offrait sans retenue sous ses yeux devenus de véritables ventouses. Elle refusa de danser avec son chevalier servant tant elle désirait capter le moindre détail du bal. Mustapha retrouva des bonnes copines et se dévoua pour les inviter toutes. Ouf, elle avait ainsi tout loisir pour en prendre "plein les mirettes", comme disait Mustapha.

L'orchestre sur scène se démenait comme un beau diable. Les musiciens, l'air mi-rigolard, mi-inspiré, interprétaient néanmoins leur partition avec conviction ; en professionnels convaincus, ils se devaient d'animer ce bal avec brio, véritable feu d'artifice de couleurs, de mouvements, de pas, d'êtres qui se serraient pour mieux s'éloigner ensuite, et se retrouver à nouveau... Cupidon devait se frotter les mains ce jour-là.

Dragonette remarqua d'abord les tenues des danseuses. Elle ignorait que le bal musette jouit de règles immuables : à 4 heures de l'après-midi, les femmes font montre d'élégance dans leur robe ou leur jupe, souvent pailletée, perlée, brodée ou ornée de strass. Le décolleté sait être généreux, c'est à qui rivalisera du téton le plus aguichant sans toutefois le dévoiler entièrement ! Prohibé le pantalon... Ici, l'enjeu suprême consiste à mettre le corps en valeur, notamment en exhibant gambettes et chevilles : rien de tel que le port de talons aiguilles pour souligner le galbe du mollet ! Les femmes font des économies toute la semaine, quitte à sauter un repas, pour prêter serment à la féminité ce jour-là. Point d'ongles sans vernis. Eye-liner, mascara, fard à paupières, poudre de riz, fond de teint, laque... La panoplie complète de la beauté artificielle est déployée sans compter pour armer les conquérantes sur le pied de guerre. L'enjeu est vital : la chasse à l'homme ! Il s'agit de crocheter un mâle, de préférence *riche, beau, intelligent* et ce, pour la vie, bien sûr ! Sur qui vont-elles jeter leur dévolu, songent-elles, en lançant leur regard de Diane Chasseresse ?

Les matous, la plupart aux cheveux lustrés, consciencieusement passés au gel, apportent eux aussi, un soin jaloux à leur tenue : costume bien coupé, pli de pantalon impeccable, pochette en soie, souvent synthétique, chaussures à lacets, révélant cependant parfois des chaussettes élimées avec un trou au talon. Au bout de quelques tours de piste, ils tombent la veste et se retrouvent en chemise, souvent auréolée de transpiration. Les cravates valsent elles aussi et sont généralement dénouées ou enlevées dans le premier quart d'heure. Certains arborent au poignet la gourmette en argent, gravée à leur prénom. D'autres portent des bagues à leurs initiales tandis que les chemises à col ouvert des Don Juan laissent entrevoir la médaille en or, représentant soit la Vierge Marie, soit le signe astrologique du monsieur : un sujet de conversation plus facile à gérer que le thème de la sainte mère de Dieu. Ces hommes-là ne montrent guère un empressement farouche à rencontrer l'âme sœur mais guettent plutôt "la bonne occase" du jour. Leur mot d'ordre : *scorer, sans pour autant s'engager !* Certains finissent néanmoins par se faire harponner.

Dragonette se délectait : les danseurs saisissaient avec plus ou moins de délicatesse leur cavalière entre leurs bras impatients. Tel ce vieillard qui soulevait involontairement la jupe de sa danseuse jusqu'au ras des fesses, en la prenant par la taille : il s'agissait d'une jeune poulette de quatre-vingts printemps qui, extatique, tenait son dentier accroché au jabot de cet homme. De cette façon, elle était sûre de ne pas le lâcher ! Un petit moustachu lubrique, un mètre cinquante au garrot, n'invitait que les grandes femmes de manière à pouvoir fourrer sa moustache dans leurs seins, zone particulièrement érogène. Quel plaisir il prenait à fourrager et humer toutes ces peaux appelant le désir à cor et à cri. Les physionomies et les corps de ses victimes, manifestaient assentiment ou désapprobation, de diverses manières : les unes cambraient la taille, l'air faussement détaché, les autres gloussaient comme des poules qui voient sortir le coq. Sous le chatouillement de la moustache, il ne fallait surtout pas prendre l'air gêné ni dévoiler son désir trop vite. Vieilles filles à toiles d'araignées ou dévoreuses hystériques ont toujours intérêt à cacher leur jeu.

Et Dragonette constatait que le bal musette permettait aussi aux amoureux de savourer l'instant présent. Et leur bonheur la rendit heureuse à son tour. Que ce couple enlacé si tendrement était jouissif à regarder ! Lui, mince comme une liane, dansait joue contre joue, d'un air si pénétré, avec elle, ravissante dans sa simplicité, aussi concentrée que lui. Les deux corps s'épousaient telles deux pièces de puzzle. L'énergie de ce duo différait de celle des autres couples : ces deux-là ne faisaient qu'un. Rien ne pouvait les distraire tant ils étaient fusionnels, ne dansant que l'un pour l'autre et par l'autre, unis à jamais par ce même air qu'ils respiraient en même temps. Dragonette, en les admirant, éprouva aussi la nostalgie de l'amour. Mais ce n'était pas une raison suffisante pour craquer avec Mustapha !

Tout au long de ce bal, Dragonette passa par toute la gamme des émotions.

Se dissimulant tant bien que mal dans un recoin, deux pataudds évoluaient sur la piste avec une gaucherie inqualifiable, une maladresse telle que Dragonette se demanda comment ces deux-là pouvaient réussir à s'accoupler bibliquement ! Elle en éprouva une compassion sincère. Dans un autre coin, un danseur voulait à tout prix plaquer sa partenaire contre sa bedaine par trop incisive. Manifestement rebutée par cette approche intempestive, elle positionnait son arrière-train à 90 degrés. Dragonette, l'œil frisant à son maximum, imaginait cette femme en train de penser : *S'il croit qu'il va caser son lézard en pension, il rêve celui-là !*

Plus près, un rouquin à rouflaquettes surannées appliquait une autre tactique : il marchait avec application sur les pieds de sa danseuse pour lui faire comprendre son envie bien précise, qui n'avait rien à voir avec une partie de dominos ! Sa partenaire, redoutant le pire pour les pointes de ses ravissantes chaussures en daim toutes neuves, gardait farouchement les yeux dans le vague et jouait l'absence à la perfection. Une femme, aux kilos assassins, même pour les balances les plus magnanimes, avait entrepris de circonscrire un petit maigrelet dans une série de valses endiablées. Il s'épongeait le front avec désespoir tandis que sa glotte tricotait des allers retours d'une rare célérité dans sa gorge desséchée : il se donnait un mal de chien pour s'extirper des rondeurs tentaculaires de la dame. Les pieds en sang, labourés méthodiquement par sa cavalière, il se laissa choir, au bord de l'évanouissement, sur la première chaise qui s'offrait à lui. Ses cors aux pieds criaient tant de douleur qu'il lui fallut un bon quart d'heure pour se remettre de ses émotions. Eh oui, le bal musette ne fait pas que des heureux et laisse parfois des blessés sur la piste !

La comtesse de Sermoafort prenait un plaisir fou à regarder s'ébattre cet univers pluridimensionnel si vivant. Entre les amoureuses, les vierges effarouchées, les mangeuses d'hommes, ou leur contraire, et les hommes, sûrs de leur charme, ou hésitants comme des communiants, elle ne se lassait pas de scruter la comédie humaine qui s'ébrouait sous ses yeux, dans un assaut perpétuel de séduction. Grâce à Rosa, elle commençait à comprendre les arcanes du désir, le fonctionnement de la libido, l'attrait ou la répulsion. La libido se montre souvent plus capricieuse qu'une pouliche pur-sang. Certains êtres excellent dans l'art de faire fuir toute envie jusqu'à aller à son assassinat, devenant ainsi des tueurs de désir professionnels ! Alors que l'héroïne ou le héros se sentait prêt à fondre. Une haleine aux remugles d'égout, des ongles habités par la crasse, une odeur de nicotine tenace, une transpiration ammoniaquée, trahie par de grosses auréoles jaunâtres sous les bras, une pression d'un sexe trop insistant… autant d'éléments qui refroidissent sans appel.

Dragonette songeait que Rosa était passée maîtresse dans l'art de maintenir la pression et savait entretenir l'attraction de l'un pour l'autre, des semaines, des mois, des années. Quel don de savoir susciter chez l'autre un désir permanent même si l'on n'est pas amoureux ! Ce qui était le cas de Rosa. Pas un homme qui ne succombât à son charme et ne demeurât envoûté. En réalité, l'intermittente du sexe était très claire dans sa tête, ayant pour devise : "Le corps se prête, mais seul le cœur se donne." Elle avait trouvé le moyen de ne pas souffrir, en adoptant une vision partitive sur l'amour et le sexe. Elle dichotomisait son corps du cœur, de l'esprit et de l'âme : elle excellait dans l'art de séparer le visible de l'invisible et de diviser ce qui, à notre mort, pourrira de ce qui restera éternel.

Mais si elle prisait beaucoup ses principaux clients, Rosa n'avait qu'un seul grand amour : son père. Tous les dimanches, Rosa exécutait son petit chignon de religieuse, enfilait un corsage strict sur un pantalon ou sur une jupe qui cachait ses jambes. Elle enfermait son corps dans ce genre de déguisement pour faire disparaître toute trace de sex-appeal... à la manière dont on range un aliment dans un sac plastique pour le mettre au congélateur. Et chaque dimanche, le papa de Rosa voyait surgir dans sa petite maison de banlieue une femme délicieuse mais tellement insipide, invisible, transparente aux yeux des hommes. Il était rassuré de voir le fruit de sa chair en vieille fille homologuée car, ainsi, sa progéniture restait sa propriété. Par cet accord tacite, Rosa prouvait à son père qu'elle l'aimait. Elle excellait dans les deux rôles qu'elle avait choisis : plaisir de nombreux mâles, bonheur d'un seul homme.

Comme c'est drôle de voir Mustapha en train de faire le joli cœur ! songea Dragonette en revenant à la réalité.

Mustapha voyant sa chère amie se lever, bondit dans sa direction : trop tard, le maigrichon, ranimé, l'avait invitée à une initiation paso-doble. Incontestablement, madame de Sermoafort se révéla douée. En un quart d'heure, son cavalier lui fit découvrir toutes les postures de cette danse symbolisant les jeux de l'arène. Dragonette apprécia les différentes figures du paso, sans toutefois se sentir ni taureau ni toréador, mais simplement une femme féminine et gracieuse. Sa croupe ondulait en rythme, ses pieds saisissaient la cadence avec la volupté de l'ascète qui n'a pas mangé depuis trois jours. Dragonette vivait le moment présent avec avidité. Le maigrichon la complimenta sur la facilité avec laquelle elle venait d'apprendre à se mouvoir. Et puis, elle, au moins, ne prenait pas les pieds de son danseur pour un paillasson !

Ensuite Mustapha l'invita mais il sentit très rapidement au plus profond de lui que Dragonette restait plus glacée vis-à-vis de son désir que les icebergs des deux pôles nord et sud réunis. Il en fut malheureux et en même temps se dit qu'il valait mieux, après tout, renoncer à faire exulter le corps de sa voisine de palier. En macho patenté, il était convaincu d'appartenir à l'élite des donneurs d'orgasmes. Il demeurerait persuadé toute sa vie que Dragonette, sans le savoir, était passée à côté du *coup du siècle* ! Il se sentait sincèrement désolé pour elle mais se consola en pensant qu'il construisait une amitié exceptionnelle, supérieure à des amours bancales dès le départ.

Tous deux revenus chez eux, il s'en ouvrit à Dragonette qui acquiesça : leur *love story* devait rester platonique… Marcel et Janine donnèrent aussi leur approbation ! Après tout, ces deux créatures ne ressentaient pas le besoin de faire du sexe pour s'adorer. Les humains n'avaient qu'à prendre modèle sur eux.

En un mois, Dragonette, ayant le rythme dans la peau, apprit la samba, le tango, la valse et le cha-cha-cha. Sa leçon de gym, son sprint hebdomadaire, ses escaliers, son bal musette la firent mincir au-delà de toute espérance. Elle devint aussi svelte qu'une sylphide, ce qui eut pour effet de calmer définitivement les ardeurs de Mustapha. Seuls les kilos supplémentaires de Dragonette l'avaient envoûté ! Fragile désir qui s'évanouit, selon les hommes, sur le trop-plein ou sur l'absence… de chair.

Désir fugace, fugitif, momentané, absent, insistant, pressé, rapide à la détente, promettant l'éternité pour consommer tout de suite l'instant présent. Désir voleur, menteur, hypocrite qui tel un Jocrisse tue père et mère pour séduire puis abandonner. Désir volage, volatile comme le parfum d'un lys qui meurt le soir après avoir rayonné le jour. Désir si tendre que chacun commence la descente aux enfers quand il nous déserte… "La fête passée, adieu le saint !"

Chapitre 7

Encore un lundi qui avait su conserver toute sa saveur pour la femme de ménage la plus heureuse du 7e arrondissement. Cela faisait maintenant plus de cinq mois que Dragonette se déployait entre ses divers employeurs, récoltant les fruits d'une réussite inattendue.

Elle arriva chez la psy en chantonnant des airs de corps de garde. Et une fois de plus, elle trouva Anne-France au comble de la désolation. La thérapeute ingurgitait désormais six antidépresseurs par jour qui ne lui faisaient déjà plus aucun effet. Sa vision du monde était trop désespérée pour qu'un quelconque cachet pût accomplir un miracle. Douée d'un instinct particulièrement développé et d'une grande connaissance de l'âme humaine, Dragonette réussit à la tirer de son abattement et même à la faire rire. En réalité, Anne-France souffrait cruellement du *désert d'homme*, et plus son corps trahissait le manque, plus les hommes s'éloignaient. Cette logique imparable se répète depuis la nuit des temps. Cette fois-ci, forte de son expérience, Dragonette lui proposa carrément de l'emmener au bal musette en compagnie de Mustapha, le dimanche suivant. Anne-France pourrait peut-être y rencontrer un homme digne de ce nom… Hector, en entendant cette proposition, aboya joyeusement. Il en avait ras-le-bol de mourir à moitié étouffé entre les bras de sa maîtresse qui, n'ayant personne à cajoler, le submergeait littéralement de baisers trop souvent avinés. Car l'alcool commençait à pointer son nez. Bibine plus palanquée de psychotropes quotidiens, la psychanalyste empruntait immanquablement la pente descendante aux yeux de Dragonette qui s'était juré de la sortir de cet enfer.

Anne-France avait appris à apprécier madame de Sermoafort, qui déployait des trésors de gentillesse à son égard. Toujours gaie, chantant les grands airs du répertoire, accueillant les patients avec un sourire généreux comme deux mains tendues, Dragonette charmait forcément les êtres qui l'approchaient. Son caractère résolument optimiste la sauvait pour toujours du club, hélas trop fréquenté, des *sinistrosés* patentés. Et pourtant, elle avait eu son lot de souffrances comme personne. Ou plutôt comme tout le monde !

Ce n'était pas tant d'avoir été outrageusement cocufiée par feu son Hubert ("quand un homme trompe sa femme, c'est lui qu'il trompe", répétait Fox-Trot avec une certaine acrimonie !) que le fait de ne jamais avoir eu d'enfants. Dragonette au grand cœur n'avait hélas pu goûter aux joies de la maternité. Pourtant, elle aurait tout donné pour mettre au monde au moins deux bouts de chou. Tout ce malheur à cause d'Hubert dont les spermatozoïdes ne galopaient pas assez vite ! En regardant derrière elle, elle se disait qu'elle aurait pu agir autrement ; se choisir un géniteur sans tare, bien portant, et, ni vu ni connu, elle se serait fait "engrosser", comme on dit dans sa campagne. Hubert, dispensé de ces tests de fertilité humiliants, n'y aurait vu que du feu et avec deux enfants à la maison, il aurait moins battu la campagne. Autre avantage : le sang bleu aurait été régénéré et la race des Sermoafort serait repartie du bon pied. Mais les regrets étaient aussi stériles que son défunt mari ! En outre, la nature de Dragonette ne la portait pas à la tromperie. Le temps faisant son œuvre, elle avait chassé ces pensées délétères et préférait se consacrer aux autres. Ainsi rendez-vous fut pris le dimanche suivant pour faire découvrir à Anne-France les plaisirs du musette, en compagnie de Mustapha, bien sûr.

Comme toujours le lundi, elle se rendit l'après-midi chez Rosa Moustika. Elle enfila la combinaison de simili cuir, ajusta sa perruque blonde, redessina ses yeux et chaussa ses hauts talons. La grande prêteuse d'amour, obligée de s'absenter ce jour-là, lui inculqua les premiers rudiments de l'art du fouet : "Plus souple le poignet" (décidément, le leitmotiv parisien courait sur toutes les lèvres), conseillait gentiment Rosa, qui sortit ensuite honorer ses rendez-vous. Dragonette ne mit pas longtemps à comprendre les subtilités du fouettement, et lorsque retentit le premier coup de sonnette, elle se dirigea d'un pas assuré vers la porte.

Le candidat était aussi haut que la première marche d'un escabeau, rond comme une pièce d'un euro et doté d'un fort accent provençal, diablement assaisonné à l'ail et à l'huile d'olive.

– Bonjour, où qu'elle est passée, la Rosa ? demanda-t-il, avec une lueur de déception dans l'œil gauche et d'inquiétude dans la prunelle droite.

– Madame Rosa a eu une petite urgence et m'a demandé de la remplacer. Moi, c'est Baby Potelée. Elle m'a dit que tu adores ça, répondit Dragonette en désignant la verge en stationnement.

– Moi, c'est Manolo et mes potes me surnomment "Gland de poney". Allons-y, maman, je ne suis pas venu pour faire la causette.

Dragonette réussit à garder son sang-froid et afficha un flegme de circonstance pendant que Manolo, alias Gland de poney, se mettait en costume d'Adam. Ses deux fesses portaient la marque indélébile d'une petite vérole de jeunesse, et ses jambes, noires de poils, l'apparentaient plus à la famille des gorilles qu'à celle des humains. Sa panse, aussi tombante que les giboulées de mars, trahissait un goût féroce pour la bonne chère. Manifestement, les fées, ah les vilaines, avaient oublié de dupliquer le bon modèle, celui d'Adonis, bien sûr, en se penchant sur son berceau !

– Attache-moi au radiateur, maman.

Ah, si j'avais eu un fils aussi moche, j'aurais été malheureuse toute ma vie, pensa Dragonette en le ligotant posément.

Gland de poney se tenait debout face au radiateur. À sa demande, elle commença par lui caresser le dos avec le petit râteau de jardinage de l'appartement dont elle pressait les pointes sur la peau. Petit à petit, le *râteau à plaisir* imprima des petits trous fugitifs sur tout le dos ; beaucoup trop fugitifs au goût de Manolo, qui lui lança une critique acerbe :

– T'as de la purée dans les doigts, maman. T'as une baisse de tension ou tu tricotes ?

Ah, la pauvre Dragonette n'appuyait pas assez fort ? La réflexion énerva cette novice de bonne volonté, qui planta carrément les dents de l'instrument dans la peau.

– Je ne suis plus un bébé, maman, vas-y, appuie, fais-moi encore plus mal !

Le râteau fit dix petites marques violettes dans le creux des reins de Manolo. À cette seule condition, le plaisir daigna enfin se manifester !

– Tu deviens bonne, maman, encore, encore… Aïe ! aïe ! encore, plus fort, maman !

Heureusement, Rosa avait apporté un soin jaloux à l'insonorisation de son appartement. De plus, les chansons de Vanessa Paradis tout en apportant une petite touche érotique, distillaient une ambiance toute en douceur.

– Suffit, maman ! Le martinet maintenant. Je l'ai bien mérité, je n'ai pas été sage avec toi, je suis très vilain.

Si j'avais eu un fils pareil, je te l'aurais battu au sang, bouillonnait Dragonette, à l'idée que son rejeton aurait pu être aussi grotesque. Cette pensée lui donna une vigueur nouvelle. Elle fit mettre Manolo à quatre pattes, toujours collé au radiateur, et elle commença ce qu'elle estimait être le châtiment de son vice. Elle n'y alla pas de main morte. *Ah mon cochon, tu vas voir si j'ai de la purée dans les doigts. Maman va t'en coller une dont tu te rappelleras toute ta vie…*

Les fesses zébrées de traits rouges, l'homme beuglait tel un goret, en redemandant encore et encore, jusqu'au moment où culmina son plaisir dans un mouvement céleste : une érection aussi élancée que l'obélisque de la Concorde !

– C'est la première fois, c'est un miracle ! Merci, mon Dieu.

Dragonette eut un mal fou à discerner de quel dieu parlait Manolo : s'agissait-il du dieu du membre béni, du dieu des érections rares, du dieu des érections municipales ou cantonales… ? Le fouet s'arrêta à cette seconde-là. Rosa avait mis Dragonette au parfum : "Quand l'homme arrive au top, tu stoppes."

Quant à Manolo, il n'arrêtait pas de dire : "C'est le pied, c'est le pied !" alors que Dragonette savait pertinemment que le pied ne se situe pas à cet endroit ! Mais elle s'interdit de le contredire. Devant un tel prodige, cette naïve au grand cœur ne put que se féliciter d'avoir accompli une bonne action. Elle se surprit à esquisser mécaniquement un début de signe de croix et s'arrêta à temps. L'homme continuait à louer l'univers qui lui permettait de se conduire enfin en vrai mâle, à l'âge avancé de cinquante et un ans. Il en pleurait même de gratitude et bénit "maman et son savoir-faire" une bonne douzaine de fois. Ah, si *ses potes* voyaient leur Gland de poney, comme ils seraient fiers !

Dragonette le détacha, sortit de la pièce et passa ses mains à l'eau savonneuse, tant elle avait transpiré.

Manolo paya le tarif et ajouta un pourboire royal pour Baby Potelée et son magistral talent. Dragonette se rengorgea : le client reconnaissait implicitement qu'elle n'avait pas *de la purée dans les doigts* ! L'honneur était sauf.

Voilà un homme qui ne se conduit point en ingrat… Il sait dire merci. Tout n'est pas mauvais chez lui. Mais il doit être bien malheureux pour confondre le pied et la queue…

Curieusement, madame de Sermoafort évita de se demander ce qu'auraient pensé feu son Hubert, son dragon de Daddy et sa chère maman…

Baby Potelée remit la pièce en état et se précipita pour ouvrir la porte au second client. Quel choc ! Se tenait sur le seuil le veuf si élégant entraperçu chez le thanatopracteur… *son* veuf ! Elle se remémora sa vision d'alors : cet homme possédait une allure folle dans son costume gris perle avec sa pochette en soie bleu lavande assortie à ses yeux. Il lui paraissait toujours aussi séduisant mais le fait qu'il fréquentât ce lieu le dévalorisa sur-le-champ à ses yeux. Vexée d'avoir pu accorder de l'intérêt à *ce débauché*, Dragonette le déprécia jusqu'au sous-sol de son estime, mais se présenta néanmoins comme Baby Potelée car, en toutes circonstances, il faut les usages savoir garder ! Elle vit soudain deux grosses larmes couler de ses beaux yeux mauves :

– Appelez-moi Édouard. Je suis veuf… J'ai perdu la femme de ma vie et je ne m'en remets pas.

D'emblée, Dragonette relégua aux oubliettes le mépris qui s'était pointé un peu trop vite et éprouva l'envie irrépressible de le consoler. Mais comment ? La vie ne manquant jamais d'imagination, ce fut lui qui indiqua la marche à suivre :

– J'ai besoin que vous me remettiez les idées en place. Il me semble qu'un bon coup de fouet, au sens propre comme au sens figuré, me ferait le plus grand bien.

Elle lui indiqua la *chambre du fouet* et le suivit, songeuse. Elle venait d'expérimenter le “sens propre”, donc elle en connaissait la définition, mais n'arrivait pas à imaginer comment elle pourrait se dépatouiller avec le “sens figuré”.

Édouard se dénuda avec élégance et Dragonette se trouva face à un corps d'une beauté exemplaire : sa peau lisse, glabre, faisait ressortir des muscles dessinés à la perfection. Étrange vie qui vous fait basculer du plus laid au plus magnifique en l'espace de cinq minutes... Comme il paraissait charmant, délicat, comme il s'exprimait bien ! Il garda son string mauve, assorti à ses yeux et, stoïque, reçut trente coups de martinet sur son fessier adorablement moulé. Dragonette comprit la douleur de *son* veuf et se promit d'en parler à Rosa : en se faisant fouetter, se punissait-il d'avoir perdu sa femme ? Ou bien regrettait-il de ne pas l'avoir aimée autant qu'il aurait dû ? Son comportement ne semblait manifester aucun vice, juste l'envie d'une punition qui, normalement, ne relevait que du divin.

Comment Dragonette allait-elle s'y prendre maintenant, pour le "sens figuré" ? Il y a des moments dans la vie où l'on ne devrait pas se poser de questions ; les réponses viennent toutes seules !

Après s'être rhabillé, le veuf aux yeux lavande attaqua le sujet qui torturait Dragonette :

– Et si nous passions au sens figuré ?

Voilà un homme qui a de la suite dans les idées. Évidemment, si j'avais eu un fils aussi merveilleux, j'aurais été comblée.

Et l'instinct maternel de Dragonette se réveilla à la vitesse de l'éclair. Elle n'eut plus qu'une envie : le réconforter, lui mettre du baume au cœur, lui dire qu'il était merveilleux... Elle le prit spontanément dans ses bras et lui murmura :

– Édouard, tu as perdu la femme de ta vie et je conçois que cela soit dramatique pour toi. Tu dois vivre ta période de deuil sans complexe ni culpabilité, chaque être humain sur terre a le droit de pleurer l'être disparu aussi longtemps que nécessaire. Le deuil peut durer quelques mois ou plusieurs années. Cela dépend de ton instinct vital, Édouard. Un jour, ta force de vie se réveillera plus forte que ton chagrin et, petit à petit, tu apprendras à regarder à nouveau autour de toi…

Sidéré qu'une femme de cet acabit lui tienne un discours aussi sensé, Édouard resta sans voix mais n'en pensa pas moins. C'était délicieux de rencontrer une femme vous consolant sans la moindre arrière-pensée. S'il avait vu le cœur de Dragonette, il aurait constaté que celui-ci faisait des bonds de cabri dans sa cage thoracique. Elle lui caressait le dos avec tant de douceur, tant de bonté… Ils restèrent dix minutes dans les bras l'un de l'autre, sans aucune ambiguïté, puis se séparèrent au grand désespoir de Dragonette. Le reverrait-elle un jour ? En tout cas, sa définition du sens figuré avait comblé Édouard tandis que la comtesse se retrouvait au comble de la solitude !

Deux autres candidats se présentèrent et Dragonette les fouetta consciencieusement. Qu'elle soit Baby Potelée ou madame de Sermoafort, elle n'avait décidément pas de blocages : tout ce qu'elle entreprenait était placé sous le signe du succès.

Mais la fin d'après-midi faillit lui être fatale. Lorsqu'elle ouvrit la porte au dernier coup de sonnette, elle éprouva le deuxième choc de la journée : Théodore de Chabignol se tenait devant elle, sa canne à la main. Elle piqua un fard terrifiant. Son cœur se mit à battre plus vite qu'un tour de piste aux 24 heures du Mans. Son dos ruisselait de sueurs chaudes et glacées… une vraie douche écossaise suscitée par la panique : si son oncle découvrait sa véritable identité, elle pouvait dire adieu à sa vie parisienne. Heureusement, elle le savait très myope.

– Annoncez-moi auprès de madame Moustika.

Si Dragonette était aux cent coups, elle ne manquait pas de présence d'esprit. En contrefaisant sa voix, elle sortit une carabistouille énorme :

– Madame Moustika est souffrante, elle est partie chez son médecin…

Le vieux monsieur tira une tête de cent pieds de long.

– Cela ne fait pas mon affaire… Ce n'est pas le SIDA, au moins ? demanda-t-il, inquiet.

– Oh ! non, rien à craindre de ce côté-là… Une simple angine…

– Je vois, répondit Théodore de Chabignol, totalement rassuré. À mon âge, je n'ai plus énormément de besoins mais j'aime m'amuser un petit peu. Ce qui me plaît maintenant, c'est l'épingle à molette. Vous voyez ce que je veux dire ?

Dragonette passait par toutes les couleurs de l'arc-en-ciel. Comprenant néanmoins qu'elle ne serait pas obligée de fouetter ce vieux grigou, elle poussa un soupir de soulagement :

– L'épingle à molette ? Je ne connais que l'épingle à nourrice… Mon travail consiste uniquement à ouvrir la porte et faire le ménage… Tout le monde n'est pas capable de faire du bien comme madame Rosa !

Déçu, le vieil homme soupira comme l'enfant à qui sa mère retire un jouet et sortit en marmonnant, sans même jeter un œil à Dragonette. Celle-ci prit tout le temps nécessaire pour remettre au vestiaire son uniforme de Baby Potelée et mit un soin particulier à se rhabiller dans le plus pur style Sermoafort. Elle se propulsa dans la rue, en prenant des précautions de Sioux sur le sentier de la guerre : l'idée que son oncle pût encore stationner devant l'immeuble et la voir sortir la terrorisait.

À peine arrivée sur le trottoir, elle subit l'assaut d'une bande de jeunes gens charmants qui firent une haie d'honneur sur son passage et l'acclamèrent :

– Vive Dragonette, la reine des rillettes !

Depuis l'apparition des rillettes sur les bonnes tables du 7e, Dragonette commençait à s'habituer à ce genre de manifestations franchouillardes et amicales : elle blagua et échangea quelques mots de sympathie avec les uns et les autres.

La rue m'appartient et je m'en sens la reine, songeait-elle mélancolique, poursuivie par les deux grands yeux mauves d'Édouard qu'elle ne pouvait chasser de son esprit. *À quoi cela sert-il d'être la reine glamour d'un royaume sans amour ? À pas grand-chose…*

Attablé à une terrasse de café avec ses deux sbires, le *président* observait la scène et souriait enchanté.

– Dragonette est vraiment charmante, soupira-t-il, tout content.

Le trio, réuni là par hasard, tenait un véritable conseil des ministres. Le conseiller du *président* lui suggéra qu'il était peut-être temps maintenant de commencer à lui écrire.

– Non, je n'ai pas fini mon enquête. Je veux savoir qui elle est réellement, comment elle vit et de quoi !

Le *président* ressemblait à un matou qui joue avec sa souris.

– Pour le moment, contentons-nous de glisser mes cartes de visite sous sa porte et dans ses poches.

De son côté, épuisée par cet après-midi torride et mouvementé, Dragonette décida de s'arrêter aux *Deux Magots*, afin de siroter un thé glacé bien mérité ; elle avait travaillé *d'arrache-poignet*. En mettant machinalement la main à la poche de son blazer, elle sentit un bristol qu'elle retira de sa poche et lut :

"Avec les compliments du président. À bientôt ?"

Un "président" ? Mais de quel président s'agit-il ? Qui avait bien pu lui glisser subrepticement cette carte ?

Madame de Sermoafort se plut à imaginer la tête de cet homme qui pointait le bout du nez dans son existence monacale, juste au moment où la chaleur des beaux jours naissants décolletait un peu plus les corsages des femmes, faisant affleurer le désir, encourageant l'érotisme et la séduction.

Et le *président*, assis pas très loin, souriait, souriait, souriait...

Dragonette avait l'impression d'être arrivée la veille à Paris tant la vie avait filé à la vitesse d'une course de pur-sang à Longchamp. Curieusement, elle ne ressentait aucune nostalgie de son passé et encore moins de son château. Elle se remémorait tous les inconvénients de cette grande bâtisse où seul le petit salon était confortable. Sa cheminée était ceinte d'une banquette en cuir rouge posée sur des montants de cuivre astiqués quotidiennement, vraiment l'endroit le plus accueillant de la maison. Mais dès qu'il fallait se rendre à la cuisine ou aux toilettes, Dragonette devait affronter les longs couloirs glacés, l'hiver... Elle passait son temps à descendre et monter les escaliers, exercice plutôt revigorant pour le cœur, certes, mais fatigant pour les jambes. Les pièces grimpaient si haut au plafond qu'elles manquaient de convivialité et présentaient un inconvénient majeur : leurs innombrables fenêtres avec leurs encore plus innombrables carreaux ! Il fallait des semaines pour les briquer et un courage de fantassin à l'assaut. Une fois finies les quarante fenêtres, il ne lui restait plus qu'à recommencer. Madame de Sermoafort, sans domestique, passait sa vie sur les escabeaux au risque de se rompre le cou, ou à quatre pattes dans les plates-bandes, à nettoyer les rosiers au risque d'attraper le tétanos... Quand elle ne passait pas ses après-midi à arracher les chardons dans les champs ! Bref, elle travaillait comme un forçat sans en retirer la moindre roupie. En outre, son époux courant toujours le guilledou, elle s'ennuyait le soir comme un rat mort. Ses seules distractions ? Le conseil municipal avec tous les *ké-kés* du village et les cérémonies funéraires. Quel passe-temps éminemment folichon ! Dragonette se remémora l'enterrement d'une poivrote invétérée, incestueuse de surcroît, au cours duquel le curé avait dit avec conviction pendant son homélie : "Mes frères, réjouissons-nous, nous nous reverrons tous un jour au ciel."

Voilà une perspective alléchante : retrouver tous les soûlographes, les fêlés du bocal, les méchants, les jaloux... Et pour l'Éternité !

Heureusement, un médium de ses relations lui avait appris par la suite qu'une fois morts, les êtres se retrouvent tous au ciel avec beaucoup d'amour, dans une harmonie totale. Plus d'alcooliques, plus de salauds, plus de mesquins, tout le monde redevient beau et gentil : une vision réservée en priorité aux optimistes ou... aux *Bisounours* !

Les châteaux sont destinés à ceux qui ont les moyens de salarier des domestiques. Ou à ceux qui se sentent une âme de domestique ! En effet, de nos jours, la plupart des châtelains sont transformés en hôteliers, cuisiniers, jardiniers pour assurer aux touristes gîte et couvert dignes de ce nom. Après avoir été servie par des escouades de serviteurs des siècles durant, cette "caste raffinée" est devenue à son tour esclave du bon vouloir de ses clients. La roue tourne !

À Paris, Dragonette travaillait moins, huit heures par jour au lieu de quinze, s'amusait dix fois plus, et aimait vivre libre comme l'air. En cette fin d'après-midi, elle goûtait le tourbillon de Saint-Germain-des-Prés et ressentait l'engourdissement du bien-être dans chaque pore de sa peau.

Après avoir savouré le soleil couchant tel un chat, Dragonette fila prendre un cours de grosse caisse avec son professeur, René Doré-Fassy, qui ne pouvait s'empêcher de l'appeler "mon petit dragon". L'école le surnommait "Fa sol la si" ! Depuis qu'elle avait fondu comme beurre au soleil, Dragonette disparaissait presque derrière son gros tambour. Son poignet s'étant musclé au fil des semaines, elle fit des progrès rapides en matière de frappe.

– Mon petit dragon sait manier la mailloche. Quelle souplesse dans le poignet ! roucoulait le professeur.

Du haut de sa soixantaine, il lorgnait d'autant plus Dragonette qu'elle avait laissé ses kilos au vestiaire. Mais Doré-Fassy savait que la coincer dans un recoin quelconque de l'école de musique avec sa protubérance sur le poitrail, s'avèrerait un exercice délicat ! Ah, la maudite grosse caisse qui mettait entre elle et lui une distance machiavélique, un obstacle insurmontable. Ce n'est pas encore aujourd'hui qu'il pourrait lui jouer toute la gamme du parfait séducteur ! S'il avait su que Dragonette songeait avec une délectation mêlée d'effroi à ses clients masos, lorsqu'elle tapait sur sa grosse caisse... quelle tête aurait-il tiré ? Se serait-il enfui, ou aurait-il suggéré une bonne fessée sur son arrière-train à moitié déplumé ? Lorsqu'elle enleva sa grosse caisse, René Doré-Fassy s'approcha un peu trop près d'elle sous prétexte de lui offrir un thé. Son odeur naturelle, poireau-vinaigrette, et son haleine de porc faisandé, ne la firent évidemment pas fantasmer : elle prétexta un rendez-vous urgent avec son banquier pour éviter un tête-à-tête qui la dégoûtait au-delà de l'imaginable. Le prof de grosse caisse se vit, une fois de plus, dans l'obligation de calmer au plus vite son attirail sous une douche bien glacée. L'eau ne sert pas qu'à faire pousser les fleurs !

En rentrant à pied de son cours, madame de Sermoafort découvrit dans les grandes poubelles mensuelles du boulevard Saint-Germain, une lampe au pied turquoise surmontée d'un joli abat-jour blanc. C'était trop beau pour être vrai. Elle examina cette bonne aubaine sous tous les angles : pas une fêlure, pas une égratignure, rien, l'usage avait épargné la lampe. Mais une enveloppe était attachée à la prise électrique. Dragonette l'ouvrit avec curiosité. La lecture de son contenu la fit sourire d'une oreille à l'autre :

"Je voulais éclairer notre amour et toi tu le laisses en permanence dans le noir ! Tu es une vraie Messaline et tu me fais saigner. Je suis la viande et tu es le couteau. Tu as l'art d'appuyer là où cela fait toujours mal. Mais j'en ai marre de jouer les hommes objet. Je pars pour toujours.

N'essaie plus de me revoir maintenant que j'habite au 23, rue de Lille. Adieu, Ton Benjamin pour la vie. Je ne pourrai plus jamais aimer..."

Ce garçon l'aime toujours, c'est certain. Il n'est pas maso, donc ce n'est guère un client pour Rosa. Sa petite amie a jeté la lampe car elle ne l'aime plus. Merci pour moi, en tout cas. L'obscurité des uns éclaire la vie des autres.

La fouetteuse brocanteuse, éblouie par ce cadeau inattendu, le ramena avec précaution et le disposa sur la malle des Indes. Petit à petit, sa chambre prenait des airs de luxe. Lorsqu'elle alluma sa lampe d'Aladin, celle-ci dispensa une douce lumière, créant une atmosphère de quiétude et de béatitude. Marcel improvisa un petit ballet avec Janine et vint chercher une caresse auprès de Dragonette. Existe-t-il beaucoup de femmes à Paris et en province qui vivent dans une chambre de quinze mètres carrés, avec un lit recouvert d'une somptueuse peau de léopard, une table de chevet tendance surmontée d'une lampe turquoise, une théière en argent massif aux poinçons rarissimes, un casque de dragon en cuivre et des murs ornés de miniatures sur ivoire et d'un corset digne d'un musée ? Mustapha adorait contempler la chambre de sa grande amie. Dragonette, femme unique, avait su créer une ambiance unique. Si elle s'était douté une seule seconde qu'un *président*, dans l'anonymat le plus total, se morfondait d'amour pour elle... Mais de quel *président* s'agissait-il ?

De fort bonne humeur, elle décida de descendre au troisième étage rendre visite à son oncle. Elle sonna, puis entra aussitôt avec la clé qu'il lui avait donnée pour sa toilette matinale. Ne voyant personne dans le salon et entendant un doux clapotis du côté de la salle de bains, elle se dirigea à pas feutrés vers cet endroit tout en restant à une distance prudente. La porte était ouverte. Le spectacle qu'elle entrevit la fit sourire : Fox-Trot, nue comme un ver, partageait la baignoire avec Téhodore qu'elle savonnait de la tête aux pieds. Elle frictionnait particulièrement ses deux petites fesses maigrichonnes, qui pendaient tels deux sacs de son, hélas bien vides.

Entre deux gaudrioles, elle lui susurrait qu'il était d'une grande beauté et que c'était le pied (décidément !) d'avoir conservé toute sa virilité à quatre-vingts ans. Et le vieil homme riait, riait, riait…

Dragonette se retira sur la pointe des pieds et envia presque ce couple tellement disparate qui trouvait encore le moyen de s'amuser comme deux enfants. L'amour n'a pas d'âge… et quand il est hors d'âge, il possède la saveur des alcools qui ont su bien vieillir. La part des anges s'est envolée depuis longtemps mais ce qui reste garde encore le pouvoir de mener au septième ciel…

Chapitre 8

La semaine se déroula sans incident majeur ni même mineur. Le couple d'homos vivait dans la quiétude grâce à l'habileté de Dragonette qui ne raya jamais le cristal de Bohême. Au paroxysme du bonheur, Gaby et Georgio se pacsèrent la même semaine mais, étrangement, n'eurent jamais d'enfants. Madame Happy alimentait sa sprinteuse en vêtements, tout en continuant à la faire galoper. Le minois de Dragonette trônait plus que jamais sur les pots de rillettes qui se vendaient à tour de bras, le curé faisait de meilleures quêtes, Marcel vouait un amour sans faille à Janine qui se laissait adorer en passant par toutes les couleurs de l'arc-en-ciel ! Voilà une semaine où tout était pour le mieux dans le meilleur des mondes…

Arriva le rendez-vous fatidique où Anne-France devait retrouver Dragonette au pied de son immeuble, pour aller guincher au bal musette.

– Joyeuses Pâques ! À goûter avant d'aller au bal ! intima Anne-France, en lui offrant un kilo de petits œufs en chocolat praliné.

– C'est une tuerie… Ils sont délicieux ! s'exclama Dragonette, la bouche pleine, devenue spécialiste des œufs toute catégorie.

Ensuite, Mustapha fut présenté à Anne-France dans les plus pures règles de l'étiquette : la psychologue ressentit un choc frontal et dorsal tant elle le trouva à son goût. Curieusement, Mustapha éprouva aussi le grand frisson : les cloches carillonnaient à toute volée pour ces deux-là. Anne-France avait énormément grossi mais ses formes, tant bien que mal dissimulées sous son manteau, laissaient présager des rondeurs divines au toucher. Quel argument prépondérant pour Mustapha, toujours en quête de kilos supplémentaires ! D'ailleurs, Dragonette avait tout de suite remarqué ses mains lorsqu'elle avait rencontré l'homme du Sud la première fois. Des mains toujours prêtes à se poser là où le désir les appelle avec des doigts longs, ronds et lisses… traduisant une sensualité toute méditerranéenne, hélas si rare chez les intellectuels des pays du Nord de la Loire.

Lorsque le trio arriva à Maubert Mutualité, la salle frémissait d'une effervescence compréhensible : les danseurs attendaient tous la star du jour, le roi du musette, André Verschueren.

L'accordéoniste entra sur scène au moment où Dragonette venait de se caler à son poste d'observation. Il avançait lentement, à pas comptés sur scène, avec une dignité exceptionnelle. À quatre-vingt-sept ans, l'homme se distinguait par une élégance rare : chemise en soie de couleur claire à motifs rouges et bleu marine comme son pantalon, coiffure noir de jais domptée par un magistral coup de peigne et laquée en prévision des jours de grande tempête. Il entama tout doucement son concert par *Plaisirs d'amour*, si doucement que Dragonette pensa d'abord l'artiste incapable de tenir plus de dix minutes debout sur scène. Puis elle se laissa gagner par la douceur qui émanait de cette mélodie envoûtante. Les danseurs s'étaient massés au pied de la scène pour admirer le grand homme. Les larmes perlaient au bord de toutes les paupières. Dragonette, médusée, le vit soudain changer de registre et donner libre cours à son inspiration avec un tonus, une vitalité unique, à un rythme endiablé. Les partitions s'enchaînaient en cascade, une énergie insoupçonnable animait ce musicien d'exception. Comme si les notes de musique entraînaient ses doigts malgré lui. À un moment donné, offrant un entracte à son accordéon, il prit la parole pour évoquer la dernière guerre et le train de la mort qui l'emmenait vers Dachau, avec deux mille deux cents prisonniers. À l'arrivée, le voyage en avait déjà tué mille…

– Je n'oublierai jamais…, avait-il murmuré submergé par l'émotion.

En rendant ainsi hommage aux disparus, André Verschueren soulignait sa chance d'avoir été épargné. Et Dragonette pensait au destin hors du commun de cet homme devenu la légende vivante du piano à bretelles. En venant à son concert, madame de Sermoafort s'attendait à trouver une relique, elle avait en fait devant les yeux le dieu de l'accordéon, en chair et en os. L'émotion s'empara de l'assistance qui, à nouveau les larmes au bord des yeux, applaudit à tout rompre. Ce jour-là, André Verschueren resta plus de deux heures en scène. Son âge avancé n'avait aucune prise sur son énergie de musicien.

Soudain, la piste de danse reprit vie et Dragonette distingua Mustapha en pleine discussion avec Anne-France, qui fondait comme une biscotte dans son thé, irrémédiablement sous le charme. Au bout d'une heure, ils dansaient des slows joue contre joue, Anne-France était transfigurée et Mustapha se la jouait gros nounours, tendre et cajoleur ! Dragonette se réjouit tout en éprouvant néanmoins une petite appréhension : si Anne-France entrait pour de bon dans la vie de Mustapha, qu'allait-il advenir de sa complicité avec son voisin de palier ? Et leurs petits dîners ? Et leur chasse mensuelle aux trésors ? Marcel et Janine allaient peut-être devenir orphelins de père ? Comment allaient-ils le ressentir ?

Vivre ici et maintenant était la philosophie de madame de Sermoafort, calquée sur celle de sainte Thérèse de Lisieux. Alors, elle scruta la salle avec une attention soutenue et vit le maigrichon habituel faire une percée jusqu'à sa table. Elle accepta son invitation car il dansait bien, sentait le savon de marque et surtout se surpassait en paso doble. Tourbillonnant, caracolant, Dragonette ne vit pas l'homme qui déposait une carte de visite dans la poche de sa veste restée sur le dossier de sa chaise. Le *président*, toujours lui, passait de plus en plus à l'action, en marquant sa présence qu'il voulait désormais quotidienne…

Lorsqu'elle trouverait la carte de visite, elle se poserait les questions de plus en plus récurrentes : *de quel président s'agit-il ? Que me veut-il ? Qu'attend-t-il de moi ?*

Pour le moment, cette femme au grand cœur dansait avec un certain agacement en remarquant à nouveau Mustapha et Anne-France littéralement pliés de rire. Même si elle ne se sentait pas propriétaire de son ami, elle en conçut une petite jalousie. Quel séducteur, ce Mustapha… En jetant son dévolu sur Anne-France, comment allait-il gérer son temps ? Allait-il changer de comportement vis-à-vis d'elle ? Dragonette, finalement, se prit à redouter cette *love story* des plus inattendues, qui pourrait la priver de son grand ami, à la fois son conseiller ès finances, son chef en matière culinaire et son garde-fou. L'être humain veut bien partager son gâteau à condition de ne pas en perdre la moindre miette. Soudain, Dragonette fut invitée à danser par une femme ! Quelle horreur, elle s'attendait à tout sauf à cela, elle n'osa pas dire non à la belle plante qui la sollicitait avec grande simplicité. Car au bal musette, il est de coutume que les femmes dansent entre elles. Apparemment la trentaine, bien en chair, de beaux traits d'une sensualité éclatante, la bougresse était *un caractère* : elle empoigna la comtesse avec fermeté… Celle-ci lui demanda son prénom pour donner le change, histoire de paraître à l'aise. Mais danser avec une femme n'était guère dans la culture de Dragonette : elle se sentit pataude des pieds à la tête, lui écrasa une ou deux fois l'orteil gauche, mangea deux temps sur quatre et transpira comme un bœuf. La Paulette, la voyant si malheureuse, comprit qu'il n'y avait rien à tirer de la reine des rillettes. “Elle montre une maladresse toute provinciale”, confierait-elle plus tard à ses bonnes copines en se moquant de sa partenaire !

Revenue à sa table, madame de Sermoafort n’eut pas le temps de s’asseoir : un homme de fort belle prestance, en dépit d’un estomac arrogant, l’invitait pour un slow. Une tête magnifique, de beaux yeux gris vert et un bagou du tonnerre, tous ces attributs le rendaient de prime abord, plutôt séduisant. Hélas, très rapidement, elle se rendit compte que le monsieur, trahi par des dents et des doigts noirs de nicotine, exhalait une haleine de cendrier. La race des fumeurs représentait la pire engeance sur terre pour cette femme habituée au grand air. Elle leur reprochait non seulement de lui pomper son propre oxygène sans le moindre remords, mais encore d’empester doublement, en dissimulant leur forfait sous une aspersion massive d’eau de toilette. Si les odeurs s’annulent parfois, il arrive aussi qu’elles se surajoutent…

Très vite, cet homme, s’imaginant compris, s’était épanché auprès de sa cavalière en lui avouant qu’il croyait encore à l’amour : il se sentait prêt à repartir dans cette grande aventure et guettait l’âme sœur comme le chasseur attend sa proie au fond des bois… Dans un excès de vérité, il commit une grave erreur de tactique ; en effet, en évoquant les galipettes, il souligna :

– Ce n’est pas tous les jours le 14 juillet !

Voilà un chasseur qui ne savait pas tirer (et prendre la Bastille d’assaut) ! Avouer ses pannes au lit en courtisant une femme, quelle erreur fatale… Dragonette en frissonna de dégoût : elle se croyait dans les meilleures pages des journaux à sensations, propagateurs types des guimauves sentimentales où s’entortillent et s’enlisent hommes et femmes de peu de fond.

Décidément, cet homme a tout pour déplaire : maudit tabac, assassin de l’amour et plus prosaïquement du sexe…, pensa-t-elle sans aménité.

Ils s'assirent néanmoins pour discuter : chaque fois qu'il esquissait un geste, son corps secouait un nuage de tabac froid autour de lui. Un Hiroshima miniature… Les mouches, les bœufs et autre créatures devaient s'évanouir à un kilomètre à la ronde.

Son visage est blanc comme marbre, comme si le sang avait un mal fou à circuler, à se frayer un passage entre les résidus déposés jour après jour par l'alcaloïde du tabac ! Je ressens de la compassion et en même temps de l'agacement : cet homme suicide sa vie à petit feu à coup de quatre paquets de cigarettes par jour… Dommage, il "porte beau", dirait Fox Trot…

La gêne, occasionnée par cette tabatière ambulante, divisa par deux l'intérêt de la conversation qui obligeait Dragonette à se mettre quasiment en apnée : la malheureuse tournait régulièrement la tête de côté pour reprendre son souffle. Si ça continuait, elle était bonne pour attraper un torticolis. Hélas, ou tant mieux, la nature avait doté Dragonette d'un nez dont l'odorat se trouvait dix fois plus développé que la moyenne, d'où sa difficulté, aussi, à trouver chaussure à son pied.

Soudain, dans un élan passionné, le fumeur lui proposa "la botte" en soulignant qu'il en avait "besoin", sans se préoccuper pour autant de savoir si sa cavalière vibrait à l'unisson. On pourrait disserter longtemps sur les *besoins* de ces messieurs qui ne partagent pas les mêmes intérêts que les femmes dans l'acte d'amour, mais là n'est pas le propos. Madame de Sermoafort, en cet instant précis, éprouva un besoin urgent d'oxygène et non de sexe ! À l'idée d'embrasser un cendrier, elle se raidit comme un vieux bambou et refusa de s'associer à un nicotinisme aussi développé. Il garderait son poison et elle, sa solitude. Elle n'avait pas faim d'amour au point de se polluer l'épiderme et peut-être même le corps. Elle lui opposa une fin de non-recevoir avec une diplomatie que plus d'un membre du Quai d'Orsay lui aurait enviée.

Heureusement, Mustapha revint inviter Dragonette à danser et Anne-France hérita du fumeur. Anne-France, qui ne perdait jamais le nord, réussit à le convaincre de suivre une psychothérapie et s'en fit un client !

Dragonette, brûlant de curiosité, questionna Mustapha comme seules savent le faire les femmes. Intérieurement il jubilait car, très intuitif, il avait compris que le cœur de sa voisine de palier chavirait un tant soit peu. Elle avait involontairement joué la marraine de l'idylle naissante et imprévisible entre Anne-France et Mustapha. Il la rassura à sa manière d'homme du Sud :

– Dragonette, t'y représentes l'être que j'aime le plus au monde. Il est hors de question d'y changer quoi que ce soit à nos habitudes mais j'ai des besoins. Je suis un homme…

Décidément, c'est le jour des besoins de ces messieurs, soupira-t-elle !

Cette mise au point faite dans les règles de l'art, Dragonette et Mustapha se jurèrent l'éternité en amitié. Leur complicité atteint un point d'orgue jusque-là insoupçonné. Mustapha savait rendre sa grande amie à ses propres vues. Dragonette, rassurée, se lança dans des valses endiablées avec ses divers partenaires, parmi lesquels un bourreau des cœurs professionnel !

En effet, elle avait repéré une catégorie d'hommes, carrément cannibales, pourchassant tout ce qui bouge sur leur passage, sans critères de distinction. Qu'elle soit obèse ou maigrichonne, grande ou petite, intelligente ou stupide, du moment qu'il s'agit d'une femme, ils dévorent… Madame de Sermoafort les baptisa "les triples galopeurs" : ogres avançant souvent masqués avec la ferme intention de séduire un maximum de proies du sexe dit faible, pour les consommer sur place ou à la maison ! Se ligoter pour la vie ne fait jamais partie de leur programme. Évidemment, le triple galopeur s'avère souvent l'homme le plus séduisant de toute la gent masculine - qui fantasmerait sur la laideur ? Il a l'art de triompher des femmes les plus coriaces et les plus vertueuses, celles-ci s'avérant les plus excitantes. Son tableau de chasse affiche un si grand nombre de conquêtes que les proies, fascinées, tombent rôties dans son lit, sans discontinuer : le succès attire le succès. Le triple galopeur, infidèle par définition, peut néanmoins être aimé sincèrement à une condition : que son amoureuse garde toujours en tête qu'il vaut mieux être deux sur une bonne affaire que seule sur une mauvaise ! Même si le séducteur, trop préoccupé par son seul plaisir, ne se révèle pas toujours une *bonne affaire*. En tout cas, cette catégorie de tombeur de femmes ne représentait pas le moindre danger pour Dragonette.

En repartant tous trois du bal musette, après avoir serré chaleureusement la main d'André Verschueren, Anne-France proposa une dînette chez elle, qui déclencha l'assentiment général.

Sur le trajet, Dragonette sentit quelque chose dans sa poche et trouva la fameuse carte de visite, encore une. Cela la réconforta d'imaginer que quelqu'un, sur cette terre, pensait à elle. Alors que Mustapha, mené par son tempérament méditerranéen, folâtrait déjà avec une autre…

Ce dernier eut droit à un examen de passage en règle avec Hector qui vint d'autant plus lui mordiller les mollets que sa peau avait conservé le parfum des figuiers et des frangipaniers. Anne-France prépara quelques généreuses tranches de saumon fumé accompagnées d'une vodka à l'herbe de bison et de blinis avec crème fraîche. Mustapha engloutit voracement la quasi-totalité du plateau sous l'œil énamouré d'Anne-France.

Ça, c'est un homme, un vrai de vrai. S'il me fait l'amour avec autant d'appétit, ma vie reprendra des couleurs ! pensa-t-elle, en sortant les seins et en tortillant du croupion.

À la fin du repas, constatant le manège de leurs prunelles sur le grill, Dragonette commença à se sentir importune. Mais à son grand étonnement, Mustapha tint à repartir avec elle, laissant Anne-France rougeoyer d'un désir sûrement incandescent ! Le mufle avoua à Dragonette les effets ramollissants de la vodka sur son objet de plaisir qui l'amenait, chaque fois, à un léger dysfonctionnement érectile... Raison pour laquelle il valait mieux rentrer au bercail plutôt que livrer une joute amoureuse vouée à la Bérézina... Surtout lorsqu'il s'agit de la première fois !

Finalement, Dragonette s'estima contente d'avoir fait une bonne action en initiant Anne-France au musette et en la casant, involontairement, à son voisin de palier. Cependant, elle ressentait un pincement au cœur assez confus.

Quant à Anne-France, elle gardait le souvenir des mains chaudes de Mustapha dans le creux de ses reins, lors de leurs tangos endiablés. En un après-midi, elle avait rajeuni de vingt ans. Mustapha, dans l'espoir de promesses sûrement tenues, n'avait pas arrêté de lui dire qu'elle était belle. Plus un homme dit à une femme qu'elle est belle, plus elle le devient... L'inverse est aussi vrai.

Dragonette sortit les petits œufs en chocolat de son sac et les disposa dans une coupelle en opaline offerte par Happy. Le lendemain matin, elle vit avec horreur Janine, ovipare distinguée, en train de couver les œufs de Pâques si chaleureusement qu'ils fondaient petit à petit. Elle pesta avec véhémence mais réussit à sauver les œufs du dessous. Les petits yeux de Janine, qui cillaient indépendamment l'un de l'autre, se mirent à tourner plus vite que d'habitude, en raison du stress causé par l'engueulade maison ! Marcel vint calmer le jeu en donnant un coup de patte amical au bras de Dragonette. Celle-ci courut laver Janine, le ventre tartiné de chocolat, au petit lavabo des toilettes du palier.

Et la vie reprit son cours.

Chaque jour de cette semaine-là, le facteur monta au septième étage, déposer un courrier de ministre généralement libellé à *"Dragonette, la reine des rillettes"*. Les admirateurs commençaient à se manifester en nombre. Certains, curieux de la voir en vrai, demandaient un rendez-vous, d'autres se disaient enchantés de découvrir une bouille si sympathique sur leurs pots de rillettes ; d'autres encore lui posaient mille questions : *"Vous avez une place à prendre parmi les comiques, la vie est si morose, quand passerez-vous à la télé ?" "Avez-vous l'intention de faire un CD ? De tourner au cinéma ?" "Vous avez tous les atouts pour faire rire la planète."*...

Dragonette avait de plus en plus l'impression que les gens la dévoraient sur leurs tartines ! Rosa riait à chacun de ses récits. Leur amitié se renforçait de semaine en semaine.

"Rosa est tellement vraie, et surtout elle reste toujours fidèle à ce qu'elle est vraiment au fond d'elle", disait-elle à Mustapha, seul détenteur du secret de sa chère Dragonette.

Un jeudi soir, elle trouva une grande missive envoyée par la Poste, dont l'enveloppe était entièrement dessinée, peinte et signée. Madame de Sermoafort l'ouvrit soigneusement en utilisant un coupe-papier en agate, qu'elle avait sauvé du château, aussi chic que l'enveloppe ! Elle sut aussitôt qu'elle conserverait cette œuvre d'art pour l'encadrer, car elle représentait l'exemple même du *Mail Art*. De plus, elle dégageait un parfum de vétiver absolument divin.

– Guerlain, sûrement... Quel est l'être raffiné qui m'envoie une telle douceur à décacheter ? dit-elle en montrant ce courrier à Mustapha.

"Chère Madame, vous êtes si charmante. Vous contempler me réjouit. Je vous imagine allant et venant matin et soir, avec tellement de dynamisme, de vie... toujours en train de chanter. J'aimerais tant vous rencontrer.

À bientôt. Le président"

Et les deux amis glosèrent sur le sujet.

– Encore le *président* ! Mais de qui s'agit-il ? La réflexion devient obsessionnelle ! En plus, cet homme ne me propose aucun rendez-vous, aucune date... Je n'y comprends rien... Un farfelu de plus... C'est étrange, comment réussit-il à glisser ses cartes de visite dans mes poches sans que je m'en aperçoive ? Bizarre…

– T'y plais plus que t'y le penses, ma chère amie, insista Mustapha.

Madame de Sermoafort trouva une autre lettre, d'ordre professionnel :

"Chère Dragonette, je suis l'assistant de La Grande Prêtresse de la Rencontre, *l'émission vedette de TV 55, et nous traiterons bientôt le sujet suivant : Sortir de l'anonymat à 50 ans passés. Nous avons pensé que votre personnage illustrerait à merveille ce type d'émission. Il me plairait de faire plus ample connaissance avec vous afin de préparer ensemble l'épisode dont vous serez la vedette. Pour ce faire, me ferez-vous le plaisir d'accepter mon invitation à dîner pour vendredi en 15 ? Voici le téléphone où vous pourrez me joindre : 01 44 22 21…*

Dans l'attente d'une réponse positive de votre part, recevez l'expression de mes sentiments les plus ensoleillés ! Gérard SMS."

– Lui, au moins, c'est du concret ! Cela m'amuse beaucoup, je vais faire cette émission. Ah, si mon Hubert pouvait voir tous les bons moments que dorénavant la vie m'envoie…

– Ton Hubert… C'est pas lui qui t'a fait vivre une vie aussi passionnante, souligna Mustapha avec un certain mépris !

La cohabitation avec les êtres négatifs vous laisse mariner dans le malheur et la dèche, et il suffit parfois d'en être séparé pour gagner le gros lot et devenir célèbre…

La comtesse de Sermoafort se rendit au rendez-vous de Gérard, l'assistant de Clarisse, *la grande prêtresse de la rencontre*, et ils mirent au point son intervention qui se déroulait deux semaines plus tard en direct.

Avant son interview avec la grande prêtresse, un film de dix minutes retraçait le quotidien de Dragonette, la montrait se rendant chez tous ses patrons, à l'exclusion de Rosa Moustika dont elle entendait bien faire son jardin secret pour toujours. Dragonette se sentait aussi à l'aise devant que derrière les caméras.

Clarisse lui posa la première question :

– Alors, ce film vous ressemble-t-il ?

– Il montre bien mes activités mais pas forcément ce que je ressens ni ce qui se passe au fond de mon cœur.

– Je vois, répondit la grande prêtresse, qui ne voyait rien ; mais elle était bien décidée à tout faire pour déstabiliser son interlocutrice.

– Vous n'éprouvez pas une certaine honte, en tant qu'aristocrate, à venir faire des ménages à Paris ?

– À cinquante ans passés, en arrivant de mon village ignoré de la carte Michelin, à quel emploi pouvais-je prétendre ? À part mon oncle qui m'a accueillie très généreusement, je ne connaissais personne à Paris, et surtout, je n'avais aucune référence. Un grand sage, Osho, a dit : *"Le connu est mort, l'inconnu est vivant"*. Alors, j'ai plongé dans l'inconnu, c'est ce qui m'a permis de rester vivante ! Si j'étais restée enfermée dans mes peurs, je me serais diminuée, étiolée… Je me serais limitée. En restant attentive comme un guépard à l'affût, j'ai reçu de la vie les cadeaux les plus magnifiques qui soient. Avec en prime l'expérience que rien ne remplace.

– Tout le monde vous connaît grâce aux rillettes. N'auriez-vous pas préféré un événement plus *glamour* pour faire parler de vous ?

– Je n'ai rien demandé à personne. Mon charcutier a eu l'idée de coller mon portrait sur ses pots de rillettes, sous prétexte que j'avais "une bonne bouille", selon son expression ! Je suis la première étonnée de ce succès. D'ailleurs, le charcutier et sa femme croulent sous le travail… Le *Brave Cochon Rose* embauche à tour de bras en ce moment. Donc, indirectement, je fais partie de ceux qui font diminuer le chômage. Pour moi, être *glamour*, c'est aussi contribuer à donner du travail aux gens ! (*et toc !* pensa Dragonette en décochant sa dernière phrase)

– Je vois… Les royalties vont sûrement faire grossir votre porte-monnaie ?

– Cela me permettra de m'offrir des lys, des anémones et des roses rouges un peu plus souvent qu'à Noël et au jour de l'An. C'est tout. Après avoir perdu mon mari et le château où je vivais, il m'a fallu repartir de zéro.

– Oui, mais ces rentrées inattendues vont-elles changer quelque chose à votre vie ?

– Souvent l'argent arrive quand vous n'en faites pas un but. Alors d'ici à ce qu'il devienne une obsession… En même temps, il ne sert à rien de le mépriser car il représente une énergie indispensable. Mais parler sans arrêt d'argent n'est pas très élégant. Les hommes ont la bouche déformée par ce mot… qui gouverne le monde au point de le faire passer pour la première des valeurs. (*Et encore toc !* triompha Dragonette intérieurement, consciente d'énoncer des lieux communs.)

– Je vois, répondit la grande prêtresse, qui ne *voyait* décidément rien ! Vous en êtes où, aujourd'hui ?

– J'essaie de m'offrir le meilleur pour moi, alors de la même façon, je pourrai répandre le meilleur autour de moi. Si un être ne vit pas ses rêves ou reste dans une éternelle frustration, comment peut-il rendre son entourage heureux ?

– Je vois, répondait toujours la grande prêtresse de la rencontre, aveuglée par la beauté des propos de Dragonette. À quoi employez-vous vos loisirs ?

– En ce moment, je réalise un vieux rêve : j'apprends à jouer de la grosse caisse pour défiler dans les rues de Paris, le jour du 14 juillet !

– Ah… ce n'est pas follement féminin !

– Vous ignorez à quel point battre sur le tambour en cadence provoque des sensations fortes…

Lorsque Clarisse lui demanda quel était l'être humain qu'elle admirait le plus, la comtesse, répondit sans hésiter :

– Rosa. C'est l'être le plus authentique que je connaisse.

– Et que fait-elle dans la vie ?

– Elle loue son corps mais jamais son âme. Elle s'interdit de dire “Je t'aime”, quand elle n'éprouve pas de sentiments. Elle ne triche jamais.

Clarisse pensa que la comtesse aurait pu évoquer quelqu'un de plus représentatif, de plus médiatique, comme mère Teresa ou sœur Emmanuelle. Cela lui aurait donné davantage de panache plutôt que de citer cette femme, non seulement la plus inconnue de France mais encore monnayant ses charmes. Certes, elles sont nombreuses à figurer dans les tabloïds, mais Rosa n'était ni princesse du Gotha, ni actrice de cinéma, et encore moins Russe multimilliardaire ! Rosa ne faisait pas partie des *people*.

Clarisse ne résista pas à lui lancer une petite pique :

– Vous en parlez comme si elle était votre meilleure amie ?

– Je n'ai pas de “meilleure amie”. Les êtres que je rencontre portent tous dans leur cœur une facette qui m'émeut. J'espère simplement que Rosa m'apprécie autant que je l'apprécie.

La star animatrice de la télé se dit avec nostalgie qu'elle aurait adoré devenir la grande amie de Dragonette. Mais elle n'était pas Rosa : quand on travaille dans l'image, par l'image, pour l'image, logiquement l'être perd de sa définition. Clarisse faisait partie de ce lot, tant pis pour elle. Alors refoulant son regret, elle lui demanda quel était son but dans la vie. Dragonette répondit tout de go :

– Le haut du sapin de Noël !

– Cela signifie quoi pour vous, “le haut du sapin de Noël” ?

– C'est le sommet, là où brille l'étoile du berger ! C'est l'amour de petits riens, qui est l'amour de tout, l'amour tout court. Apprendre enfin à s'aimer pour mieux aimer les autres : c'est cela la vraie richesse, la transcendance qui permet d'accéder à la réalisation de la plus belle partie de son être.

Alors, l'animatrice se sentit submergée par une émotion plus forte qu'elle et refoulant une larme, déclara :

– Mais oui, l'amour, il n'y a que ça de vrai.

Les deux femmes se quittèrent sur cette dernière parole, sur cette idée de l'amour qui n'en finit pas de faire tourner le monde depuis sa création. Regrettable que, depuis tant de millénaires, il n'y soit pas encore parvenu !

Les sycophantes, ces délateurs patentés, aigris professionnels, crucifiés par l'envie et la bêtise, redoublèrent leurs rugissements. Madame de Sermoafort passait à la télé, donc elle avait "couché" ! Il n'y avait aucune raison pour qu'elle ne soit pas aussi vulgaire que les autres. Ils voulaient absolument qu'elle soit comme tout le monde… Quels pervers !

La production offrit à Dragonette une douzaine de bouteilles de champagne rosé et une gerbe de fleurs qui faisait au moins le double de sa grosse caisse. Elle serait obligée de la mettre sur le palier car elle ne passerait pas la porte. Et son parfum tenace risquait surtout d'incommoder Marcel et Janine. Le standard de la télé faillit sauter : les employeurs se pressaient au téléphone, ils voulaient à tout prix embaucher cette femme de ménage à la mentalité socialement correcte. Si elle totalisait toutes les offres, Dragonette pouvait travailler jusqu'en 2050… Sa notoriété redoubla et sa cote de popularité atteint des sommets. Plus elle se montrait positive avec la vie, plus la vie se montrait positive avec elle !

Le lendemain, Fox-Trot passa une partie de sa journée sur le palier du troisième étage, aux côtés du vieil oncle, à compter les bouquets de fleurs et les boîtes de chocolat qui s'envolaient vers le septième étage. Ce palier croulait sous l'affluence des lys, des anémones et des roses rouges tout en embaumant l'immeuble. Les téléspectateurs avaient bien retenu les goûts de la reine des rillettes. Cette dernière avait battu les records d'audience de la *Star Ac'* ! Finalement, pas besoin d'être chanteur pour être aimé, il suffit seulement d'être l'artiste de sa vie. Mustapha fut chargé de réceptionner les cadeaux et empila les boîtes sur un mètre cube environ.

Le soir, en rentrant du travail, Dragonette eut un mal fou à se frayer un passage jusqu'à sa porte. Fox-Trot et le vieil oncle héritèrent de chocolats et de pâtes de fruits pour le mois entier. En guise de remerciements, ces deux-là, emmaillotés dans la bondieuserie, récitèrent trois *Ave Maria* et dix *Pater* pour le salut de cette femme devenue soudain leur idole. Fox-Trot redoutait par-dessus tout que la nièce attrape "la grosse tête" mais paradoxalement jubilait, car une partie de la gloire de la nouvelle vedette de TV 55 lui profitait : pour la première fois de sa vie, les gens l'écoutaient religieusement, lui posaient des questions, lui accordaient, enfin, de l'intérêt puisqu'elle se présentait en intime de Dragonette.

Anne-France vit sa clientèle doubler car ses patients voulaient approcher de près cette femme extraordinaire ; Georgio, le coiffeur, rasa et *coupa* quelques têtes supplémentaires. Le charcutier et sa moitié (qui n'en faisait plus qu'un tiers) continuèrent à fondre sous l'avalanche des commandes. Seule Rosa garda son rythme de croisière et ne connut pas l'affluence. Et pour cause, son employée défendait farouchement son anonymat en continuant à porter son déguisement. "Tu seras toujours mon jardin top secret", disait-elle à Rosa en éclatant de rire. Le hasard n'existe pas : le club des prostituées de la rue Saint-Denis se cotisa pour lui offrir un cadeau, un vase *made in China* pour ses futures nuits de Chine, nuits câlines. Il possédait la taille idéale du pot de chambre qui lui avait tant manqué la première nuit, songea Dragonette ! Il restait juste à espérer que Marcel et Janine ne tomberaient pas au fond.

Chaque fois que madame de Sermoafort sortait dans la rue maintenant, elle percevait de plus en plus de signes de sympathie à son encontre, des petits hochements de tête, des joyeux “Bonjour Dragonette”… La vie lui adressait de larges sourires. Logique, quand vous souriez à la vie, la vie vous sourit.

Un autre jour, son portable, car Dragonette possédait désormais un portable, se mit à sonner : on la réclamait pour enregistrer une publicité à la radio. La comtesse n’avait jamais vu un micro en dehors de celui de la salle des fêtes de Nullepart. Elle accepta, s’en tira fort bien et reçut trois cents euros pour la demi-heure passée à dire : “Dans le cochon, tout est bon, de la tête à la queue !”

Et naturellement, parmi son courrier impressionnant, elle reçut une nouvelle missive du *président*, timbrée avec des vignettes absolument remarquables et une peinture sur toute l’enveloppe, parfumée au vétiver.

“Je vous ai vue à la télévision. Quelle aisance ! Et puis il émane de vous une telle chaleur humaine… C’est vous, l’étoile du sapin de Noël !”

Dragonette se prit à rougir devant un tel compliment.

“Je vous attendrai à 20 heures, samedi prochain, au restaurant de L’Alouette Qui Chante. Glissez la réponse OUI sous votre porte, à l’aide du carton ci-joint. Mon factotum viendra la chercher ce soir, tard dans la nuit. Le président.”

Alors, madame de Sermoafort retrouva sa rêverie des *Deux-Magots*. Mais qui était donc ce *président* si présent et si mystérieux en même temps ? Serait-il le nouvel homme de sa vie ? Elle se surprit à gamberger de manière plus que… déraisonnable.

Elle parfuma le grand OUI à *Flowerbomb* de Viktor et Rolf et glissa dans l’enveloppe la photo de Marcel et Janine serrés l’un contre l’autre dans le panier. Après tout, ils étaient ses deux enfants !!!

Deux jours plus tard, elle retrouva une nouvelle carte de visite avec *"Les compliments du président"*. Le surlendemain matin, elle retrouva une autre carte de visite dorée avec la même mention. Cet homme avait l'art de marquer le terrain !

Mustapha s'échappait tous les après-midi pour se livrer à des joutes particulièrement érotiques avec Anne-France, qui avait voué ses neuroleptiques aux gémonies. Pendant ce temps-là, Dragonette courait, astiquait, jouait de la grosse caisse et passait désormais deux heures par jour à répondre au courrier.

"Madame de Sévigné, c'est de la gnognotte à côté de Dragonette", déclamait Mustapha avec emphase, à qui voulait l'entendre.

Cette semaine-là lui sembla se traîner dans un train-train délétère. En réalité, Dragonette trépignait d'impatience à l'idée de se retrouver face au *président*.

Arriva le samedi fatidique. Le ménage du curé fut expédié. Ce dernier lui prodigua quelques conseils :

– Ma petite fille, ne montrez pas vos jambes et vos seins tout de suite. L'érotisme a besoin de garder son mystère le plus longtemps possible pour faire perdurer l'excitation sexuelle. Une fois déshabillé, l'érotisme devient souvent trivial…

– Mon père, où donc avez-vous appris tout cela ?

– J'ai été un grand amoureux et j'ai goûté à la chair.

– Moi qui vous croyais pur comme l'Immaculée Conception… Vous avez péché, vous aussi ?

– Oh oui… et je ne regrette pas. Lorsque je m'adresse aux hommes, je sais de quoi je parle !

Dragonette resta perplexe. Décidément, les hommes sont tous des cochons. En même temps, cela ne lui déplaisait pas de savoir que son curé était aussi un homme !

L'après-midi, elle s'offrit une coupe et un brushing chez Georges. La devanture du magasin faillit céder sous la masse de gens qui s'attroupaient sur le trottoir pour voir la reine des rillettes se faire coiffer. Georges, flatté, en fit plus que d'habitude et roucoulait de plaisir à se savoir regardé, voire envié. La notoriété de Dragonette lui remplit à nouveau son carnet de rendez-vous en moins de dix minutes et il interdit à sa chère femme de ménage de payer sa séance. Il était trop heureux de la lui offrir : il ne pouvait que se montrer magnanime avec ce support de publicité inespéré ! Chaque jour passant leur faisait sentir à quel point Dragonette représentait leur mine d'or, tant elle débordait de gentillesse et d'attentions pour Gaby et lui. D'ailleurs, à l'idée que Dragonette pourrait un jour les quitter, ils en attrapaient le bourdon.

La reine des rillettes suivit les conseils de Rosa et s'habilla avec sobriété ; elle enfila son tailleur gris perle, en l'égayant toutefois d'une pivoine en soie rose indien, épinglée sur le revers de sa veste. Elle se regarda dans le miroir trouvé avec bonheur dans la rue. Madame de Sermoafort, toute femme de ménage qu'elle était, aurait toujours de l'allure ! Elle caressa Marcel et Janine, embrassa Mustapha qui revenait de sa gymnastique sexuelle et partit en se signant. L'amour l'attendait-elle au tournant ?

Dragonette, dans les pires moments de son existence, avait toujours su garder la tête froide. La vie n'est pas un roman de gare, elle avait payé cher pour l'apprendre…

Chapitre 9

Dragonette de Sermoafort arriva très à l'heure à son rendez-vous. Le cœur battant comme les cloches de Pâques, elle franchit le seuil de *L'Alouette Qui Chante*. Elle pointa sa tête à la façon d'un périscope, cherchant à obtenir une vision panoramique. Qui pouvait bien être l'homme qui l'invitait ? Quelle tête la nature avait-elle octroyé à ce *président* ? Comment le reconnaître ? Ses interrogations lui colorèrent le minois d'une exquise teinte rose thé.

Dès qu'elle apparut, trois hommes magnifiques, beaux comme des dieux, se catapultèrent hors de leurs sièges, disposés à trois angles différents de la salle, et se précipitèrent en même temps vers la reine de la soirée. Ils se présentèrent : Pierre, Paul et Jacques. Un seul hic, ils étaient tous trois *présidents* !

Ah non ! Voilà un hasard qui m'a tout l'air d'un canular... se dit Dragonette interloquée.

D'autres moins futées qu'elle auraient pensé : *J'ai gagné le tiercé dans l'ordre... trois présidents, tous beaux, sympathiques et souriants, accourent pour passer la soirée avec moi !*

Mais son bon sens lui souffla que trois hommes en même temps, cela signifiait : aucun pour elle ! Soudain un flash crépita, puis deux, puis trois... Un clap de départ retentit et la caméra se mit à tourner. Dragonette, éberluée, se demanda vraiment ce qui lui arrivait. Si elle avait passé le concours de l'ENA ou Sciences-Po, elle aurait pu affronter ce genre de question, permettant de mesurer son degré d'adaptabilité : "Vous avez rendez-vous avec un président et il en surgit trois. Comment réagissez-vous dans une situation aussi inattendue ?"

Dragonette avait le bon sens des gens de la campagne et le sens tout court du présent : elle éclata de rire et salua chacun des trois, s'intéressant de la même manière à chacun, présentant Pierre à Paul et à Jacques, et invitant ceux-ci à s'asseoir tous à la même table pour évoquer cette situation pour le moins inattendue. Le quatuor anima le restaurant qui n'avait d'yeux que pour ces personnages plutôt *show off*, filmés sans discontinuer par une caméra de télévision. La plupart des gens attablés avaient vu l'émission sur TV 55 et en reconnaissaient la vedette : Dragonette. En réalité, la chaîne concurrente habituée à piéger les personnalités, avait programmé un happening avec cette dernière. Toute autre personne se serait sentie embarrassée, mais Dragonette riait, amusait la galerie, témoignait d'une joie de vivre communicative. Les mots d'esprit fusaient, voilà une émission qui ne manquerait pas de piquant ; la reine des rillettes, loin de se sentir *dans le pâté*, avait réponse à tout. Et elle affichait une aisance parfaite dans cette mise en danger que représente la parole en public, surtout devant une caméra sauvage. Au bout d'une heure de tournage, l'émission fut en boîte et les trois pseudo-présidents s'en allèrent en lui baisant les mains et les pieds. L'humanité de ces comédiens professionnels, payés à l'heure pour ce genre de blague, s'arrêtait là où leur intérêt commençait. La reine des rillettes était charmante mais leur moitié les attendait de pied ferme pour passer la soirée de ce samedi printanier. La production avait préparé cet événement en envoyant les deux courriers façon *Mail Art* à cette heureuse sélectionnée, pour s'assurer de sa présence.

À la fois amusée et dépitée, Dragonette se dirigea vers les toilettes, saisit son portable et raconta l'événement à Rosa Moustika :

– Je me retrouve seule comme une cloche des bois. Le tiercé des *présidents* n'était pas gagnant à l'arrivée. La grande aventure n'est pas encore pour ce soir !

– La soirée n'est pas terminée, rétorqua Rosa, essayant de lui remonter le moral.

– En attendant, je meurs de faim même si je me sens dégonflée telle une vieille baudruche. Enfin, je n'ai pas tout perdu. La chaîne m'offre, en guise de remerciement, un abonnement pour un dîner par mois, pendant un an, dans ce restaurant. Je vais donc dîner là ce soir, seule une fois de plus. Tu veux me rejoindre ?

– Non, je travaille ce soir… Une autre fois avec grand plaisir. Dans la vie, rien n'est jamais tout noir, jamais tout blanc ! Bon rendez-vous avec toi-même, philosopha Rosa.

L'Alouette Qui Chante avait préparé une jolie table pour Dragonette avec un menu à faire sangloter d'allégresse les papilles les plus sensibles. Dragonette remercia Mahomet, Yahvé et le Seigneur Jésus-Christ, son Ami-Conseiller Privilégié de cette aubaine dont elle ferait profiter Mustapha, Rosa et Anne-France. Soudain, au moment où elle tenait avec délectation le menu entre ses mains, un homme d'une élégance rare s'approcha d'elle. Il avait suivi chaque miette de la scène filmée qui venait de se dérouler sous ses yeux.

– Bonsoir, madame. C'est avec moi que vous avez rendez-vous. Je n'ai pas osé vous déranger durant ce tournage apparemment inattendu pour vous… et qui a bouleversé notre rencontre. Je me présente : Jean XXX.

– Ah, alors c'est vous le *président* ?

L'homme secoua la tête en signe d'assentiment. C'était trop beau pour être vrai. Elle tenait enfin l'homme qui l'abreuvait de cartes de visite. Du moins le crut-elle ! Et comble de chance, cet homme lui paraissait délicieusement à son goût. Néanmoins, Dragonette ne savait sur quel pied danser et se demandait avec une certaine appréhension si le loup allait encore se manifester et, si tel était le cas, par où il allait sortir. Allait-elle encore voir surgir la caméra d'une autre chaîne concurrente ? Apparemment, ni queue ni museau ne se pointaient, le loup ronflait au bercail ! Les dîneurs avaient tous replongé le nez dans leur assiette. Alors, grisée par tout ce qu'elle vivait, madame de Sermoafort accepta de recevoir cet homme à sa table. Elle eut tout le loisir de l'examiner tandis qu'il lui parlait. Son visage de statue grecque était animé par des yeux d'une couleur indéfinissable, gris-vert, pétillants d'intelligence, et cachés derrière une paire de lunettes en écaille. Une moustache taillée à la perfection mettait en valeur ses lèvres charnues, des lèvres convaincantes de sensualité...

L'élégance de cet homme s'avérait sans faille. Il était vêtu d'un costume bleu marine en soie sauvage, qui découvrait une chemise blanche dont les manchettes étaient fermées au poignet par une paire de boutons en lapis-lazuli. Hélas, trois fois hélas, il arborait une alliance...

Il est marié. Décidément, je n'ai jamais de chance..., se lamentait madame de Sermoafort, sous le charme de cet homme s'exprimant dans un français châtié. Sa pochette violette lui rappela celle du veuf entrevu chez le thanatopracteur. Dieu, que le violet lui plaisait et l'excitait ! Et pourtant, c'est la couleur des évêques, de leur bague en améthyste...

Durant tout le dîner, digne du grand Vatel, ils n'arrêtèrent pas de parler, de rire comme deux vieux complices. Alors, au moment du dessert, Dragonette s'enhardit et lui demanda par quel hasard, elle dînait avec lui.

– Je mène à bien un grand projet scientifique. J'étudie le comportement des rats dont je suis spécialiste. Or, votre protégé, Marcel, m'intéresse particulièrement.

Cet homme séduisant n'était donc pas venu pour la rencontrer mais pour parler de Marcel… Seul ce rat lui importait. Dragonette rapetissa de dix centimètres sous le coup de la déception qu'elle se garda bien de montrer. La *love story* ne serait décidément pas au programme de cette soirée placée sous le signe de la bizarrerie. Elle réagit avec une violence inattendue :

– Comment connaissez-vous l'existence de Marcel ? Je n'en ai parlé dans aucune interview ni même à la télévision.

L'homme prit un air gêné, observa une minute de silence inquiétant. On pourrait gloser sur la nature des silences rassurants mais celui-là se définissait comme appartenant à la catégorie des *inquiétants*. La femme qui se tenait en face de lui n'était pas ordinaire. Comment allait-elle réagir à ce qu'il avait à lui dire ? Il avait remarqué son changement d'attitude et la trouva soudain sur la défensive, tendue telle une corde de violoncelle.

– Étant chercheur au Laboratoire de Recherche sur les Animaux, j'ai longuement étudié Marcel, baptisé autrefois Paulette.

– Ah, c'est une femelle ? répliqua Dragonette qui n'avait jamais vraiment cherché à distinguer le sexe de son invité à poils.

– Non, c'est un mâle. Mais la question de l'homosexualité chez les rats comme chez tout animal me passionne. Certains savants étudient l'homosexualité chez les mouches, d'autres chez les gorilles… moi, c'est les rats. Marcel-Paulette m'intéresse particulièrement et demeure mon sujet d'observation favori, depuis plusieurs mois…

– En tout cas, Marcel-Paulette adore Janine dont je n'ai pas, non plus, su distinguer le sexe, il la protège, s'en occupe, joue avec… Mais cela ne me dit pas comment vous connaissez l'adresse du domicile de mon rat, c'est-à-dire mon domicile ?

– Chère Dragonette, permettez-vous que je vous appelle par votre prénom ? Vous êtes si charmante…

À cet instant, l'homme lui joua de la prunelle façon velours, dans le plus pur style *Un violon sur le toit*[4] ; madame de Sermoafort se sentit fondre à vue d'œil.

– Vous avez forcément remarqué le P tatoué sur sa cuisse…

– J'y suis, c'est l'initiale de son prénom : P comme Paulette.

– Non, P comme puce !

Devant toutes ces informations, apparemment loufoques, Dragonette commençait à "pédaler dans la semoule", (expression favorite de Fox-Trot). Conclusion, elle ne savait même plus comment elle s'appelait ! Ce n'était pas étonnant. Qui aurait pu comprendre ce que cet individu avait tant de mal à lui dire ? Elle grommela qu'elle ne comprenait rien à rien. C'est ce moment précis que choisit le ciel pour lui tomber sur la tête.

– J'ai bien dit P comme puce. Mon laboratoire a glissé sous la peau de Marcel-Paulette, une puce qui m'indique ses déplacements géographiques et me renseigne sur sa façon de vivre. Cette puce contient un micro miniature. Raison pour laquelle mon laboratoire peut suivre le comportement de Marcel, de 8 heures du matin à 8 heures le soir.

Le Ciel utilise parfois des gourdins d'une violence inqualifiable pour nous assommer…

– Je suis abasourdie ! Votre aveu signifie aussi que vous m'entendez vivre, tousser, parler, rire, pleurer ? C'est une violation de ma vie privée.

– Vous pouvez le prendre comme cela mais j'en serais navré. Ce micro ne marche que si vous parlez à 30 centimètres de Marcel. Ensuite, toutes les émissions sont brouillées.

[4] Comédie musicale de Joseph Stein, lyrics de Sheldon Harnick et musique de Jerry Bock.

– Quand je prends mon rat dans les mains, vous m'entendez lui parler ?

– Bien sûr ! Mais nous n'entendons rien de votre vie personnelle.

– Peut-être mais vous captez tout ce que je lui raconte. C'est d'une indiscrétion rare…

– Des petits mots tendres à un rat ne relèvent quand même pas du Secret Défense ! Permettez-moi de vous dire que vous faites, involontairement certes, avancer les progrès de la Science. Grâce à cette puce, nous avons découvert que Marcel vous parle.

Et voilà que son rat chéri lui parlait, animant peut-être des conférences au sommet. Elle fulminait tandis que Jean déployait un art de la diplomatie propre aux reptations des danseuses du ventre. Il avait compris très vite que Dragonette, derrière une façade de femme enjouée, connaissait un vide sentimental, équivalent au désert des Tartares. Il lui parla alors d'amour :

– Marcel dit vingt mots mais nous avons déjà repéré une phrase qui, traduite, signifie : "Moi t'aime". Il la répète à Janine dix fois par jour et à vous chaque fois que vous rentrez.

– Effectivement, il pousse des petits cris, toujours les mêmes, surtout quand il est content.

– Ces petits cris ont une fréquence que nous avons mesurée. Nous commençons à décrypter son langage. Marcel témoigne d'une intelligence rare. Il est l'Einstein des rats !

– Les bras m'en tombent, la langue me pend. Je ne vais plus regarder Marcel du même œil.

– Vous êtes indispensable à Marcel qui vous aime passionnément.

– Néanmoins, je me sens espionnée par votre puce… qui me fait l'effet d'être l'œil de Moscou. Ou plutôt *Big Brother* !

– D'abord, cette puce n'est pas une caméra, ensuite elle ne capte que les discours que vous tenez à Marcel… à la courte distance que je vous ai indiquée. Vous vous demandiez pourquoi je voulais vous rencontrer : vous avez l'explication. Je vous demande de redoubler de soins pour cet animal si précieux pour nous, en raison de son QI. Et aussi de sa personnalité. D'autre part, nous ne pouvons pas le reprendre au Laboratoire, car non seulement vous y êtes attachée mais surtout parce que Marcel en mourrait tant il est amoureux de vous. Évidemment, si son entretien vous entraînait dans certaines dépenses, nous serions à même d'y subvenir.

Madame de Sermoafort eut un petit geste d'agacement. Elle était à même d'assurer le gîte et le couvert de Marcel !

Cette femme se rendait au restaurant de *L'Alouette Qui Chante* pour un dîner qu'elle espérait galant… Au lieu de cela, elle déchantait : trois *présidents* lui tombaient sur le paletot, sous prétexte de faire un happening pour une émission de télévision. Ensuite un homme splendide, plein de charme, l'invitait à dîner pour lui apprendre que son rat était gay, et, ô bonheur, que ce petit mâle à poils était néanmoins amoureux d'elle.

D'accord l'amour d'un rat, c'est mieux que rien mais l'amour d'un homme, c'est pour quand ?

Jamais ! persiflait sa petite voix intérieure : elle était reine des rillettes, c'était déjà bien suffisant. Il fallait qu'elle se contente de régner sur le palais des hommes à défaut de régner sur leur cœur. Dans son cerveau hébété, le *Te Deum* se mit à résonner avec une infinie tristesse, enterrant ses dernières illusions. Dragonette ne put maîtriser une grosse larme. C'est si dur de constater à quel point la vie vous enlève la joie vitesse grand V, tout en vous demandant de faire bonne figure : une partie pas facile à jouer que d'accepter l'impermanence !

Le scientifique perçut son émotion, l'attribua à son amour pour Marcel et se tut, tout en se disant que Dragonette était vraiment une femme délicieuse. De son côté, la comtesse qui avait plus vécu pour le devoir que pour le bonheur, mit son émotion sous contrôle une fois de plus et fit à nouveau contre mauvaise fortune bon cœur : elle demanda à Jean s'il serait heureux de revoir Marcel-Paulette, devenu rat savant grâce au dressage patient de Mustapha, son "voisin de palier" crut-elle bon d'ajouter.

– Je n'osais vous le demander, votre jour sera le mien.

Le couple se sépara sur le trottoir. Jean XXX tendit sa carte de visite : Dragonette lut qu'il était bien le *"président du Laboratoire de Recherche sur les Animaux"*, le LRA. Elle se sentait à la fois désemparée par tant de révélations et en même temps, elle perçut que son petit cœur battait un peu plus fort… Mais Jean XXX avait la bague au doigt et, par conséquent, elle décida qu'elle ne devait pas le regarder en tant qu'homme mais simplement en tant que scientifique. *Facile à dire, très difficile à faire*, lui soufflait son cerveau reptilien qui commençait à cabrioler et à pétarader dans tous les sens. Décidément, la danse des sept voiles ne serait pas pour ce soir !

Mustapha, l'oreille télescopique en permanence à l'affût, entendit la comtesse monter les sept étages et se précipita pour l'accueillir sur le palier. En voyant sa mine déconfite, il comprit que la soirée n'avait pas comblé les espérances de sa grande amie. Lorsque Dragonette lui raconta par le menu ce qu'elle venait de vivre, il commença par émettre des interjections incrédules, puis finit par éclater de rire : Marcel n'était pas n'importe qui !

Néanmoins il sentit que Dragonette, quelque peu désabusée, commençait à trouver pesante sa solitude sentimentale. Dans sa grande finesse, il comprit qu'elle n'en parlerait point. Alors, ils entrèrent tous deux dans *les appartements* de la reine des rillettes, curieux d'examiner Marcel de plus près. Celui-ci dormait du sommeil du bienheureux tout en réchauffant

Janine. Dragonette ne put s'empêcher de passer le doigt sur son P et le rat grogna : il détestait être surpris dans son intimité !

– Alors mon vieux coquin, c'est comme cela que tu m'aimes ?

Marcel ouvrit un œil qu'il referma aussitôt : le sommeil l'emporte parfois sur l'amour !

Trois jours plus tard, Jean XXX l'appela pour fixer le rendez-vous avec Marcel. Ce serait le lendemain, jeudi, à 18 heures 30. Dragonette ne put s'empêcher de soigner sa toilette, elle ressentait un évident besoin de lui plaire tout en mettant un mouchoir sur son envie amoureuse. Une situation des plus inconfortables !

Jean XXX lui avait avoué le péché mignon de Marcel : les fruits, et surtout les bananes. Il en apporta un régime entier.

Lorsqu'il entra dans la chambre *coloniale*, il tomba instantanément sous le charme ! Le léopard sur le lit, la malle des Indes, les miniatures, le casque des dragons… Et même un petit bananier en pot que Dragonette avait réussi à ranimer grâce à son doigt vert… Cet exotisme le ravissait. Soudain il aperçut Marcel qui s'était figé à sa vue, tel le sphinx de Gizeh. Aussitôt, Jean se mit à produire des sons inhabituels qui hypnotisèrent le rat sur-le-champ : ce dernier se précipita vers lui. Jean l'accueillit avec une joie non dissimulée. Le rongeur roulait entre les mains du savant qui s'amusait avec lui, le massait, le frottait, le pétrissait à la façon d'une boule de pain prête à cuire. Voilà une belle manifestation d'amitié comme la décrivait Montaigne : *"Parce que c'était lui, parce que c'était moi"*[5]. Marcel poussait des petits cris de joie auxquels Jean répondait. Jean savait parler rat ! Et Dragonette se languissait, se disant qu'elle aurait adoré être à la place de Marcel, entre les mains si généreuses et expertes de Jean…

---

[5] *Les Essais* Livre Ier, chapitre XXVIII.

Le chercheur adressa compliment sur compliment à la mère adoptive de Marcel : il resplendissait, son poil exceptionnel brillait, et surtout il paressait heureux de vivre ici. Quant à Janine, elle était devenue aussi verte que le bananier au pied duquel elle méditait ! Jean caressa la peau de léopard et pleura de rire lorsque Dragonette lui conta l'histoire de son ancêtre. Hélas, une heure plus tard, il prit congé rapidement, trop rapidement, sous prétexte d'un rapport urgent à terminer. En réalité, la nature réclamait ses droits, à l'endroit précis du pantalon que les tailleurs appellent la braguette et il craignait que cela ne devienne trop démonstratif.

Dragonette enrageait. Les êtres débarquent dans votre vie sans prévenir, créant sans s'en douter attentes et frustrations : ils moissonnent vos fleurs et vous laissent les cailloux. Alors jaillirent de son cœur trois petits mots rageurs à l'adresse de Jean : "Fumier de lapin !". C'était l'insulte favorite de sa vieille tante barbue, qui ne se rasait que pour les grandes occasions, comme les mariages ou les enterrements. Marcel-Paulette, vexé, prit cette vilaine interjection pour lui et partit bouder dans son coin.

Il faut continuer à vivre comme si rien ne s'était passé, pensait-elle énervée.

Dragonette, comprenant l'interprétation erronée de Marcel, l'attrapa et le pressa sur son cœur en lui murmurant des mots doux : elle entreprit de pousser les mêmes cris que lui mais en morse. À sa grande stupéfaction, le rat lui répondit, montrant presque comment il fallait articuler. Elle le couvrit de baisers. Marcel sentait bon. Et pour cause, les mains de Jean, parfumées avec *Habit Rouge* de Guerlain, avaient imprégné son pelage.

Décidément, cet homme se révélait dangereux pour une femme aussi sensible que Dragonette. Elle décida qu'elle travaillerait jour et nuit pour gommer son empreinte. L'adjectif *indélébile* s'accole souvent à ce mot. Dragonette ferait en sorte que le temps l'efface !

La nuit passa sans cauchemar et porta conseil généreusement : Dragonette se réveilla, comme d'habitude, en pleine forme, le lendemain matin.

Elle travaillait ce mardi matin chez Georges et Gaby. En arrivant, elle trouva Georgio jouant bien malgré lui la fontaine de Trévi, celle de Rome. Il sanglotait en mouillant quinze kleenex à la minute : son ignoble Gaby l'avait trahi. Il avait rencontré un ouvrier spécialisé qui n'avait jamais touché aux hommes auparavant.

– Pour un homo, c'est toujours plus excitant de faire virer de bord un hétéro. Allez savoir pourquoi cet O.S. a cédé à Gaby qui a réussi à le débaucher en moins de deux. Ce traître lui a passé la gourmette en or au poignet, l'a emmené chez l'esthéticienne, la manucure, le pédicure... Il l'a rhabillé de pied en cap. Il n'était pas aussi généreux avec moi..., expliqua-t-il à Dragonette, entre deux gémissements.

– Le fait de claquer de l'argent pour quelqu'un ne signifie pas qu'on l'aime mais plutôt qu'on l'achète.

– Le comble, c'est qu'il me met à la porte car il ne me supporte plus, moi qui ai toujours tout fait pour lui.

Georges semblait réduit à néant, présentant tous les symptômes de l'encéphalogramme plat d'une moule en méditation transcendantale. Dragonette sentit son cœur saigner devant une telle détresse. Elle avait toujours su que Georges était plus amoureux de Gaby que le contraire.

– Ma petite Dragonette, je suis dans un terrible dilemme car Gaby m'a mis le marché en main : soit il me donne 80 000 euros pour que je file à l'autre bout de la France, soit il m'offre une maison de rêve à Montchanin... Cette habitation superbe possède un revêtement en marbre au sol, des laques sur les murs, des alarmes, des grilles qui se lèvent et s'abaissent. Il n'y a qu'un seul problème : cette splendeur, située à 300 mètres à vol d'oiseau de la décharge tristement célèbre, est perpétuellement agressée par les émanations de gaz toxique, si violentes qu'elles réussissent à transpercer le sol en s'échappant sous forme de petites volutes répandant une redoutable pollution…

– Bonjour le cadeau vénéneux ! l'interrompit Dragonette en hochant la tête

– Il paraît qu'au bout de trois semaines, certains visages se couvrent de dartres et que des plaques rouges envahissent tout le corps. Certaines personnes se grattent à perdre haleine ! J'ai demandé à Gaby s'il voulait m'empoisonner, il a répondu que je lui empoisonnais la vie !

– Prenez l'oseille et ouvrez un salon de thé…

– J'ai plutôt envie de m'ouvrir les veines !

– Je réfléchis… Croyez-moi, les absents ont toujours tort. Vous devez rester ici en lui affirmant que vous partez d'une seconde à l'autre, qu'il vous faut un peu de temps pour rassembler vos affaires, que vous ne désirez pas vous incruster… Mais pendant ce temps-là, vous occupez le terrain. Soyez gai devant lui, adorable, tel que vous étiez quand vous l'avez séduit et Gaby vous reviendra.

– Dragonette, vous semblez si sûre de vous. Je rêverais d'en faire autant…

– Gaby s'ennuiera très vite avec son ouvrier qui, à mon avis, ne doit pas avoir beaucoup de conversation. Alors que vous, vous êtes… charmant et tellement cultivé !

Mais Georgio sanglotait de plus belle. Il avait l'impression de vivre les pires moments du Titanic, un tel naufrage ne pouvait que l'engloutir corps et âme ! La plus distinguée des femmes de ménage lui expliqua alors que les violons devaient à tout prix continuer à jouer, même aux pires moments du naufrage ! C'est ça la classe… Les cordes devaient vibrer de plus belle, même si le bateau qui abritait leur couple commençait à sombrer dans les eaux glacées de la rupture.

Sur ces mots, Dragonette fit le ménage, sans oublier son habituelle pause à 17 heures pour le thé. Un Lapsang Souchong, bien sûr. Elle sortit de son sac une tablette de chocolat parfumé à la cannelle, et l'offrit à Georges en précisant que le chocolat regorge d'aphrodisiaques. Elle réussit enfin à le dérider, en évoquant la puce de Marcel et son homosexualité.

– Une vraie pucelle ! s'exclama-t-il.

Ils riaient tellement tous les deux qu'ils n'entendirent pas Gaby rentrer. Ce dernier fut étonné de l'hilarité de son compagnon, qu'il désirait tant reléguer au placard d'un coup de baguette magique. Il fut presque vexé de voir qu'il avait arrêté momentanément de pleurnicher pour rire aux larmes. Gaby se souvint alors que Georges pouvait être si drôle, si charmant, si tendre… Pas rancunier, Georges lui tendit un morceau de chocolat à la cannelle, lui servit une tasse de thé et sortit en même temps que madame de Sermoafort, le laissant seul face à lui-même. Dans la rue, les hommes le regardèrent avec une certaine concupiscence. Se sentant lorgné, le coiffeur, rasséréné, reprit du poil de la bête, son œil se remit à pétiller. Les trottoirs de Paris nourrissent souvent les rêves d'amour et d'aventure.

Inspirée, Dragonette l'invita à dîner en compagnie de Mustapha qui lui prépara un couscous de la Médina. Ce palier du septième étage respirait la générosité, le rire et l'amitié. Au dessert, Marcel-Paulette fut invité à exécuter son numéro de claquettes sous les yeux éberlués de Georges. Un morceau de banane récompensa le rat qui fit un signe de la tête pour dire merci. Georges applaudit à tout rompre.

– Dragonette, quelle ambiance chez vous… Vous êtes la femme la plus extraordinaire que je connaisse.

Évidemment, Mustapha renchérit et Marcel poussa son petit grognement d'amour. Georges le surnomma "le thérapeute" car ce rat possédait un art consommé pour égayer les êtres en souffrance.

– Mais, poursuivit Georges avec tristesse, je me sens encore sur le Titanic !

Et Dragonette n'eut de cesse de l'encourager :

– Plus ça va mal, plus les violons doivent continuer à jouer.

Mustapha approuva, bien sûr !

Georges rentra chez lui et trouva Gaby piteux et déconfit. Il fit comme si de rien n'était et coucha sur le canapé du salon : le coup de peigne de Gaby n'était pas inscrit au programme de la soirée ! On a de l'honneur ou bien l'on n'en a pas. Sur le palier du septième étage, il avait bénéficié d'un coaching en règle de Dragonette : elle lui avait rappelé la sagesse d'une de ses chères amies, la très belle Diane de Mortagne, qui faisait la joie et le bonheur de ses copains dans la capitale du Perche et du boudin : "Fuis-moi, je te suis. Suis-moi, je te fuis !" Là encore, le petit jeu réussit au-delà de toute espérance. Trois jours plus tard, Gaby, à son tour ruisselant de larmes, le suppliait à genoux de reprendre la vie commune. Georges ne céda qu'au bout d'une semaine et le petit couple repartit comme en 14. De l'utilité des crises…

En revanche, la reine des rillettes recommençait à avoir mal à la tête et le supportait de moins en moins bien.

Le lendemain du couscous avec Georges, Dragonette trouva une nouvelle carte de visite dans sa poche de veste. Il ne pouvait s'agir de Jean XXX : le blazer de la comtesse était encore au pressing lors de sa dernière visite. Elle en fut estomaquée ; elle éprouva alors une sensation étrange, mêlée d'interrogations et d'impatience. Qui donc était le véritable *président* qui l'assaillait de cartes de visite ? Une douzaine de cartes trônaient sur sa table basse… Dragonette les prit toutes en main et les punaisa avec détermination sur sa porte extérieure. Il lui fallait désormais narguer le destin ! En tout cas, cet assemblage de cartes allant du rose pâle au vert amande en passant par le bleu de la Jérusalem céleste, forma un tableau Pop Art du plus bel effet.

De son côté, le *président* se dit que le petit manège des cartes de visite devrait cesser un jour, que les plaisanteries les plus courtes sont les meilleures. Et surtout, il commençait à perdre un temps précieux : celui qu'il ne passait pas avec Dragonette.

Il lui fallait maintenant sauter le pas. D'autant que les exploits de Dragonette ne pouvaient manquer de faire fantasmer un quelconque coucou. Or, il voulait la place dans le nid de la comtesse, elle lui revenait, à lui et à personne d'autre. Quel orgueil ont les hommes de se penser uniques…

Chapitre 10

Ce lundi chantait dans tous les cœurs. Les costumes, qui venaient de ranger l'hiver au placard, affichaient une palette de coloris autrement plus pimpants et vibrants que la saison dernière. Dès l'arrivée des beaux jours, ils flattaient les visages qui s'ouvrent toujours comme les tournesols orientant leurs corolles vers le soleil.

Dans le métro, Dragonette tomba en arrêt devant une affiche montrant un splendide éléphant gris souris, arborant un magnifique caparaçon rehaussé de dorures et de petits miroirs. Un palanquin à quatre places recouvert de velours rouge bordeaux trônait sur le dos de l'animal, dont le front s'ornait d'un collier à trois rangs de grosses perles et de pompons rouge framboise. À ses côtés, marchait fièrement son cornac, vêtu d'un pagne, nu pieds, portant le traditionnel pic de fer des dresseurs.

Incontestablement, cette affiche, haute en couleurs, captait le regard. Une phrase mirifique illumina le cerveau de madame de Sermoafort, telle les premières torches dans les grottes de Lascaux : *"Venez découvrir l'Inde des Mille et Une Nuits, le pays des Maharadjahs ! 2 000 euros les 17 jours ! Un cadeau…"*

"Le poids des mots, le choc des photos"[6] : la véracité du slogan surgit instantanément à l'esprit de la comtesse et se vérifia une fois de plus. Nul doute, ce slogan avait été créé pour

[6] Devise de *Paris-Match* jusqu'en 2008.

Dragonette : la foudre serait tombée à ses pieds qu'elle n'aurait pas été plus statufiée ! Elle éprouva un coup de cœur immédiat pour ce pays apparemment magique.

Le hasard qui n'existe pas la fit monter dans le même métro qu'une Indienne fort belle, parée de bijoux précieux des pieds à la tête. C'était un signe, un "omen", aurait dit sa psy…

Une station plus loin, Dragonette retrouva la même affiche, et fut à nouveau aimantée par son charme irrésistible. Elle sut que l'Inde représentait désormais la destination de sa vie. Animée d'un sentiment irrationnel, encore confus, Dragonette se fit un film dont le scénario promettait une vie loin d'être *un long fleuve tranquille*[7]. L'exaltation ne la quitta pas de la journée. Le soir même, elle dévalisa la librairie en achetant tous les guides sur l'Inde et se dépêcha de rentrer chez elle pour évoquer son coup de cœur auprès de Mustapha :

– J'ai toujours aimé observer dans le détail ces pachydermes dont l'énorme tête me paraît disproportionnée en raison de leurs yeux minuscules, ronds comme deux billes de verre. Le souple va-et-vient de leur trompe si préhensile terminée par deux narines rose clair, s'allongeant pour saisir la nourriture puis s'enroulant gracieusement pour la mettre en bouche, me fascine.

– Ils ont bien de la chance, eux, de pouvoir te fasciner, répondit Mustapha, un peu jaloux ! Ah si j'avais une trompe…

– Le doux balancement de leurs oreilles en feuilles de chou parcheminées, permet de ventiler leur crâne clairsemé de quelques poils hirsutes… comme ceux des vieux messieurs. C'est adorable, non ?

– Oh oui, quelle idée de fantasmer sur les crânes dégarnis… Moi j'aime les belles chevelures !

---

[7] *La vie est un long fleuve tranquille*, film français réalisé par Étienne Chatiliez en 1988.

Dragonette sentit que Mustapha se moquait d'elle. Mais elle poursuivit, imperturbable :

– Sais-tu que ces créatures sont les plus gros animaux terrestres ? Curieusement, ils possèdent une queue minuscule par rapport à leur poids. La nature propose parfois des modèles incompréhensibles pour l'homme.

– Au moins, tu t'intéresses aux queues des éléphants, conclut Mustapha en la mettant carrément en boîte.

Contrairement à ses habitudes, madame de Sermoafort refusa son invitation à dîner : ce dernier, dépité, se trouva à court d'arguments face au pays des maharadjas qui réclamait sa grande amie à cor et à cri !

Le trésor de Golconde, les mines de saphir du Cachemire, l'eau sacrée du Gange, les frangipaniers aux fleurs blanches odorantes, le thé à la cardamome, les tapisseries aux mille miroirs… tout le bazar indien défila des heures durant dans la tête de la reine des rillettes. Il était deux heures du matin quand Dragonette daigna éteindre la lumière. L'immeuble ronflait à l'exception de Marcel qui râlait, dérangé jusqu'alors par les lueurs des ampoules, tandis que Janine boudait. Dragonette, elle, s'envola vite en rêve vers New Delhi, plaque tournante des voyageurs en route vers le Rajasthan !

Mais avant l'exécution de son magnifique projet, Dragonette, qui avait encore sur le cœur sa réception ratée, désirait effacer cet échec en réorganisant un cocktail dînatoire ; lorsqu'un cavalier tombe de cheval, il lui faut tout de suite remettre le pied à l'étrier. La vie exige le même genre d'attitude, pour effacer les douloureuses mémoires et surtout éviter qu'elles ne s'incrustent. De plus, le congélateur de Mustapha ne pouvait plus accueillir un seul petit pois tant il explosait sous l'abondance des restes. Il était grand temps de le vider.

Elle en parla à Mustapha qui partagea la même lucidité qu'elle :

– Aucun de tes patrons ne voudra y manquer ton invitation maintenant que t'y es célèbre dans le quartier. "Car faut déjà être quelqu'un pour passer à la télé", ajouta-t-il en parodiant une fonctionnaire des impôts, éblouie par la prestation télévisuelle de Dragonette avec la grande prêtresse de la rencontre.

Dragonette acquiesça. Son séjour à Paris l'avait transformée petit à petit, améliorant nettement sa façon de voir : en dehors de Rosa, Happy et peut-être le curé, ses autres employeurs étaient essentiellement guidés par l'intérêt. Mais après tout, quelle importance… De son point de vue à elle, elle les aimait et seul ce sentiment la guidait. Si, par-dessus le marché, ses chers employeurs se rendaient tous à son dîner, sa reconnaissance serait totale et sa petite blessure d'orgueil effacée.

Elle lança donc ses invitations. Le retour dépassa ses espérances. Sauf que le nombre d'invités quadrupla ! Et pour cause, leurs proches insistaient pour les accompagner : voir de près le phénomène Dragonette, devenue la star des *people*, en faisait rêver plus d'un.

Théodore de Chabignol, après s'être assuré que sa chère Fox-Trot fût invitée, pérora sur l'incident qui avait tant peiné Dragonette :

– Les gens ont beaucoup trop besoin de la référence des médias pour adorer ou haïr leur voisin ! Comme tu es passée à la télévision, c'est chic pour les bobos d'avoir ton nom dans leur carnet d'adresses… et de fréquenter tes cocktails !

En attendant le jour fatidique, la comtesse poursuivit son travail chez les uns et les autres et se rendit chez Rosa pour son habituelle matinée. Une fois encore, cette reine du plaisir lui demanda de la remplacer pour la séance de fouettement. Aussi incroyable que cela puisse paraître - toujours ce hasard qui n'existe pas -, elle revit le petit bonhomme rond comme une pièce d'un euro et aussi grand que le premier barreau de l'escabeau, Gland de poney !

Quand il la vit, il s'élança pour l'embrasser affectueusement en la surnommant : "Maman, la reine des miracles". Comment ne pas éprouver une reconnaissance à vie pour la première femme qui inspire tant de bouleversements dans votre sexualité ?

Avec son entraînement hebdomadaire de sprinteuse, ses cours de grosse caisse et ses sept étages quotidiens, Dragonette avait acquis une forme physique quasi olympique. Son poignet avait, par la même occasion, profité de tout ce sport intensif. En conséquence, son instrument de plaisir rebondissait avec entrain, sur les postérieurs avides de sensations fortes. Gland de poney profita pleinement de la forme de sa fouetteuse.

Tout se passait pour le mieux, les clients se succédaient tranquillement. Trop tranquillement. "Quand tout baigne, disait souvent Fox Trot, faut se méfier. Il y a parfois des surprises..."

Cette dernière avait raison : le dernier coup de sonnette dévoila un homme que Dragonette, alias Baby Potelée, ne connaissait que trop bien, Jean XXX ! Aussi affolée que le point d'exclamation, la comtesse, heureusement en perruque et en combinaison noire, chercha un trou de souris providentiel où s'engouffrer tout en sachant pertinemment que le miracle ne se produirait pas. Heureusement, le scientifique paraissait ailleurs, perdu dans ses pensées, presque déprimé. Il ne semblait même pas la voir.

Au début de la séance, il lui intima de se montrer ferme dans le maniement du fouet.

– Les caresses de toutou, très peu pour moi, aboya-t-il d'un ton sec.

Heureusement, Jean XXX avait gardé son string panthère, dissimulant tant bien que mal son *mi-temps*. Décidément, cet homme savait être érotique jusque dans son intimité. Dragonette, enchantée, le trouva assorti à son couvre-lit. Elle le fouetta selon son désir, avec un martinet fait de lanières en latex qui claquaient particulièrement bien.

En Baby Potelée, la comtesse ne se faisait pas dire deux fois la même chose et témoigna d'un zèle certain. L'homme poussa des gémissements qui auraient fait sangloter une porte. Le quart d'heure magistral eut pour effet le résultat escompté : l'homme, rassasié, y mit fin et la félicita de son admirable coup de poignet. Au point de la désigner comme "la meilleure fouetteuse de Paris" et de lui signifier que dorénavant, il ne voulait plus jouir que de ses bons et loyaux services !

À chacun sa promotion glamour, songea la dame à particule, avec une certaine amertume. Qu'en penserait Rosa ?

Jean XXX commençait à peine à se rhabiller quand soudain, quelque chose d'étrange apparut au pied de la porte. Cela ressemblait à un chat blanc. Mais non, pas de doute. C'était Marcel, identifié sur-le-champ avec son ridicule P tatoué sur la cuisse gauche ! Alerté par les cris de cet homme qu'il connaissait et qu'il aimait si fort, le rat s'était précipité à sa rencontre. Dragonette chancela sur ses fondations :

Comment ce traître d'animal a-t-il pu arriver jusque là ? Je suis perdue ! gémit-elle intérieurement.

Jean XXX, éberlué, car l'ayant reconnu aussitôt, regarda l'animal se précipiter vers lui :

– Mon rat, mon trésor, mais que fais-tu ici ? Ce n'est pas un endroit pour les êtres respectables, ajouta-t-il en se tournant vers cette blonde affolée qui regardait par la fenêtre en se tordant les mains, dans l'espoir d'apercevoir un deuxième trou de souris : il y a des jours où des millions de personnes cherchent des trous qui s'ouvriraient providentiellement sous leurs pas.

– Quelle horreur ! Cette bête me terrorise. Je vais m'évanouir… Enlevez ce rat sinon…

Elle gémit si bien, joua tellement la comédie que Jean XXX non seulement ne devina rien mais pensa d'abord que Marcel l'avait peut-être suivi, lui. En réalité, le rat avait pris place au petit matin dans le cabas de Dragonette, qui fleurait bon le lard acheté la veille, et la comtesse, sans y prendre garde, l'avait emmené au travail. Le sac posé à terre, il lui avait été facile d'en sortir. Décidément, on n'est toujours trahi que par les siens !

Devant l'affolement hystérique de cette *blondasse*, Jean XXX décida illico presto de rapporter le rat à… sa chère Dragonette ! Cet homme en string panthère serrant son rat sur le cœur, le bas rein gardant obstinément le souvenir des lanières, les chaussettes en accordéon sur des mollets imberbes, la moustache plus tombante qu'à l'habitude, formaient un spectacle à la fois inhabituel et désopilant. Mais l'heure, loin d'être à la farce, sentait hélas le drame.

La pseudo-reine du plaisir, fustigeant intérieurement le commerce de la chair, le martinet, les derrières avides de coups de fouets, jura ses grands dieux qu'il n'y avait jamais eu ni souris ni rat dans cet appartement, que c'était la première fois… Mais sa tirade tomba à l'eau car elle en fit trop ("une tonne", aurait dit Fox-Trot dont la voix intérieure résonnait décidément beaucoup à l'oreille de Dragonette en cette matinée maudite) et attira l'attention du client sur elle. D'un seul coup, Jean XXX, en la regardant bien, la reconnut… à ses lunettes et à ses mains. Sa glotte, d'émotion et de stupéfaction, se coinça, se transforma en tire-bouchon qui avait bien du mal à faire sortir les mots. Enfin, il réussit à bégayer :

– Non, ce n'est pas possible, vous n'êtes pas… Dragonette ?

Pire qu'une estocade, cette interrogation avait fusé, allant droit au cœur de cette aristocrate distinguée, hélas démasquée :

sa vie allait s'écrouler, elle allait subir l'opprobre général, elle deviendrait la risée du quartier. La reine des rillettes souhaita ardemment : *Vive les oubliettes !* Mais la réalité se tenait au garde-à-vous, bien présente, et il lui fallait l'affronter ici et maintenant. Son cerveau tricotait à vive allure. Elle devait se battre pour garder tout ce qu'elle avait chèrement acquis. Elle décida que sa réputation ne serait pas compromise parce qu'elle avait donné le fouet à un monsieur dont le bonheur consistait à être flagellé !

De son côté, Jean XXX était perplexe : Dragonette avait percé son secret. Elle, si intelligente, allait-elle jeter le *ratologue* en pâture aux journalistes en mal de scandale ?

En réalité, ces deux personnes fort respectables qui faisaient du bien à l'humanité, l'une par ses travaux scientifiques et l'autre par sa générosité, sa joie de vivre, son optimisme, se retrouvaient face à la partie la moins socialement avouable de leur personnalité. Mais en quoi cette petite séance de plaisir était-elle un péché ?

– En rien ! pensa Dragonette à haute voix.

– Comment cela, en rien ? rétorqua Jean qui, conscient du ridicule de la situation, se rhabillait promptement.

– Je pensais à un grand sage, Tukaram Maharaj qui a dit : *"La seule vertu, c'est d'aider les autres. Il n'existe pas d'autre vertu. Le seul péché, c'est de blesser les autres. Il n'existe pas d'autre péché."* Avons-nous blessé les autres ? Cette séance enlève-t-elle quoi que ce soit aux autres ? Rien, rien de rien, voilà le fond de ma pensée.

Devant cette sage réflexion, Jean ne pouvait que s'incliner.

– C'est vrai... Vous m'avez fait du bien tout en n'enlevant rien aux autres et donc en ne leur portant aucun préjudice : le fouet se révèle une véritable thérapie pour moi. Non seulement, il active la circulation sanguine mais il ravive ma cervelle. En effet, les innervations se logeant dans le bas du dos transmettent un courant électrique le long de la moelle épinière jusqu'au cerveau dont tous les réseaux neuronaux perçoivent l'excitation. Celle-ci entraîne mon imagination et la fait doublement galoper. Quand je sors d'ici, mes idées sont toujours plus claires et surtout je me sens dix fois plus créatif. Or, comme vous devez sans doute le savoir, l'imagination représente une des grandes clés de la Connaissance. Dragonette, en réalité, vous faites avancer la science en stimulant mes neurones !

– Ainsi le fouet a pour conséquence immédiate de raviver l'imagination et la créativité ? Voilà un raisonnement scientifique éblouissant !

– En ce qui vous concerne, comtesse, c'est plus *glamour* d'exciter le cerveau plutôt que le reste !

Si Dragonette approuva le côté *glamour* "d'exciter le cerveau plutôt que le reste", en revanche, elle gémit intérieurement à la pensée de laisser inerte ce qui fait la force de tout homme digne de ce nom : son sexe ! *À part le président, je n'excite personne,* pensa-t-elle sur-le-champ, au comble du dépit.

Jean XXX la tarabusta de nouveau :

– N'est-ce pas que j'ai entièrement raison ?

Le cerveau de Dragonette exécuta un triple looping pour s'adapter à la situation. Son bon sens lui souffla alors : *Il faut toujours dire à un homme qu'il a raison. À cette condition seulement, nous les femmes avons la paix. Alors, Drago, acquiesce, c'est la seule façon de sauver ta relation avec Jean.*

Dragonette le regarda droit dans les yeux et exprima avec netteté le fond de sa pensée :

– Jean, vous avez parfaitement raison. Si, grâce à mon fouet, vos idées deviennent lumineuses et que par conséquent, vos travaux scientifiques progressent, il ne m'en faut pas plus pour être comblée. Je pense comme vous, c'est plus noble de favoriser l'épanouissement de votre cerveau que de faire s'actionner votre levier de vitesse !

Jean s'approcha d'un bond et l'embrassa sur les deux joues en lui murmurant :

– Je vous adore... Quelle femme intelligente vous êtes !

Ouf, j'ai eu chaud, pensa Dragonette, encore sous le choc. Elle fondit alors comme beurre au soleil tout en entendant sa petite voix qui lui rappelait : *Jean est marié et il aime sa femme.*

Alors réfrénant son élan pour lui, elle le regarda et dit tout doucement :

– Je vous aime beaucoup...

Jean soupira intérieurement et pensa combien il était difficile d'être catholique, marié et pratiquant : cet engagement lui interdisait tout écart charnel ou sentimental, ou les deux à la fois, avec une femme autre que la sienne... Cette limitation volontaire mais au demeurant culturelle finirait-elle par devenir excitante ?

Alors les deux protagonistes conclurent un pacte, se jurant mutuellement le silence quant à leurs activités annexes. Cet incident ne pouvait que renforcer leur complicité. Marcel couina de contentement. Dragonette refusa de faire payer Jean qui insista :

– C'est pour les bananes de Marcel... Dragonette, vous êtes très sexy dans cette tenue. Cela me plaît de penser que j'ai franchi, par un doux hasard certes, une étape de plus, au cœur de votre intimité.

– Intimité, intimité... Merci, Jean, soupira-t-elle, mélancolique.

Un homme, aussi exquis soit-il, peut parfois peser plus lourd qu'un éléphant. Hélas, il ne s'en rend jamais compte.

– Il y a sur cette terre un homme pour vous. Je vous aiderai à le trouver !

Dragonette bouillit à ces mots : elle n'avait besoin de personne et encore moins d'un homme qu'elle désirait pour lui "trouver" son Jules.

– Dans une pochette surprise ? répondit-elle moqueuse.

Elle fit claquer rageusement son fouet.

– Non, merci, ce sera pour la prochaine fois, se méprit Jean. Aujourd'hui, j'ai eu ma dose !

La comtesse remballa son désir d'amour en admettant, à contrecœur certes, que la vie, pour le moment, ne lui destinait que l'amitié, trop platonique à son goût !

Elle se mordit la langue au sang mais n'osa pas demander pourquoi l'épouse de Jean ne s'armait pas d'une chambrière pour faire du bien à la partie charnue de son homme... Encore une question qui resterait sans réponse !

– Et notre Marcel, que devient-il aujourd'hui ?

– Vous êtes mon dernier client. Je vais le ramener au bercail car cet après-midi, je travaille chez mon patron si ordinaire que je ne sais même pas s'il s'agit d'un homme ou d'une femme.

– Ah ! et demain, à quelles occupations allez-vous vous livrer ?

– Demain matin, je ferai le ménage chez mon couple d'hommes. Demain après-midi, je sprinte avec ma milliardaire ! Je travaille six jours par semaine, à raison de deux patrons par jour.

– Cela fait donc douze patrons par semaine. Vous avez la santé.

– Vous savez compter ! Désormais, je n'ai plus de mystères pour vous !

– Si cela vous plaît de le penser... Je vous embrasse et espère vous revoir bientôt. Ce que j'ai appris de vous aujourd'hui n'est pas pour me déplaire… Et puis je vous trouve belle dans votre combinaison moulante…

Évidemment, la comtesse sentit sa peau frémir de plaisir sous ce compliment mais elle réussit à cadenasser ses hormones à triple tour. Elle ferma la porte à regret sur le sourire malicieux de Jean.

Et une fois de plus, Dragonette enleva son vêtement de travail, se rhabilla et se retrouva plus seule que jamais avec Marcel sur les bras.

Rosa Moustika arriva au moment où Dragonette replaçait le trublion dans le cabas. Cette dernière lui raconta la scène avec Jean par le menu. Elle évoqua avec moult détails l'intérêt scientifique du fouet. Et les deux femmes de conclure que par leur action, elles activaient le QI de leurs clients : en leur faisant du bien, elles rendaient service à leurs concitoyens. Et puis, elles contribuaient à améliorer l'intelligence de l'homme !

– Si cette théorie se vérifie, c'est l'humanité entière qui mériterait d'être fouettée quotidiennement !

– Tu as de la chance, tu sais avec qui tu partages ton amitié. Par la même occasion, tu as découvert fortuitement la face cachée de Jean, murmura Rosa.

– Tu veux dire la lune ?

Elles éclatèrent de rire, Rosa fit une longue caresse à Marcel qui grogna de plaisir. Il adorait les jolies femmes parfumées. Finalement, l'amitié s'avérait un sentiment merveilleux. Dragonette avait gagné celle de Rosa et venait de faire un pas de plus dans sa complicité avec Jean.

Dans l'immeuble cossu du vieil oncle, la vie se déroulait tout en douceur. Dragonette régnait en maîtresse absolue sur le septième étage dont le palier s'effaçait maintenant derrière une végétation digne de la forêt amazonienne parmi laquelle trônaient un strelitzia d'Afrique, deux palmiers, un ginkgo biloba… Grâce à son doigt vert, Dragonette avait ranimé toutes les plantes récoltées lors de ses visites aux *monstres*. À sa collection, s'étaient ajoutés trois pots d'orchidées mauves, lie de vin et roses, offerts par ses fans. Blanche venait souvent admirer cette exubérance de la nature, elle dont les mains au PH trop acide faisaient mourir la moindre feuille dans le quart d'heure, par le simple fait de l'effleurer. Fox-Trot avait passé un accord avec Dragonette. De temps à autre, elle venait "emprunter" un pot pour fleurir l'appartement du troisième étage : Dragonette lui devait bien cela depuis qu'elle "payait le loyer gratis". Curieusement, devant la générosité de Dragonette, le vieil oncle avait appris à ouvrir son cœur. Il trouvait là des jouissances nouvelles qui le comblaient. Plus il aimait, plus il était aimé. L'amour est-il donc inversement proportionnel ? De temps à autre, il jouait le baby-sitter avec Marcel en adoration devant les croûtes de fromage qu'il lui distribuait généreusement.

Théodore de Chabignol fondait devant cet animal si gentil à son égard tandis que Marcel ne pensait qu'à se régaler ; son addiction au fromage reléguait au second plan la détestable odeur de bouc émanant de la peau flétrie du vieil homme ! En revanche, Janine n'avait pas gagné ses faveurs mais s'en contrefoutait royalement. Son grand plaisir consistait à se balader parmi les plantes vertes du palier, qui, de leurs feuilles, la caressaient tendrement ! Les végétaux affectionnaient vraiment la présence de ce charmant saurien. Lorsque Janine faisait des stations prolongées sur leurs branches, ces dernières sentaient battre son cœur à travers la fine membrane entourant leurs tiges. Ce subtil massage leur procurait une transfusion de vitalité car chaque cœur de leurs milliards de cellules, en percevant ce doux battement, se mettait à vibrer d'amour à l'unisson. Les créatures les plus élémentaires de la vie participent à l'harmonie du cosmos mais l'homme n'en a plus conscience. Il perd petit à petit une grande partie de la conscience d'amour qui circule dans l'univers. Dommage d'ignorer une énergie aussi fondamentale, nourriture à la fois sacrée, délicieuse et tellement revigorante.

Trois jours plus tard, Happy invita Dragonette à dîner tant sa personnalité la charmait.

Dragonette se vêtit avec un soin jaloux et enfila le magnifique pull-over que l'Américaine venait de lui offrir. Sa gymnastique quotidienne à laquelle ses activités parisiennes la soumettaient lui avait permis de parfaire sa silhouette. Le pantalon lui seyait désormais à ravir. Ce soir-là, l'image que lui renvoya son miroir flatta son ego.

Elle fut la dernière invitée à franchir le seuil de l'appartement de madame Happy qui l'accueillit avec une vive manifestation d'amitié.

Elle lui présenta son neveu qui n'était autre que le veuf entrevu chez son thanatopracteur, qu'elle avait ensuite fouetté chez Rosa Moustika, quelques semaines auparavant. Dragonette avala par trois fois sa salive. Décidément, en ce moment, par le biais détourné de ses activités, elle approchait d'un peu trop près les hommes qui l'intéressaient. Le métier chez Rosa Moustika commençait à devenir dangereux. Le vertige la saisit.

Cet homme qui fait palpiter mon cœur est donc le neveu de Happy. Je n'en reviens pas. Il me plaît toujours autant, quel bonheur de le revoir ! Et lui au moins est libre...

Elle fut présentée à tous comme étant la nouvelle vedette du jour et fut particulièrement mise en valeur par Happy jouant avec une aisance rare la *public-relation* de choc. Le veuf Édouard ne quittait pas la sémillante madame de Sermoafort de ses yeux mauves de chat persan. Il arborait l'éternelle pochette violette, parfumée d'*Habit Rouge* de Guerlain. *Comme Jean XXX*, pensa la comtesse. Son costume gris souris mettait en valeur son élégance naturelle. Il portait au poignet droit un bracelet en poils d'éléphant tressés, retenus à divers endroits par des anneaux d'or. “Le souvenir de mon épouse disparue l'hiver dernier", murmura-t-il, en surprenant le regard réprobateur de Dragonette sur son bijou.

"Cet homme peut se balader avec un cactus sur le crâne et une plume au derrière, il gardera toujours cette touche unique : le chic ! Il semble ne pas en avoir conscience, ce qui est plutôt sympathique. Mais il a un défaut : il porte un bracelet en poils d'éléphant…", confierait-elle plus tard à Rosa.

Évidemment, à table, Édouard fut placé à sa gauche de la comtesse, côté cœur. Il ne fallut pas plus de deux verres de Pétrus millésimé (un demi-siècle) pour euphoriser Dragonette, assaillie de questions fusant de toute part. C'est tout juste si elle put goûter les plats tendus par le maître d'hôtel qui précisait chaque fois le nom et l'année du vin qui les accompagnait. Le summum ? Un Clos Vougeot 1946 servi avec des truffes de la taille d'un œuf de poule ! La reine de la soirée s'amusa follement et se lâcha au dessert, ce qu'elle ne faisait jamais habituellement. Évidemment, que mit-elle sur le tapis ? Ses *chers petits*, Janine et Marcel, sans toutefois évoquer la particularité de ce dernier ! Et là, un premier coup de poignard vint lacérer son cœur :

– C'est mon jumeau et néanmoins connard de frère qui serait ravi d'approcher votre Marcel. Il dirige le Laboratoire de Recherche Expérimentale sur les Animaux, précisa Édouard avec un mépris abyssal.

Dragonette fut abasourdie de se retrouver devant le frère de Jean XXX. Saisie par cette révélation et le ton vindicatif de cet homme qu'elle avait jusqu'ici trouvé charmant, elle ne sut sur quel pied danser. Devait-elle lui révéler qu'elle le connaissait fort bien ou se taire ? Elle privilégia le silence d'autant que Jean lui avait demandé fermement la plus grande discrétion quant à ses travaux scientifiques sur Marcel.

Pourquoi traite-t-il Jean de connard *? Quel est le secret de ces deux frères ?*

Happy crut bon d'intervenir et de reprendre Édouard pour ses propos acerbes et méprisants, vis-à-vis de Jean :

– Voilà l'exemple type de jumeaux qui ne s'entendent pas pour le mieux dans le meilleur des mondes, lança-t-elle, à l'assemblée médusée !

Édouard rétorqua que l'expression "ne pas s'entendre avec son jumeau" relevait d'un doux euphémisme. Et de grommeler entre ses dents que moins il voyait son frère, mieux il se portait : Jean n'était vraiment pas quelqu'un de recommandable.

Le cœur de la comtesse se sentit poignardé pour la deuxième fois. Alors son grand ami Jean était un voyou ? Et Édouard lui plaisait tellement, peut-être même infiniment plus que Jean… Elle conjura le sort de n'être jamais obligée d'avoir à choisir entre les deux, le dilemme se révélerait par trop douloureux. À bien y regarder, ils se ressemblaient beaucoup : si l'on avait mis une paire de moustaches et des lunettes à Édouard, ce dernier serait instantanément apparu comme le clone de son frère. Et curieusement, ils utilisaient la même eau de toilette… Mais les deux hommes affichaient un style fort différent, Jean le sportif et Édouard le dandy. Elle essaya de questionner son voisin pour tenter de percer le mystère d'une mésentente ainsi affichée. Elle ne put rien tirer d'Édouard, qui se replia dans sa coquille tel un bernard-l'ermite. Le charme était rompu. Happy fit tout pour ressusciter l'ambiance qui restait tel le feu dans la cheminée quand il refuse de prendre. Les réflexions haineuses d'Édouard avaient jeté un froid polaire parmi l'assistance. Dragonette de Sermoafort, grande dame comme à l'accoutumée, reprit le fil de la conversation sur le thème de la crise qui faisait frissonner toutes les couches de la population. Les Français attendaient tout et trop de l'État Providence qu'ils allaient bientôt surnommer papa ou maman ! Au moment où il leur fallait inventer de nouvelles réalités, un mode d'existence mieux adapté aux exigences de la société du 21e siècle, les assistés restaient fossilisés dans leurs chaussons et les riches accrochés à leur porte-monnaie comme l'arapède sur son rocher !

Dragonette sentit à la fin de la soirée que son désir pour Édouard avait considérablement pâli. Il la fascinait tout en l'inquiétant car il se murait dans un silence qui n'augurait rien de bon. Elle comprit qu'il était hors de question d'envisager une quelconque intimité avec le jumeau de Jean. Le candidat Édouard s'était de lui-même retiré du menu aussi vite qu'il était apparu. Logique. Quand on conjure le Ciel de n'avoir pas à choisir entre deux hommes, il vous entend et fait le ménage à votre place !

Dragonette et lui se quittèrent sur l'air de la platitude la plus absolue. Une fois Édouard parti, Happy se défoula et pesta comme jamais Dragonette ne l'avait vue faire.

– Édouard s'est conduit en véritable crétin. Il m'a gâché mon dîner.

Sur cette déclaration, les invités partirent tôt, il n'était que 23 heures.

Chacun des jumeaux s'était vu décerner son diplôme ès stupidité, taille XXL : Jean et Édouard appartenaient donc à cette espèce trop répandue de *connards* authentiques ! Était-il bien raisonnable de s'intéresser un tant soit peu à l'un des deux ? Comment se faisait-il que madame Happy n'ait jamais parlé de Jean à Dragonette qui avait souvent évoqué une partie de sa rencontre avec lui, une partie seulement ? Pourquoi Happy avait-elle gardé le mystère ?

L'amertume plissait le cœur de Dragonette. Elle se dit que décidément, il était temps qu'elle prenne du champ. Son obsession de l'Inde la taraudait Un peu plus chaque jour.

En rentrant chez elle, elle découvrit au pied de sa porte, un splendide pot de jasmin odorant *"Avec les compliments du président"*.

– Encore lui, encore un autre imbécile, jamais deux sans trois ! C'est la soirée ! s'exclama-t-elle. Elle jugea que la plaisanterie avait assez duré, donna un coup de pied dans le pot, se blessa le petit orteil, jura, mais un peu tard, qu'on ne l'y reprendrait plus.

Tous ces événements l'avaient tellement énervée qu'elle décida de ressortir et de flâner boulevard Saint-Germain. Jongleurs, bateleurs, chanteurs, comédiens de la rue... tous les artistes occupaient les trottoirs parisiens pour rameuter les badauds, dans l'espoir de récolter le fruit de leur talent, histoire d'arrondir leur bourse plate. L'ambiance battait son plein.

La chaleur moite de la nuit enveloppait son corps, le charmait au point de réveiller sa libido depuis trop longtemps claquemurée, sacrifiée sur l'autel de la mémoire, en faveur de ce monstre d'égoïsme, feu son Hubert. Un élancement douloureux martelait le cœur de Dragonette, allant jusqu'à provoquer une nausée physique, au relent de caviar et de truffes. Que l'on soit riche ou pauvre, le cœur souffre de la même façon. En revanche, seul le degré de sensibilité imprime son tempo à l'état de désolation des sentiments orphelins d'amour. Cette femme hors du commun promenait sa déréliction avec lassitude, les pieds lourds comme deux seaux de charbon, le regard perdu dans les fumées de la nuit, quand soudain, elle fut saluée par un habitant de son immeuble, le voisin du premier étage. Elle le connaissait de vue mais ne savait rien de lui. Et voilà que l'individu lui prenait la main, la serrait comme s'ils se connaissaient depuis toujours :

– Dragonette, quel plaisir de vous rencontrer là !

Estomaquée par cette soudaine familiarité, la comtesse ne sut que répondre. L'homme se pliait en quatre, en six, en dix, pour l'inviter à prendre un verre à *La Rhumerie.*

Qu'est-ce que j'ai à perdre ? Rien. Après tout, comme je ne peux pas dormir, autant aller noyer mon blues dans un troquet, se dit-elle.

Et elle accepta. Face à face, assis dans ce lieu culte de Saint-Germain-des-Prés, les deux esseulés commandèrent de quoi arroser généreusement leur tête à tête. À sa grande surprise, Dragonette remarqua que la nature avait doté Brice Gaspard d'un visage avenant, de plus en plus sympathique, au fur et à mesure que la soirée avançait. Elle en fut charmée et l'homme le sentit : son instinct de chasseur ne mit pas longtemps à remonter à la surface. Dragonette fut plus lente à identifier son désir d'homme mais quand elle en prit conscience, son épiderme fut saisi d'un frissonnement inexplicable. Brice connaissait un peu la vie de Dragonette : il avait regardé son passage à la télé et avait eu vent de la réception qu'elle projetait et à laquelle il rêvait d'être invité. Il savait aussi qu'elle entretenait des relations fort chaleureuses avec *le Marocain de la chambre d'à côté*. Soudain, l'air inspiré, il lui proposa un tour en voiture, direction le bois, côté Bagatelle, sous le fallacieux prétexte d'aller respirer les parfums de la roseraie. Brice possédait un coupé cabriolet rouge corrida qu'il décapota soigneusement. Il fit monter la reine des rillettes avec la déférence due à son rang.

La comtesse, après avoir vidé trois coupes de Dom Pérignon, planait au septième ciel de la grande illusion. De plus, Brice Gaspard déployait tout son charme... La vie, décidément, montre toujours plus d'imagination que les humains. Les deux nouveaux amis riaient et papotaient comme personne. Brice glissa délicatement son bras autour du cou de Dragonette et ramena sa tête jusqu'à hauteur de sa bouche : il l'embrassa sur la joue avec une douceur qui ne ressemblait en rien aux baisers du vieil oncle. Puis, il bifurqua vers ses lèvres. La peau de Brice parfumée au vétiver, appelait indubitablement une réponse. Alors, la comtesse se lâcha, mit son quant-à-soi au vestiaire et entreprit de répondre à la tendresse de cet homme surgi de nulle part, en commençant à le caresser. En dépit de la ceinture de sécurité, elle réussit à l'enlacer tout en se servant de la main droite, pour cajoler son poitrail. Sous l'étoffe, il lui sembla si sexy qu'elle décida de déboutonner sa chemise. Alors, elle dégrafa le premier bouton et passa sa main sur le carré de peau que l'innocence de son geste venait de dévoiler. Il grogna de plaisir, l'invitant ainsi à continuer sa progression tout en réussissant lui-même à conduire son cabriolet de la main gauche. Dragonette défit le deuxième bouton, lentement, posément, tout en éprouvant un plaisir inconnu d'elle jusqu'à présent. Elle le huma, découvrant son odeur avec délice. Puis elle dégagea le troisième bouton. Le torse de Gaspard commençait à s'offrir dans sa nudité la plus totale : une peau imberbe, lisse, appétissante qui réclamait encore et encore des caresses, du plaisir, de la sensualité. Elle passa l'index sur ses côtes comme pour les redessiner. Puis caressa ses deux petits bouts de sein tout en glissant lentement le doigt sur l'aréole. Il gémit de contentement. Par instants, elle promenait son visage sur ses pectoraux, fugitif effleurement de la peau… tandis que l'homme embrassait son visage avec une intensité sans cesse renouvelée. L'ivresse, communicative, les gagnait. Dragonette, envahie par le désir se mit alors à picorer chaque millimètre de sa peau avec une frénésie débordante ! Ses narines traquèrent avec délice son odeur de transpiration sous les bras. Elle haletait. Puis elle palpa à nouveau ses bouts de sein dressés par le plaisir, les léchant de sa langue gourmande, pour mieux les mordiller délicatement. Brice usait de gestes à la fois souples et précis pour lui caresser le dos, les bras, les cheveux : sa tendresse, présente et ferme à la fois, chavirait Dragonette blottie contre lui. N'en pouvant plus, Brice se gara sur la première place venue et se pencha vers elle. Il l'allongea et chercha sa bouche avec une volupté rare, enfonçant sa langue avec vigueur. Le corps de la comtesse se rendit sous la force de l'étreinte et connut des soubresauts de plaisir d'une rare intensité : son ordinateur intérieur lui souffla qu'elle avait affaire à un homme extrêmement viril.

– Nous vivons une situation des plus surréalistes, murmura-t-il.

Dragonette, bercée par l'exaltation de ses sens, dodelina de la tête. Ils décidèrent de rentrer.

Arrivés à son étage, Brice Gaspard ne l'invita pas à rentrer chez lui tout en soulignant à quel point leur rencontre était placée sous le signe de l'exceptionnel. Il avait rendez-vous le lendemain à l'autre bout de la planète, prenait son avion dans trois heures et devait par conséquent se reposer. Il l'enlaça, la couvrit de baisers fougueux, puis disparut dans son antre. Il n'avait pas évoqué le plaisir de possibles retrouvailles. Il y a des êtres dont le présent s'arrête toujours au bord de lendemains éventuels. Quels tyrans sont ceux qui décident seuls du futur d'un amour !

La comtesse monta les escaliers, partagée entre deux sensations diamétralement opposées : le plaisir de son flirt inattendu et une faim d'amour bien compréhensible. Plus elle montait les marches, plus sa faim augmentait. Elle porte un nom : frustration. Chez Dragonette, elle se mua en un appétit d'hommes gargantuesque. Évidemment, son mal de tête reprit de plus belle. Elle s'étendit sous sa peau de léopard et songea à ses nuits rares mais tellement esthétiques avec feu son Hubert. En faisant ainsi la toilette du souvenir, ces nuits-là lui parurent soudain fatalement insipides, fades comme un pain sans sel, sans la moindre once de piment ! Cet échange avec Brice avait allumé en elle un brasier jusque-là insoupçonné. Pourquoi toujours attendre que l'homme fasse le premier pas ? La prochaine fois, c'est elle qui mènerait le jeu ! Mais où se cachent les vrais hommes ? Cette angoissante question turlupina madame de Sermoafort l'espace de cinq minutes, puis elle conclut que la planète comptait des millions et des millions d'hommes, dût-elle aller le chercher à Calcutta…

Après ces cogitations, elle s'endormit et se réveilla dans une forme éblouissante. Il n'y a pas plus régénérant que le désir d'un homme. Elle se leva des deux pieds et décida qu'elle allait croquer la pomme jusqu'à l'indigestion… L'aube venait de réveiller l'Ève éternelle qui sommeillait en Dragonette depuis trop longtemps.

Chapitre 11

Quelques jours plus tard, aux alentours de 22 heures, Dragonette se sentit à nouveau si solitaire qu'elle éprouva l'envie de faire une promenade avec Marcel. La chaleur du mois de juin invite avec insistance à sortir de chez soi, plutôt qu'à macérer dans l'étuve que devient son lit, surtout lorsqu'il se trouve sous les toits. Les nuits moites, ah les coquines, chahutent les hormones, suscitent le désir, “sentent le rut” dirait poétiquement Mustapha. Dragonette passa avec amour son harnachement en vernis rouge à Marcel et Janine eut droit à sa petite laisse en strass offerte par Happy. La comtesse arborait une tenue assez stricte, blanche. Janine, confortablement installée sur son épaule gauche, découvrait le monde avec sa placidité coutumière, tandis que Marcel, heureux de se dégourdir les pattes, trottinait avec allant au bout de sa laisse.

Mais ce qui semblait normal pour Dragonette ne l'était pas pour le bon peuple de France. Au bout de quelques minutes, les passants amusés à la vue d'un tel trio, d'autant que la plupart d'entre eux avaient reconnu la reine des rillettes, commencèrent à s'attrouper. Marcel se sentant admiré, en vrai cabotin, commença son numéro de claquettes.

– C'est à pleurer de rire, s'exclamaient les passants.

Plus ils applaudissaient, plus le rat se déchaînait. Plus le rat se déchaînait, plus l'attroupement grossissait. Dragonette, sentant le piège se refermer sur elle, voulut rentrer sans demander son reste. Ce fut impossible. La foule l'encerclait, voulant à tout prix admirer, toucher, caresser et embrasser Marcel et Janine. Des bouches avinées, nicotinées, aux haleines d'acétone commençaient à effleurer le pelage de Marcel. Dragonette le ressentit comme une souillure. Quant à Janine, elle n'attirait pas les baisers mais plutôt les caresses, souvent moites et maladroites. La fascination de tous ces gens pour le trio prenait des proportions qui commençaient à l'inquiéter. Quel leurre, l'affection, l'adoration de la foule ! Heureusement, Mustapha passait par là et eut la bonne idée de s'approcher de l'attroupement d'où s'échappaient blagues et rires. Il entrevit sa grande amie et comprit au quart de tour le pétrin dans lequel elle se débattait. Il bouscula deux ou trois personnes, prit la comtesse par le bras et l'entraîna prestement loin de la foule. Les badauds, furieux et désolés, se répandirent en reproches amers et déçus. Mais un paparazzi, plus rapide que l'éclair avait eu le temps d'immortaliser quelques scènes dont il pourrait tirer profit : enfin des prises de vue sortant de l'ordinaire !

Le surlendemain, Marcel faisait la une du quotidien *Les People cassent la baraque*, en gros plan, dans les bras de Dragonette, dont l'épaule gauche s'ornait d'une Janine indifférente au tintouin.

En découvrant cette photo, tous les enfants supplièrent leurs parents d'adopter un rat blanc. Ils trépignaient, hurlaient, se roulaient par terre jusqu'à ce que leur caprice soit exaucé. Les animaleries de Paris connurent alors un véritable tsunami avec un taux record de visites, mais elles n'hébergeaient pas plus de rat albinos que de beurre en brochettes : ces rongeurs-là n'étaient pas au menu ! Néanmoins l'engouement pour ces bestioles fit le bonheur de ces magasins, qui trouvèrent enfin l'occasion de se débarrasser de tous leurs pensionnaires, hamsters et cochons d'Inde. Les commerçants juraient sur leur tête (que de risques !) à ces pauvres parents que ces petits animaux de compagnie possédaient un potentiel nettement supérieur à celui de Marcel. Trois jours de visites sans discontinuer provoquèrent une rupture de stock bénie des dieux : elle signifiait que le business avait prospéré au-delà de toute espérance, mais les vendeurs surmenés étaient au bord de la crise de nerfs.

Hélas, trois fois hélas, le cochon d'Inde ou le hamster le plus évolué n'arrivait pas à l'orteil de la star. Ces animaux restaient insensibles à la moindre tentative de dressage ! Leur QI n'avait rien de commun avec celui de l'Einstein des rats, Marcel de Sermoafort. Des immeubles entiers sanglotaient, les parents ne savaient plus quoi inventer pour consoler leur progéniture. En revanche, les laboratoires pharmaceutiques se dépêchèrent de mettre sur pied un antidépresseur pour enfants.

Évidemment, Jean XXX tomba sur l'article et fut saisi d'une colère magistrale, similaire au Popocatépetl en éruption. Il rumina sa rage toute la journée et la nuit qui suivit. Lors de son coup de téléphone à madame de Sermoafort, son hurlement fut tel qu'il creva le tympan de Dragonette :

– Votre folle aventure met en péril la vie de Marcel et, par voie de conséquence, mes travaux de recherche, qui sont de la plus haute importance scientifique.

Il fustigea Dragonette avec une hargne et un mépris qui la plongèrent dans la désolation la plus totale.

– Pour vivre heureux, vivons cachés ! Ce n'est pas à vous que je vais apprendre cette réalité, conclut-il sur un ton sans appel.

Cette fois, Dragonette comprit qu'elle avait du souci à se faire pour leur amitié. Mais elle espéra que le temps, une fois de plus, calmerait la tempête et apporterait la solution.

Jean, toujours au courant, avant la presse, de l'actualité animale, avait entendu dire que les animaleries cherchaient désespérément à s'approvisionner en rats. Une escouade de rongeurs squattait le passage Brady, leur lieu de prédilection en raison des nombreux restaurants indiens. Heureusement, ils étaient tous gris. Néanmoins, le scientifique redouta un kidnapping massif et saisit immédiatement son ami, ministre de l'Environnement, en lui demandant de faire passer de toute urgence une circulaire ministérielle interdisant la vente de rats en animalerie. Jean n'avait pas eu de mal à convaincre le ministre : si des milliers d'enfants adoptaient chacun un animal, la multiplication des rats deviendrait incontrôlable, des millions de rats envahiraient la capitale. Et séviraient bientôt plus de rats que de Parisiens ! Le ministre de la Culture et le ministre de l'Éducation furent priés de cogiter aussi rapidement que la foudre pour inventer une nouvelle distraction à l'attention des chères têtes blondes.

Peu de temps après, en rentrant du travail, Dragonette constata que son rat chéri avait disparu. Elle laissa passer la nuit non sans une certaine appréhension… Force fut de constater que Marcel n'était pas rentré au bercail le lendemain matin. Vu son adoration pour Janine et elle-même, cela ne lui ressemblait pas. La comtesse laissa encore passer une journée tandis que Janine se rapetissait de chagrin dans son panier. Mais où donc était passé Marcel ? Naturellement, Mustapha fut mis au courant et invité à redoubler d'attention : il ratissa avec soin le palier du septième, écouta chaque pas qui montait, Marcel ne montra pas le bout de sa moustache. Trois autres jours passèrent qui plongèrent Dragonette en brasse coulée dans les bas-fonds du désespoir tant elle était aux cent coups ; elle en perdit cinq kilos et Janine, en bon caméléon, pleurait à l'unisson avec elle.

La comtesse lança un appel radio et fit savoir qu'elle allait monter un comité de soutien pour Marcel. Le lendemain, les tabloïds faisaient la une avec la disparition de Marcel. La nouvelle secoua la France entière pendant plusieurs jours.

Pendant ce temps, Jean ricanait. Et pour cause : c'était lui le coupable. Oui, il avait *rapté* Marcel avec ses acolytes pour se venger de Dragonette, mais surtout parce que son petit protégé courait désormais trop de risques. Marcel ne l'entendait pas de cette oreille et le bouda sans relâche. Ce gourmand impénitent entreprit même une grève de la faim !

Devant le battage médiatique qui enflait à une allure faramineuse et Dragonette qui pleurait toutes les larmes de son corps, Jean se sentit obligé de lui avouer son forfait qu'il justifia en invoquant la sécurité de son cobaye. Il avait d'autant plus décidé de mettre Marcel sous cloche qu'il connaissait le projet de voyage de Dragonette en Inde. Qui d'autre, mieux que lui, pouvait prétendre s'occuper de son rat ? Dragonette vociféra tellement que ses cordes vocales firent un triple looping suivi d'un saut périlleux. Jean resta de marbre mais promit qu'il aviserait lorsque l'ordre serait rétabli : à son retour d'Inde, elle récupérerait son enfant chéri. Désespérée et rassurée à la fois, Dragonette se rendit aux arguments de Jean : en contrepartie, elle lui demanda de venir chercher Janine qui dépérissait de neurasthénie sans son *boy-friend*, ce sacré séducteur de Marcel ! Ses deux petits compagnons lui manquèrent terriblement. Elle le fit amèrement remarquer à Jean. Celui-ci promit d'y remédier en lui faisant miroiter un cadeau moins envahissant que ses actuels protégés.

Le surlendemain, en rentrant du travail, la comtesse trouva un paquet soigneusement emballé, accompagné d'une enveloppe libellée avec l'écriture de Jean. Il était recommandé de lire la lettre avant d'ouvrir le cadeau ! Elle s'exécuta :

"Ma très chère Dragonette,

Conscient de la peine que je vous ai causée, je vous envoie cette boîte contenant un élevage de tardigrades que j'ai réunis uniquement pour vous. Ces petits oursons d'eau ne prennent pas de place mais ils seront toujours là pour vous rappeler ma grande amitié et ma tendresse...

Voici les photos d'Hector, Jules, Barnabé et Zoé.

À toujours, Votre ami Jean."

Sidérée, Dragonette saisit les photos de ses nouveaux protégés et resta sans voix. Elle ignorait tout des tardigrades ! Ces petits animaux lui semblèrent attendrissants avec leur corps à huit pattes très courtes, terminées chacune par des griffes, et leur petite tête mi-taupe mi-ours. Leur aspect pataud l'enchanta et pour la première fois depuis deux semaines, Dragonette se dérida.

Elle défit délicatement l'emballage et découvrit un superbe coffret en argent ciselé. Son centre s'ornait d'un cabochon de saphir entouré de minuscules brillants ; des dessins magnifiques d'arbres dans une forêt formaient des entrelacs qui ornaient ses parois. Dragonette, frappée par la beauté de l'ensemble, contempla le coffret avec admiration. Jean se montrait grand seigneur. Une fois les premières secondes d'éblouissement passées, elle ouvrit la boîte et découvrit tout d'abord une boule en verre transparent, reposant sur un tissu de velours violet : elle était remplie de mousse et de quelques larmes d'eau. Elle saisit avec précaution cette boule baptisée "Piscine des 4 tardigrades"… et scruta attentivement son contenu. Rien ni personne. Sa stupéfaction fut à son comble. Mais où avaient donc disparu ses oursons d'eau ? Jean se moquait-il encore d'elle ? À côté de la boule en verre qu'elle remit soigneusement à sa place, se tenait une boîte à musique miniature : "Berceuse des tardigrades". Un petit papier dépassait sur le côté expliquant que les tardigrades mesurent de 0,1 à 1,5 millimètre et sont invisibles à l'œil nu. Sans microscope, il ne fallait donc pas s'attendre à les voir…

Jean concluait en préconisant de prendre cet objet entre ses mains, de fermer les yeux et d'essayer d'en éprouver les sensations.

Dragonette avait le choix entre protester et dire que Jean se jouait carrément d'elle, penser qu'un cadeau invisible n'est pas un cadeau, ou se laisser guider pour vivre une expérience nouvelle.

Le cœur battant, elle décida de suivre le conseil de son grand ami : elle reprit la boule entre ses mains, ferma les yeux et attendit. Au bout d'une minute, rien. Au bout de cinq minutes toujours rien. Saisie d'une inspiration soudaine, elle actionna la boîte à musique. La berceuse des tardigrades se mit à égrener des notes fraîches et cristallines.

À la sixième minute, elle sentit dans ses mains un souffle parcourir tout l'intérieur de la boule de verre : celle-ci respirait ! La comtesse se crut en proie à une hallucination et ressentit d'abord une peur viscérale qu'elle réussit à calmer. La petite sphère palpitait d'énergie et était parcourue par une puissante onde de vie. Ses vibrations croissaient et s'amplifiaient au rythme de la berceuse. Que pouvaient bien faire ses tardigrades ? Dansaient-ils ? Jouaient-ils ? Chantaient-ils ? C'était tellement inattendu.

Devant une telle merveille, la comtesse fut saisie d'une émotion intense, de grosses larmes jaillirent, bientôt transformées en un sanglot incontrôlable. Jamais de sa vie, elle n'avait ressenti pareille sensation. Son ami Jean venait de lui offrir le plus envoûtant des cadeaux. Et il l'avait imaginé pour elle seule. Et elle pourrait voyager partout avec sa boîte aux tardigrades à la taille si pratique. Et puis…

Elle refit l'expérience tard le soir, mais la nuit les tardigrades dorment comme tout le monde ! Le lendemain matin, elle appuya de nouveau sur le petit bouton de la boîte à musique, reprit tendrement la boule dans ses mains et au bout de quelques minutes la comtesse sentit le même frémissement, la fantastique respiration de la vie, parcourir la piscine des tardigrades. Celle-ci vibrait au rythme des pulsations de son cœur. À l'unisson.

Et de nouveau, Dragonette fut éblouie. Ce présent surpassait tout ce qu'elle avait pu imaginer dans sa vie. Elle n'en parla pas à Mustapha : *Plus l'on parle des choses, plus on les dilue.* Madame de Sermoafort se refusait à diluer la beauté.

Évidemment, elle téléphona à Jean et lui fit part de son émerveillement. Jean répondit sobrement :

– À femme magique, cadeau magique.

Les deux amis fêtèrent leur réconciliation autour d'un repas d'oursins et de fraises des bois. Ils décidèrent que Dragonette maintiendrait officiellement la version du rapt de Marcel, laissant ainsi les journalistes poursuivre ce leurre : personne ne devait mettre le nez dans leurs affaires ! Seul Mustapha exprima son mécontentement car il revendiquait toute la partie du dressage de Marcel et était, lui aussi, très attaché à l'animal. Pour la première fois, les deux habitants du septième étage se disputèrent puis se réconcilièrent autour d'un brick à l'œuf !

La presse, ignorant le fin fond de l'histoire, brodait et faisait sangloter les chaumières avec la triste aventure de ce rat, supposé victime expiatoire d'un gang de banlieue. La paranoïa s'en donna à cœur joie, Marcel faisait couler de l'encre et vendre une tonne de journaux.

Les enfants, leurrés sur la qualité de leur cochon d'Inde, succédané de leur idole, réclamèrent tellement leur rat chéri qu'un marchand de jouets eut l'idée de fabriquer un modèle en peluche *made in China*. Arrivé à Paris, le jouet ressemblait à un gros pâté impérial plutôt qu'au fringant Marcel. Le tissu pendouillait, lui donnant une tête d'abruti avec des yeux *myxomatosés* et il était affublé de pattes de mollusques et d'une queue se détachant à la moindre pichenette. La vue de cet ersatz de rongeur fut épargnée à Marcel qui en aurait fait une attaque !

Heureusement, l'inénarrable Mustapha avait tout prévu. Il avait depuis longtemps déposé le brevet concernant la fabrication d'une peluche entièrement blanche, reproduction à l'identique de Marcel, avec tous les accessoires, dont panier, couverture, laisse, harnais en cuir vernissé rouge… Mais il avait sciemment évité de reproduire le tatouage sur la cuisse gauche de l'animal, par respect pour les travaux scientifiques de Jean.

Au lieu de se fâcher avec le marchand de jouets, Mustapha, avec l'accord de Dragonette et de Jean, lui proposa un marché : le commerçant fabriquerait un jouet de qualité qui, cinquante ans plus tard, deviendrait un *collector.* Comme les poupées Barbie ! L'antériorité du brevet de Mustapha fit loi : le fabricant se rendit à ses vues, et le marché fut conclu. Il reproduisit Marcel avec une fourrure de qualité *made in France* (plus soucieuse des droits du rat qu'aucun autre pays), sans oublier son harnais en cuir, signé Hermès. C'est alors que Dragonette eut l'idée de génie : glisser un magnétophone qui répétait "Moi t'aime" dès que l'on appuyait sur le cœur du rat. Le jouet fut baptisé Arthur.

Au début, le Jean XXX avait été dévoré par le doute à l'idée de cette réplique plus vraie que nature ; après réflexion, il conclut que remplacer Marcel par son clone en fourrure sans tatouage, effacerait définitivement l'image de son rat favori. Marcel retournerait ainsi malgré lui à l'anonymat, comme l'avait imposé son protecteur, lors de la parution de l'article. Le scientifique pourrait continuer ses recherches en toute tranquillité.

La publicité du jouet fut confiée à la plus grande agence de communication de Paris. Dans le métro, sur les affiches, sur les trottoirs, partout se profilait l'image du rongeur en peluche, blanc comme neige. Jean avait vu juste, les rats avaient envahi la capitale ! Le lancement de la peluche créa un embouteillage sans précédent dans Paris le jour J : les magasins de jouets furent ouverts exceptionnellement deux heures avant les horaires scolaires. L'agence de communication voulait ainsi tester la motivation des enfants ; dès que l'enjeu en vaut la chandelle, tout le monde sort de son lit sans rechigner ! Les magasins furent pris d'assaut. Les enfants entre eux se griffaient, se battaient, se mordaient, s'insultaient jusqu'à la seconde où ils tenaient leur peluche sur leur cœur : à ce tarif seulement, ils redevenaient des anges civilisés. Les adultes étaient à leur tour bercés par des milliers de petites voix murmurant : “Moi t’aime”. Marcel faisait régner l’amour… Un rat réussissait là où quelques grands maîtres spirituels se risquaient depuis la nuit des temps à propager la bonne parole ! Grâce à un simple chercheur, un homme après tout, qui parlait couramment la langue des rats. Ainsi pensait Dragonette qui chérissait tendrement Jean tout en le maudissant. Elle n’en tomba pas moins amoureuse de ses tardigrades.

Mais les affaires sont les affaires. La communication sur le jouet Arthur avait été tellement bien orchestrée que le gouvernement comprit vite tout le profit qu’il pourrait, lui aussi, retirer de cette publicité : c’était le moment où jamais de prêcher la défense de l’Environnement ! Le ministre éponyme se montra fort astucieux, moyennant son petit pourcentage au passage, pour créer des espaces verts : une campagne sur la sauvegarde de l’environnement fut lancée. Elle s’appuyait sur le jouet pour réussir sa démonstration. Conclusion : si un gamin ne portait pas son rat sur l’épaule gauche, côté cœur, c’est qu’il n’avait rien compris à l’environnement. Or, chacun eut envie de montrer qu’il avait compris ! À commencer par les parents qui accrochèrent Arthur au pare-brise de leur voiture ! Ce porte-bonheur tendance fit fureur : il fallait adhérer au vert, pour soutenir le drapeau bleu, blanc, rouge.

À défaut d’aimer leurs voisins, les gens s’intéressèrent tant à leur nouvelle mascotte qu’elle remplaça la poupée traditionnelle et les tamagotchis, misérables automates sans cœur, qui ne murmureraient jamais “Moi t’aime”. Preuve que l’amour peut rapporter gros, philosophaient les plus astucieux.

Mustapha et Dragonette toucheraient, quant à eux, le jackpot quand les royalties tomberaient un an plus tard ! Tout ce que madame de Sermoafort allait empocher lui permettrait de faire vingt allers retours Paris-New Delhi, en première classe de surcroît !

En revanche, Brice Gaspard ne se manifestait guère. Cela posa un problème existentiel à Dragonette qui se demandait où cet homme avait bien pu disparaître. C'était d'autant plus rageant que les prémisses de leur relation lui avaient apporté une rare félicité. Pour une fois qu'elle se laissait aller, Dragonette eût souhaité une suite à ces premiers ébats si prometteurs.

Un mois plus tard, Blanche, la concierge, sourit pour la première fois en lui remettant une carte postale très colorée en provenance de Lagos où Brice avait libellé à la hâte : *"La gaieté comme délivrance. Nietzsche. Vous êtes mon espoir..."* Ce message réchauffa le cœur de Dragonette. Le surlendemain, Blanche lui annonçait placidement que Brice Gaspard avait succombé à une crise d'épilepsie dans la piscine de son hôtel au Nigéria. Son corps avait été retrouvé flottant à la surface... Blanche tenait l'information d'un préfet à la retraite pour qui elle travaillait.

Dragonette, pétrifiée, réussit à cacher son émotion à Blanche mais pleura toute la semaine. Mustapha ne comprit rien à ce désespoir soudain. Et pour cause : la comtesse avait pudiquement occulté cet intermède si joyeux et si tendre.

Le lundi matin suivant, elle avait acheté son billet pour l'Inde.

– Je pars dans trois semaines en Inde, pour une durée indéterminée, lança-t-elle, en croisant Blanche dans la cour. J'ai besoin de prendre des vacances. Et vous, partez-vous en août ?

– Oui, mon balai brosse a besoin de vacances ! Je pars en Normandie, dans le Perche. Voir de l'herbe verte, des vaches noires et blanches, ou marron, cela me fera du bien.

– Oui, je comprends. Que la journée vous soit douce, Blanche.

Et Dragonette emprunta avec dynamisme l'escalier qui la conduisait au septième étage. Portée par son rêve indien, elle s'imaginait déjà dans les palaces parfumés du Rajasthan.

Le rideau s'agita presque imperceptiblement dans la loge de la concierge. Blanche s'en aperçut et rentra précipitamment.

– Que fais-tu là ? Je te croyais déjà parti…

– Bientôt ma fille, bientôt. Je suis désolé que tu ne viennes pas avec moi en vacances…

– Une autre fois. Je viens de croiser la comtesse : elle part en Inde dans trois semaines pour une durée indéterminée. À mon avis, tu aurais dû passer à l'action au lieu d'en rester au stade de la carte de visite !

– Le président n'a pas dit son dernier mot !

– Que comptes-tu faire maintenant ? s'exclama Blanche, surprise.

– Et si j'allais me présenter chez la comtesse tout simplement ?

– C'est n'importe quoi ! J'ai mieux à te proposer. Madame de Sermoafort donne sa grande réception vendredi soir. Comme elle m'a invitée, je lui demanderai l'autorisation de venir accompagnée de mon père, de passage à Paris. Qu'en penses-tu ?

– Ma fille, tu es géniale ! Le travail m'appelle, à vendredi !

Arriva le grand soir… Heureusement, les bâtisseurs qui avaient conçu l'immeuble deux cents ans auparavant, n'avaient pas lésiné sur la solidité des fondations et des matériaux employés pour sa construction. Le palier du septième étage tint donc le choc avec vaillance sous le poids des quarante personnes qui piétinèrent le sol, tout en se regardant en chien de faïence pendant les cinq premières minutes. À la sixième minute, l'atmosphère s'allégea et tout le monde se parla ! La personnalité chaleureuse de Mustapha et la générosité de Dragonette firent très vite craquer le vernis mondain qui caractérisait la retenue de façade de tout ce petit monde ; un petit monde impressionné, car il avait découvert le nom de famille de Dragonette à la télé et, du coup, avait accepté son invitation. C'était tellement chic d'avoir une aristo pour femme de ménage ! Les bobos faisaient des gorges chaudes car ils savaient qu'ils rencontreraient le charcutier, le coiffeur, la psy, le savant, le curé, l'être invisible... Côtoyer tous ces êtres représentait pour eux une découverte inattendue de l'autre et finalement une rencontre avec eux-mêmes ; cette nouvelle aventure les réjouissait grandement. Ainsi Gaby et Georges se targuaient de fréquenter exclusivement des artistes qui n'étaient en réalité que des *Van Crouten* professionnels. Happy ne recevait que son club de milliardaires, le savant ne trouvait point de salut en dehors de ses équations, les charcutiers ne vivaient que pour leurs rillettes. Tous ces gens vivaient sur le mode limitatif du *ne...que* et avaient du mal à imaginer qu'il existât un autre monde que le leur ! En voilà encore qui méritaient quelques bons coups de fouet...

Jean XXX, invité avec son épouse, que Dragonette grillait de rencontrer, était le seul à avoir décliné l'invitation : il ne voulait surtout pas que Dragonette découvre quel porte-manteau il avait choisi pour femme.

La fête battait son plein quand Blanche apparut au bras de son père. Tous les regards se tournèrent alors vers ce couple, élégant certes, mais d'une couleur à laquelle n'était pas vraiment sensible ces êtres soi-disant humains.

– C'est fou ce que dans la pénombre, le noir peut se voir, n'avait pu s'empêcher de glisser Théodore de Chabignol à Fox-Trot qui rajouta :

– C'est grâce à leurs dents étonnamment blanches !

Le curé entendit malgré lui ce dialogue douteux et gloussa comme une vieille poule. Néanmoins, il remarqua l'allure indéniable et la distinction de l'Africain. Le père de Blanche portait un élégant costume trois pièces qui mettait en valeur sa silhouette élancée. Ses yeux pétillaient d'intelligence et sa bouche sensuelle ne cessait de sourire. Quant à sa fille, la petite concierge de jour, elle rayonnait cette nuit-là comme une princesse.

– Je vous présente mon père, dit-elle fièrement à l'assistance médusée.

Décidément, la galerie des portraits s'allongeait !

– Dragonette a toujours eu le sens de la mise en scène. Et puis, c'est d'un cosmopolite chez elle…, murmuraient les invités.

Lorsqu'il serra la main de cette dernière, la comtesse respira son parfum et cela la troubla : cette fragrance ne lui était pas inconnue.

– Chère Madame, vous avez été si gentille pour Blanche, je ne sais comment vous remercier…

– Blanche est délicieuse. Comment pourrait-il en être autrement ?

– Je reconnais que c'est très difficile pour elle de faire ce travail de concierge. Mais c'est pour son bien : il faut qu'elle apprenne le prix des choses et le sens des réalités.

– Voilà une éducation qui ne fera pas d'elle une enfant gâtée, ne put s'empêcher de souligner Dragonette.

Depuis leur première rencontre, elle plaignait de tout son cœur cette jeune fille qui affichait en permanence son désenchantement. Son père présentait bien, certes, mais quelle intransigeance !

– Je vous expliquerai pourquoi j'éduque Blanche de la sorte… Et j'espère que vous me comprendrez.

– Je suis curieuse d'entendre vos arguments. La psychologie me passionne, rétorqua Dragonette, dans l'expectative.

– Si la psychologie vous passionne, nous allons nous entendre…

Puis, remarquant la porte sur laquelle Dragonette avait punaisé ses cartes de visite, il ajouta :

– Amusant… ce patchwork.

– Oui… c'est une drôle d'histoire : ce *président* me poursuit… Pourquoi ? Comment ? Je n'en sais rien !

– Ne doutez pas de votre charme… Vous êtes très charismatique !

Ces déclarations firent rougir la comtesse de Sermoafort jusqu'à la racine de ses orteils. Comme cet homme parlait bien !

– Au fait, il manque deux cartes ! lui glissa-t-il à l'oreille.

Une bombe serait tombée aux pieds de Dragonette qu'elle n'en aurait pas été plus décomposée.

– Comment le savez-vous ?

Le père de Blanche la fixa, un sourire énigmatique aux lèvres.

– Non ? C'est vous le *président* ?

– J'en ai bien peur ! pouffa-t-il en voyant la mine éberluée de Dragonette. Je vous invite demain soir à dîner pour me faire pardonner. Vous saurez tout pour Blanche… et pour le reste. Mon chauffeur passera vous prendre à 20 heures.

Pendant quelques instants, Dragonette ne sut plus comment elle s'appelait tant la nouvelle était inattendue, mais elle accepta l'invitation sans réfléchir : elle allait enfin découvrir le pot aux roses. De toute façon, ce n'était ni l'heure ni le moment de s'expliquer, et surtout de s'exposer aux quarante paires d'yeux braquées sur elle. Demain, elle cuisinerait Blanche pour savoir qui était véritablement son père. Finalement, ces mystères l'intriguaient énormément. D'ailleurs, n'est-ce pas le but de tout mystère ? Mille questions trottaient dans sa tête : qu'avait bien pu faire Blanche pour être traitée si durement ? Pourquoi son père s'intéressait-il à elle, Dragonette ? Que lui voulait-il ?

Dix minutes plus tard, le *président*, prétextant des affaires urgentes à régler, était reparti sans sa fille. Oui mais, *président* de quoi ?

Au cours de ce mémorable cocktail, le miracle eut lieu : chacun parla à chacune. Les uns tombèrent en amour avec les autres, et les autres firent de même avec les uns. Le buffet fondit en moins de temps qu'une tornade blanche balaie un archipel et fut nettoyé consciencieusement jusqu'à l'ultime miette. Sous l'avalanche des compliments et devant la nappe honteusement désertée de toute victuaille, Mustapha se vit obligé de se remettre aux fourneaux à 23 heures et de concocter un nouveau couscous. Une demi-heure après l'avoir servi, il ne restait à nouveau plus un seul grain accroché aux parois du plat : une armada de sauterelles affamées en laisse plus sur son passage ! Évidemment, le Marocain fit jaser, car chacun se demanda qui était ce personnage si prévenant et si la comtesse "fricotait avec lui"... enfin, si madame de Sermoafort n'entretenait pas des relations ancillaires dans le plus pur style Lady Chatterley, avec ce bel homme ! Anne-France, venue pour draguer également de la clientèle, n'avait pas voulu désigner son *sweet heart* au grand jour. Quant au curé, il s'amusait particulièrement : appuyé aux barreaux en fer forgé de l'escalier, il pique-niquait sur la marche qu'il partageait avec Blanche et la Marie-Madeleine du 21e siècle, Rosa, travestie en vieille fille, comme à son habitude le week-end ! Quelle tête il aurait tiré à la voir, les seins à moitié à l'air, le fouet à la main et le string en dentelle noire complétant sa fatale panoplie. Sa vocation de *berger* en aurait sûrement été chamboulée : Rosa serait devenue l'incarnation de la brebis galeuse de Saint-Germain-des-Prés. Charmé par ces deux créatures, et quelque peu éméché, il ne cessait de leur répéter la célèbre phrase de Michel Audiard : *"Faut arrêter de parler aux cons, ça les éduque"*... Étrangement, sa réflexion ne fit de peine à personne, les invités étant tous persuadés d'être des gens plus intelligents et plus évolués que la norme.

Fox-Trot s'était raisonnablement éclipsée pour coucher le grand-oncle sur les coups de minuit et était revenue aussitôt sa tâche accomplie, sous prétexte d'aider Dragonette à servir les invités. En squattant sans restriction sa chaise, elle ne faisait rien d'autre que d'offrir aux regards affligés de Gaby et Georges, un décolleté qui, manifestement, leur donnait envie de mettre cœur sur carreau ! En revanche, ces deux mamelles pigeonnantes faisaient naître des idées lubriques dans le *mi-temps* du professeur Eins Janvier, obligé de dissimuler son trouble derrière les plantes vertes ! À 2 heures du matin, enfin, les bobos décollèrent du palier en un lamento digne des grands opéras de Mozart :

– On s'est amusés comme des petits fous. Ça faisait longtemps que cela ne nous était pas arrivé. Et ce buffet… c'était exquis ! Nous reviendrons !

Quelle outrecuidance ! Ils étaient tous persuadés d'être réinvités.

Pour une fois, ces gens étaient sincères : de leur vie entière, ils n'avaient rencontré de personnes aussi sympathiques et vraies ! "Sur le palier du septième, tout le monde y paye cash", fanfaronnait toujours Mustapha. Ce fut le cas, ce soir-là. Les invités n'avaient eu qu'un seul rôle à jouer : être eux-mêmes. En outre, le thermomètre, utilisé pour mesurer le degré de popularité, atteint des sommets : Dragonette, si elle le désirait, n'avait qu'un mot à prononcer pour devenir la reine du Tout-Paris ! Dans son cœur de savant racorni, Alberto Eins Janvier, ornithologue à ses heures, l'avait surnommée la *Queen Fisher* (féminin de *King Fisher*, oiseau pêcheur doué d'une rapidité lui permettant de ramener un maximum de prises en un minimum de temps : une qualité de rêve pour tout professionnel des relations publiques) !

En dépit des émotions de la soirée, Dragonette s'abandonna sans retenue au plus merveilleux des amants : Morphée, dieu des songes, fils de la nuit et du sommeil, et dormit comme un loir. Le lendemain répondrait sûrement aux innombrables questions qui l'assaillaient.

Évidemment, dès le matin, madame de Sermoafort eut beau scruter la loge de la concierge, jamais elle ne put apercevoir Blanche. Elle se raisonna en se disant qu'elle n'avait plus longtemps à attendre pour connaître la vérité. Qui était son père ? Il était *président* de quoi ? d'un club de foot ? Elle détestait le ballon rond ! de bridge ? Elle ne connaissait que le roi de cœur ! d'une association ? Si c'était de la pêche, elle abhorrait l'idée de percer la langue des poissons avec un hameçon… Et s'il était *président* d'une association de dentistes ? Sa dentition était d'une telle perfection… Les dents ? Pas romantique, trop prosaïque !

Et s'il faisait partie de la mafia ? Oui, mais quelle mafia ?

Une seule chose était sûre : il n'était pas président de la République française !

Mais Dragonette était bien obligée d'admettre que le père de Blanche était extrêmement séduisant et attirant. Mais de là à envisager une quelconque intimité était de l'ordre de l'impensable. Cependant, elle ne pouvait s'empêcher d'imaginer les mains fines et longues de l'Africain sur sa peau blanche et cette idée la faisait frissonner. Était-ce toute l'éducation de sa petite enfance, bardée de principes, qui remontait sournoisement à la surface ? La comtesse n'osait même pas envisager de faire des galipettes avec lui. Et en même temps… peut-être que… Un Non avec un N majuscule vint interrompre ses divagations : Dragonette avait beaucoup hésité avec Mustapha, mais dans le cas présent, elle s'interdisait de faire s'écrouler les murailles de Jéricho. En réalité, elle mourait de trouille.

Mes parents se retourneraient dans leur tombe s'ils voyaient leur fille au bras d'un homme de couleur aussi foncée : "Notre fille, sans mélange consanguin depuis dix siècles (ce qui aurait sûrement amélioré la race d'aristocrates exsangue), au bras d'un nègre, euh d'un noir…" Au fait, je ne sais même pas son nom. Mamadou ? Bamboula ? Dragonette se détesta en s'entendant surnommer ainsi cet homme si classe, si chic. Elle mit le doigt sur ce qui remontait sournoisement à la surface : le préjugé ! Elle se fustigea avec violence : elle qui avait bravé les événements les plus improbables tout au long de sa vie, se laisserait dicter sa loi par une idée préconçue s'arrêtant uniquement aux apparences ?

Ton titre de reine des rillettes te monte à la tête, Dragonette ! Tu n'es qu'un petit grain de sable dans l'univers face à un autre grain de sable d'une autre couleur, d'un autre pays... Tu réagis comme une cloche. Le connu est mort, l'inconnu est vivant. Alors, vis le présent et sors-toi définitivement de tous les préjugés. C'est ton ultime épreuve avant de connaître le véritable amour, lui murmurait sa petite voix.

Dragonette conclut qu'on n'a jamais fini d'apprendre et que l'apprentissage se poursuit jusqu'à la mort, et même au-delà de la mort, autre forme de vie.

Finalement l'impermanence a du bon, songeait-elle. *Comment pourrait-on évoluer et avoir une chance de se transformer si notre réalité ne changeait pas sans arrêt ? Oui, mais quand la situation est plaisante, l'homme désire toujours qu'elle dure. En revanche, quand elle est déplaisante, l'on souhaite ardemment le changement !*

Dragonette philosopha ainsi toute la journée.

Les 7 heures du soir se manifestèrent à la pendule. Madame de Sermoafort commença à s'affoler car elle ne savait trop comment s'habiller. Son hôte l'avait impressionnée hier soir par son élégance vestimentaire. Elle décida de faire de même et enfila son éternel tailleur en soie gris perle, orné de sa pivoine rose indien. Son miroir lui renvoya une image plutôt flatteuse : son indéniable distinction la fit soudain se sentir profondément femme et, pourquoi pas ? encore désirable !

À 8 heures du soir, un discret toc-toc la fit sursauter. Elle ouvrit et salua le chauffeur en tenue, venu la chercher.

Installée dans la limousine rutilante, elle lui demanda où il la menait :

– À la résidence du *président*, madame.

Elle n'osa pas insister de peur de passer pour une gourde auprès du chauffeur. Et pensa que décidément, il n'y a pas d'âge pour vivre l'aventure !

La voiture s'arrêta dans le 7e arrondissement de Paris devant la porte d'une ambassade. La plaque de cuivre étincelante affichait le nom d'un pays africain : le Mamalassou ! Le père de Blanche devait sûrement en être l'un des employés. À quel poste ? Et si c'était lui le président tout-puissant du Mamalassou ? Ridicule, sa fille ne serait pas concierge…

Un huissier en grande tenue vint l'accueillir et l'introduisit avec force salamalecs dans un petit salon dégoulinant d'or et de cristal. La porte s'entrouvrit et une femme ravissante se présenta :

– Je suis l'assistante du chef. Je vous emmène à la cuisine, il est aux fourneaux !

Dragonette sombra dans la perplexité la plus totale. Un éclair de génie la traversa :

– Il est le chef cuisinier de l'ambassade ? s'exclama-t-elle auprès de la jeune assistante qui sourit d'une oreille à l'autre, mais ne répondit pas.

Mais pourquoi se fait-il appeler le "président" ? Les noirs adorent baratiner, lui souffla sa vilaine petite voix.

Les deux femmes franchirent tout un dédale de couloirs. De délicieux effluves parvinrent aux narines de Dragonette : la cuisine était proche ! La jeune assistante ouvrit la porte et la comtesse aperçut son hôte, en parfait chef cuisinier, la toque sur la tête et le tablier blanc ceint autour de la taille, tournant une sauce gribiche avec maestria. Un autre cuisinier et ses arpètes le regardaient faire avec considération.

L’assistante parla en dialecte à son patron qui eut un sourire aussi large que l’embouchure de la Seine.

– Bienvenue aux cuisines de l’ambassade du Mamalassou !

Dragonette, pomponnée des pieds à la tête, pesta intérieurement. Elle s’était faite belle pour un cuistot ! Décidément, sa naïveté désespérante la mettrait toujours dans le pétrin : elle se sentait dix fois trop habillée et inventa un prétexte fallacieux pour se tirer au plus vite de ce bourbier. D’autant qu’elle craignait que les odeurs de cuisine, certes relevant de la plus haute gastronomie, n’imprègnent ses vêtements.

– J’ai une émission de télévision totalement imprévue à 21 heures… Je suis désolée, veuillez m’en excuser. Nous n’aurons que le temps de prendre l’apéritif…

– Pas de problème, je vous accompagnerai, je vous servirai de chauffeur et nous reviendrons dîner après.

Voilà que maintenant ce type se ventousait à elle. Dragonette accusa le coup : elle sentait intuitivement qu’elle ne pourrait jamais se débarrasser de ce crampon. Elle lâcha prise.

Son hôte enleva toque et tablier : il paraissait une gravure de mode tant son habillement était recherché

– Allons visiter les jardins de l’ambassade… Ensuite, nous prendrons l’apéritif dans les appartements privés de l’ambassadeur, actuellement en tournée à l’étranger.

Ce type a un culot phénoménal, il ose m’inviter dans les appartements de son patron… Dans quels draps je me suis fourrée… Ô ma pauvre Dragonette, voilà où te mène ton goût de l’aventure !

– Vous ne craignez pas que l’ambassadeur l’apprenne et qu’il vous le reproche…

– Relax, Dragonette ! Vous permettez que je vous appelle Dragonette ?

– Dans la rue, les gens m’appellent par mon prénom… Au fait, et vous, je ne connais pas votre nom ?

– Ange. Ange Bouboudioulassou pour vous servir, chère comtesse.

Le Ciel m'enverrait-il un ange ? pensa Dragonette qui peinait à se remettre de ses émotions. Il lui fit visiter le jardin, une merveille. En parfait gentleman, il cueillit la plus belle rose et la lui offrit. Petit à petit, Dragonette se détendit, commença à sourire puis à rire. Ange Bouboudioulassou (elle martelait son nom pour mieux l'imprimer dans ses neurones) la fit ensuite pénétrer dans les appartements privés de l'ambassadeur, meublés avec un goût parfait. Un mélange de meubles années 40 avec des pâtes de verre posées délicatement ici et là. Une sculpture de Giacometti de deux mètres de haut cassait l'angle de la pièce. Une très jolie table avait été dressée dans la salle à manger, avec deux couverts seulement. Le raffinement culminait. Elle remarqua tout de suite les lys sur le buffet et les anémones sur la table.

– Les anémones sont mes fleurs préférées... comme les lys d'ailleurs, ne put-elle s'empêcher de dire.

– Je sais...

Tiens, cet homme connaît mes goûts, il a dû voir mon interview avec la grande prêtresse. Faisons semblant de ne pas relever ce qu'il vient de dire. Enfin, pour un cuisinier, il est sacrément raffiné, pensa Dragonette qui, sans être snob, appréciait tout ce qui est rare, chez les êtres, dans leur comportement, dans leur maison.

– Vous avez faim ?

Dragonette, oubliant le bobard qu'elle avait monté vingt minutes auparavant, déclara avec sa spontanéité habituelle que son passage par les cuisines, l'avait fortement alléchée !

– Et votre émission ?

– Je ne suis peut-être pas obligée d'y assister... Je peux téléphoner ?

– Oui, venez dans le bureau de l'ambassadeur. Je vous accompagne.

Cet homme ne va jamais me lâcher..., se désolait Dragonette, prise à son propre piège.

Avec aplomb, elle composa son propre numéro de portable et exécuta un numéro de haute voltige en imaginant un interlocuteur fantôme. Ange, resté sur le pas de la porte, ne se départait pas de son sourire enjôleur. Dragonette, en raccrochant, lui affirma qu'elle s'était trompée et que l'émission de télévision ne se tenait pas à cette date mais ultérieurement. Problème résolu ! Ils pouvaient donc passer à table.

Il appela le maître d'hôtel pour lui donner ses ordres. Dragonette, mal à l'aise, objecta :

– Vous ne craignez pas qu'il aille cafter auprès de l'ambassadeur ?

– Non, je suis le chef des cuisines. Détendez-vous, Dragonette, respirez... L'ambassadeur arrive seulement demain.

Quel sans gêne ! Ce Bouboudioulassou se comportait comme le propriétaire des lieux et en plus se moquait d'elle.

Deux serviteurs se succédèrent pour proposer les plats les plus exquis. Ils traitaient l'homme avec une déférence qui n'échappa pas à Dragonette.

– Vu la manière dont ils s'adressent à vous, ces deux-là semblent vous vénérer comme un dieu, plaisanta Dragonette en découpant son filet mignon accompagné de pommes de terre remplies de truffes.

– Normal, je suis leur chef ! Ils ont intérêt à me respecter sinon je les renvoie sur-le-champ.

Voilà qu'il se prend pour le grand patron, un vrai mégalo ce type, pensa Dragonette, qui rétorqua :

– L'ambassadeur a peut-être son mot à dire...

Ange Bouboudioulassou allait répondre quand un tambourinement intempestif sur la porte précéda l'entrée de la ravissante assistante. Tout en s'excusant, elle dit à voix intelligible :

– L'Élysée au téléphone, Monsieur. Vous prenez ou vous rappelez ?

Qu'est-ce que c'est que ce bazar ? Je n'y comprends plus rien, songea Dragonette interloquée.

– Je prends, répondit Ange, imperturbable.

Il saisit le combiné que l'assistante lui tendait, resta deux minutes au téléphone et raccrocha.

– Un problème interne… de cuisines entre celles de l'Élysée et les nôtres, expliqua-t-il à Dragonette.

L'assistante tournait déjà le dos pour repartir lorsque l'homme lui demanda :

– Qui est d'astreinte ce soir ?

– Moi, Monsieur.

– Très bien. Avec vous, cela se passe toujours bien. Bonsoir, Élisabeth.

Et la jeune femme ferma la porte, un sourire entendu sur les lèvres.

Deux minutes plus tard, elle frappa de nouveau :

– L'ambassadeur vient d'arriver…

Dragonette sentit son sang se glacer. Qu'allait dire l'ambassadeur en voyant son chef cuistot recevant une dame dans ses appartements privés ? Une angoisse folle lui serra la gorge. Elle chercha une fois de plus un trou de souris providentiel où cacher sa honte et prétexta un besoin urgent d'aller aux toilettes. Mais, dans l'émotion, elle oublia son sac sur la chaise. Après ses ablutions, elle décida de s'enfuir de cette ambassade lorsqu'elle se souvint de son sac, ce maudit sac, laissé dans la salle à manger. Hors de question de partir sans lui, car il contenait notamment ses clés !

Chapitre 12

Les doigts de Dragonette jouaient des castagnettes sur la poignée tant sa main tremblait de peur lorsqu'elle tenta d'ouvrir la porte de la salle à manger. À peine eut-elle réussi à rentrer qu'un énorme doberman lui sauta dessus, lui débarbouilla généreusement le visage, puis la fit involontairement trébucher et tomber dans les bras d'Ange Bouboudioulassou qui s'était levé précipitamment pour la secourir. Jean présenta l'ambassadeur à Dragonette, encore remuée par son agression canine :

– Dagobert voulait juste vous témoigner son affection, sourit ce dernier !

Il lui fit alors un baisemain dans les règles de l'art, qui détendit la comtesse.

Les jambes en coton, Dragonette réussit à regagner sa chaise, s'assit et constata que, contrairement à toute attente, les deux hommes étaient très complices.

– Alors, chère Madame, n'est-ce pas que notre Ange cuisine comme un chef triplement étoilé ?

– Oui, ce repas était… divin !

Interloquée devant une telle familiarité pour son employé, Dragonette se dit qu'en Afrique, finalement, les us et coutumes devaient être plus simples que dans la vieille Europe… et le fit ensuite remarquer.

– À la seule différence que notre ami est le seul habilité à porter les trois étoiles dans notre beau pays, le Mamalassou, répliqua l'ambassadeur avec considération.

– Ah et pourquoi ? N'y a-t-il qu'un seul chef des cuisines dans votre pays ?

– Seul notre président de la République a le droit de porter la barrette à trois étoiles, sur son costume officiel.

Et les deux hommes partirent d'un éclat de rire tonitruant qui sentait le soleil, la joie et la volupté.

– Évidemment... Je me doutais que vous étiez le président du Mamalassou, malgré vos manœuvres pour m'égarer, lui reprocha-t-elle, en se tournant vers le président avec une évidente mauvaise foi, à la fois vexée de s'être fait duper et enchantée qu'il en fût ainsi.

– En chair et en os, pour vous servir ! Bravo, votre perspicacité m'éblouit, dit ce dernier en la taquinant. (Il avait remarqué son petit mensonge mondain). Je vous mets complètement à l'aise : non seulement je suis chez moi ici mais l'ambassadeur, de son prénom Léon, qu'il soit ou non en déplacement, me donne toujours l'hospitalité, à chacun de mes passages à Paris. N'est-ce pas, Léon ?

Le président, se tournant alors vers Léon, l'invita à se joindre à eux. Mais celui-ci déclina son invitation, prétextant une journée fatigante et se retira dans sa chambre avec *son pote* Dagobert. Dragonette ne commenta pas mais n'en pensait pas moins...

Et tous deux s'affrontèrent du regard et partirent d'un éclat de rire qui dura un certain temps. Ange pouvait se vanter d'avoir un rire extrêmement communicatif !

– Quel sacré blagueur vous faites ! Très bien décorée, cette pièce..., dit Dragonette désireuse de couper court à l'hilarité et de relancer la conversation.

– C’est mon épouse qui l’a arrangée ainsi lorsque j’étais moi-même ambassadeur en France.

Il est marié ! Quelle guigne…, pensa Dragonette qui, avec aplomb, mentit effrontément :

– J’aurais été heureuse de rencontrer la mère de Blanche…

– Je crains que cela ne soit difficile, elle n’est plus de ce monde.

Dragonette ne comprit pas sur le moment pourquoi cette information la mettait de bonne humeur.

– Voilà pourquoi Blanche a toujours un air si triste…

– C’est une des raisons, certes, mais pas la cause essentielle.

Dragonette grillait de curiosité mais ne se permit pas de questionner le bel Ange sur sa fille.

– Quand nous nous connaîtrons mieux, je vous expliquerai pour Blanche.

Cela semblait douloureux pour le président. Aussi Dragonette changea-t-elle de sujet de conversation.

Et ces deux-là dialoguèrent jusqu’à une heure avancée de la nuit. Puis le président ramena en personne la comtesse qui admira son savoir-vivre. En guise d’au revoir, il lui fit un baisemain parfumé, assez insistant. Dragonette monta ses sept étages, comme propulsée par une énergie qu’elle eut du mal à qualifier. Une certitude : Brice Gaspard était relégué aux oubliettes !

Le lendemain matin, Dragonette se réveilla d’excellente humeur. Et pour une fois, se prélassa plus que de coutume dans son lit. Le président avait folle allure et semblait attiré par elle. Elle chassa une image insistante où elle et le président mêleraient leurs peaux.

Lorsqu’elle sortit sur le palier, elle aperçut une carte de visite rouge vif, *flashy*, glissée au milieu de son patchwork aux couleurs très pâles. Elle s'approcha pour la lire : *"Avec les compliments du chef trois étoiles !!!"* Elle rit si fort que Mustapha surgit sur le pas de la porte. Mais elle ne voulut pas partager avec lui la soirée de la veille.

Elle partit travailler mais son esprit s'envolait ailleurs, dans les dunes parfumées de l'Afrique. Depuis deux jours, elle n'avait plus pensé une seule fois à l'Inde.

Lorsqu'elle revint chez elle en fin d'après-midi, un énorme bouquet d'anémones barrait sa porte tandis qu'une dizaine de lys en pots avaient rejoint ses plantes vertes. *Le président marque son territoire… et il le fait avec une délicatesse à laquelle aucune femme ne pourrait résister.* Les bonnes résolutions de Dragonette commençaient à se fissurer. Une autre carte de visite était glissée dans le bouquet d'anémones : *"Je vous attends à dîner ce soir. Mon chauffeur passera à 20 heures vous chercher. Ange Bouboudioulassou."*

Va pour ce soir… Mais le président ne doit pas prendre l'habitude de me siffler comme un chien, à sa guise… Évidemment, sa manière d'agir est très virile… Et puis sa carte sent son parfum si capiteux. Cet homme commence à me prendre la tête.

Et Dragonette fut prête pour 20 heures ! Elle se sentait jeune, belle, vibrante d'une vie nouvelle. Lorsqu'elle arriva à l'ambassade, ce fut Ange qui vint l'accueillir en personne sur le perron. Le repas s'avéra encore plus sublime que la veille.

Ils se revirent ainsi tous les soirs. Et il parlait, parlait, parlait, déployait tous les artifices de la séduction. Mais ne la touchait toujours pas… En revanche, il lui livra le secret de Blanche. Et Dragonette comprit. Elle effaça instantanément de sa tête l'idée qui avait germé en elle le soir du cocktail : non, le bel Ange était tout sauf un tortionnaire !

Le décompte des jours se faisait de plus en plus pressant : le mardi suivant, elle réalisa qu'elle s'envolerait une semaine plus tard pour New Delhi.

Pendant ce temps-là, suite à tous les rebondissements provoqués par le rapt de Marcel, le journaliste du 20 heures se démenait comme un beau diable pour contacter Dragonette. Il rêvait d'un face à face avec la reine des rillettes. Lorsqu'il l'eut enfin trouvée, il se mit à genoux pour qu'elle vînt accompagnée de son caméléon puisque *l'autre bestiole* avait disparu. Elle refusa tout net : elle voulait à tout prix préserver sa petite Janine et ne pas porter atteinte à sa vie privée. En réalité, on sait que Janine était allée entre-temps rejoindre secrètement Marcel ! La comtesse s'en ouvrit à Jean XXX qui la conseilla fort habilement…

À l'idée de perdre l'interview du siècle, le journaliste obtempéra : il accepta de la recevoir sans son caméléon. Ce soir-là, le président du Mamalassou se contenterait de voir la comtesse à la télévision. Ce qui permit d'ailleurs à Dragonette de fanfaronner :

– Le premier soir où vous m'avez invitée, je vous avais bien dit que j'avais une émission de télé en vue.

Il lui proposa d'aller la chercher après le journal télévisé pour dîner à nouveau avec elle. Dragonette déclina son offre car son grand ami Jean XXX viendrait la prendre. En réalité, elle ne souhaitait pas faire se rencontrer les deux hommes. Du moins, pas encore… Bouboudioulassou ressentit ce refus comme une morsure cruelle. Il décida qu'il irait quand même la cueillir à la fin de l'émission. Cet homme si calme ressentait même des frissons de colère à l'idée qu'un autre pût la courtiser…

"C'est la Dragonette qui a perdu son rat" : le journal télévisé démarra sur l'air de *La mère Michel qui a perdu son chat*, adapté au cas Dragonette ! Après avoir rappelé le parcours victorieux de la reine des rillettes, le journaliste lui demanda des nouvelles du rat qu'elle tenait dans les bras, à la une du quotidien *People*. À l'instant où elle allait répondre, coup de théâtre ! Un rat blanc émergea du sein de Dragonette et vint se nicher délicatement

dans le cou de sa maîtresse. Sidéré, le journaliste, enchanté de ce happening, en profita pour la questionner, encore et encore.

Dragonette enchaîna avec brio :

– Je vous présente Arthur, le modèle de la peluche ! Un rat doté d'une intelligence supérieure à la moyenne ! Plus qu'un animal de compagnie, c'est aussi mon enfant.

– Arthur n'a pas un air de famille ! Mais il semble très tendre avec vous ! Et Marcel dans tout cela ?

– Il a disparu à jamais, hélas. Cela me fait trop de peine. Ne m'en parlez plus.

– Pourquoi refusez-vous de montrer votre caméléon aux téléspectateurs ?

– Un animal n'est pas un jouet et se respecte autant qu'un homme ou une femme : Janine est trop émotive pour affronter un plateau de télévision.

– Je vois (lui aussi pas plus que la grande prêtresse de Canal 55 ne *voyait* quoi que ce soit : il était atteint de ce tic de langage, véritable TOC !). J'ai appris que vous partiez bientôt passer l'été en Inde ?

– C'est vrai, je pars découvrir le Rajasthan à dos d'éléphant.

– Vous devez mourir de peur ?

– Comment pourrais-je avoir peur de la nature qui se montre si généreuse avec les hommes… et avec les rats !

– Vous partez seule ou en galante compagnie ?

– Joker sur ma vie privée.

– Je vois ! Pourquoi l'Inde plutôt que les Bahamas ou Miami ?

– Parce que mes lectures me disent que l'Inde est un pays magique… Je sais au fond de mon cœur que Dieu se vit au quotidien dans les familles indiennes, il est partout ! Je désire expérimenter cette réalité-là.

Cette remarque pétrifia le journaliste, imprégné d'un matérialisme renforcé béton et d'un ego qui évitait soigneusement tout questionnement sur Dieu ! Il bifurqua totalement :

– Je vois ! Je suppose que vous n'aurez plus besoin de travailler avec les montagnes de royalties que vous rapportera votre cher trésor. Je rappelle aux téléspectateurs que plus de trois millions de peluche sont déjà vendues…

– Détrompez-vous, j'aime travailler. Et puis, je ne toucherai mes royalties que dans un an. Alors je continue, le travail empêche de vieillir !

– Quelles sont vos occupations professionnelles actuellement ?

– Je sers d'assistante, de femme de ménage, de partenaire sportive, de coach à l'occasion… Je suis toujours au service des mêmes patrons, des plus riches aux plus humbles, des emmerdeurs récidivistes aux plus exquis. J'aimerais ici les remercier. Car, à force de faire le ménage chez les autres, le miracle a fini par se produire : ce sont eux qui, aujourd'hui, font le ménage… dans ma tête et dans mon cœur ! Certains pensent me payer très cher et m'augmenter en me flattant : "Dragonette, que ferais-je sans vous ?" Pour tenir le coup, je me dis : j'en ai de la chance, je suis une femme indispensable à plusieurs hommes… Quant aux radins, ceux qui arrondissent toujours mes heures de travail à l'euro inférieur, je pense : un euro de moins ne les rendra pas plus riche mais ne te rendra pas plus pauvre… Et grâce à mon amie milliardaire qui m'emprunta un jour mon vieux manteau pour passer inaperçue, j'ai pris conscience du fait suivant : Dragonette, à quoi ça sert de vouloir frimer puisque souvent ce sont les riches qui veulent devenir invisibles ! Et le charcutier qui a utilisé ma bobine pour ses rillettes, il m'a laissé l'essentiel, son amitié. Et Georges et Gaby, quand ils me racontent leurs amours, je pense : vous ne savez pas ce que vous ratez, une femme, c'est si gentil... À tous ces êtres qui me font l'honneur de m'employer et qui me font confiance, je dis merci. Ils m'ont appris à m'aimer. Et par conséquent à les aimer !

– L'amour, l'amour... [Le journaliste en était à sa cinquante-deuxième *love story*] Vous ne trouvez pas que c'est un sentiment dépassé, obsolète, au début de ce troisième millénaire ?

Ce journaliste snobissime, uniquement fasciné par les *people*, avec son insatiable appétit de conquêtes, dont l'âge ne devait pas dépasser la trentaine, ne pouvait qu'expérimenter l'illusion de l'amour qui entraîne un perpétuel désenchantement.

L'enterrement de son époux s'était révélé véritablement initiatique pour Dragonette. Elle pleurait sur l'homme de sa vie, qui n'avait pas su l'aimer comme elle le désirait, tout en réalisant que feu son Hubert lui avait néanmoins donné un peu d'amour, aussi maladroit fût-il ! "Chacun fait ce qu'il peut", répétait-il souvent. Le jour de son mariage, elle pensait avoir épousé Goliath ; elle réalisa au bout de trois semaines que son prince charmant dépassait à peine la taille d'un lilliputien au ras des pâquerettes naines ! Cette prise de conscience se révéla cuisante. Il lui fallut accepter cette notion fondamentale d'imperfection qui caractériserait désormais la nature de ses relations de couple. Alors, elle expliqua avec des mots simples :

– Comme nous sommes humains, l'amour est forcément imparfait et nous ne pouvons partager avec les autres que l'imperfection de l'amour : aussi limité soit-il, cet amour imparfait m'apparaît beaucoup plus riche à vivre que le désert des sentiments. L'amour, même le plus inabouti, même le plus malhabile, représente l'énergie fondamentale qui inspire l'essence même de la vie. Il demeure à jamais la base de la reproduction cellulaire, végétale, animale et humaine. Raison pour laquelle il est éternel : il reste le sentiment le plus magnifique à découvrir, à partager, à éprouver et ne sera jamais "dépassé", comme vous dites !

Le journaliste demeura silencieux. Puis il rétorqua, espérant la contrer :

– Oui, mais c'est facile à dire quand on appartient comme vous, madame de Sermoafort, à un milieu favorisé.

– Ah, quand l'homme de votre vie ne vous aime pas autant que vous le souhaiteriez, qu'il laisse votre amour sans écho, en pleurs des jours durant, il n'y a plus de milieu social qui tienne ! Ce serait trop facile de croire que notre cœur devient plus solide ou moins vulnérable en fonction de notre mode de vie ou de notre standing. Monsieur le journaliste, les battements du cœur jouent les mêmes partitions que l'on soit riche ou pauvre. Ses émois, sa passion, sa souffrance, sa tendresse, ses hésitations demeurent identiques chez tous les êtres humains. La seule chose qui change ? Peut-être les mots pour le dire, et encore ! Dans le corps, il se tient à la même place pour tout le monde : à gauche ! Mais le cœur n'a qu'un parti : il bat, un point, c'est tout.

Le journaliste se vit contraint d'acquiescer, il *voyait* (une fois de plus !) ce que Dragonette voulait dire.

Dédé et Annette Biennenchert, devant leur poste, sanglotaient à gros bouillon :

– Notre Dragonette est une perle… Nous n'avons pas de fille… Faisons d'elle notre héritière, renchérirent-ils, en tombant dans les bras l'un de l'autre ! Ils décidèrent, ce soir-là, de convoquer leur notaire pour rédiger leur testament : Le *Brave Cochon Rose* tomberait à leur mort dans l'escarcelle de Dragonette !

De son côté, Happy, saisie par ce que Dragonette venait de dire à la télévision, s'empara de son dictaphone et dicta :

“Demain matin, prévenir mon notaire que je déshérite mes deux connards de neveux au profit de Dragonette qui héritera de tous mes biens. Car elle le mérite, plus qu'aucune autre personne au monde.”

Théodore de Chabignol réalisa que Dragonette lui procurait les plus grands bonheurs de sa vie… avec Fox-Trot. Ces deux femmes se partageraient ses biens, néanmoins Dragonette étant de sa famille, elle hériterait en plus de son superbe appartement.

Georgio et Gaby décidèrent eux aussi de tout léguer à Dragonette. Et naturellement, Rosa Moustika fit de même. À condition que son papa chéri disparaisse avant la comtesse, bien sûr !

Grâce à ce passage télé, Dragonette de Sermoafort, sans le savoir, était devenue l'une des plus riches héritières de France…

La fin de l'émission fut saluée par un tonnerre d'acclamations sur le plateau. Et Dragonette aperçut le président du Mamalassou parmi l'auditoire, applaudissant à tout rompre. Elle devint cramoisie et lui adressa un petit signe d'amitié discret auquel il répondit avec enthousiasme.

Jean XXX l'attendait dans une voiture anonyme. Elle s'y engouffra et Marcel retourna alors dans les bras de *son père*. Ce rat modèle avait été parfait dans le rôle d'Arthur qui venait ainsi d'effacer Marcel, une fois pour toutes ! Son tatouage avait été camouflé sous son harnais. La nuit, tous les rats sont gris ! Les deux complices avaient joué un bon tour aux curieux. Ils en rirent durant tout le trajet.

Pendant ce temps-là, le président avait regardé la voiture partir dans la nuit avec une attention soutenue. Il était en train de réaliser que non seulement il désirait Dragonette mais surtout qu'elle était la femme de sa vie : il était hors de question qu'elle lui échappe. Il décida d'employer les grands moyens…

Les sycophantes, ces délateurs patentés, aigris professionnels, crucifiés par l'envie et la bêtise (*bis repetita placent*), cessèrent de rugir. Le départ de Dragonette les laissait sans voix, car il les privait de leur cible de prédilection :

"Ben oui, madame de Sermoafort, c'est quand même une vedette, et même qu'elle a vécu au village pendant plus de vingt ans... C'est pas n'importe qui pour passer à la télé..."

Les sycophantes, au langage aussi limité que l'esprit, ne passeraient jamais à la télé, eux, ils étaient trop laids. Si encore ils avaient eu un cœur grand comme celui de Dragonette, ils auraient pu être aimés du plus grand nombre. Une maigre consolation : leur bassesse ne dépasserait jamais le petit village de Nullepart.

Et Jean XXX déposa Dragonette au pied de son immeuble mais refusa de monter prendre un dernier verre. Il fonça au bistrot en bas de chez lui pour noyer son chagrin. Et il pleurait, pleurait, pleurait ; il venait de comprendre qu'il avait perdu un diamant rare : Dragonette. Elle représentait le bonheur dont il avait toujours rêvé. Or, cette femme exceptionnelle allait s'envoler pour l'Inde et il ignorait quand elle reviendrait. De grosses larmes noyaient ses yeux perses.

Il pleura longtemps, des semaines durant, des mois durant, l'amour qu'il avait laissé passer. Parce qu'il n'avait pas su, lui non plus, comme des millions d'humains, célébrer la vie et viser le haut du sapin de Noël : l'étoile pure et scintillante qui mène les hommes aux plus grands combats, aux plus belles victoires, l'accomplissement d'eux-mêmes. Sa *femme porte-manteau* (il existe aussi une race d'*hommes portemanteaux* en voie de surdéveloppement) mettrait l'humidité de ses yeux sur le compte de l'allergie.

Le lendemain matin, le chauffeur qui avait déjà conduit Dragonette à l'ambassade du Mamalassou, se présentait à sa porte avec force lys et anémones. Et une carte de visite.

– Monsieur le Président a demandé que vous le rappeliez de toute urgence ! Voici sa ligne directe, dit-il en composant immédiatement son numéro sur le téléphone portable qu'il tendit à Dragonette sans lui demander son avis.

Dragonette eut beau protester :

– Je pars travailler, monsieur.

– Votre conscience professionnelle vous honore, répondit le président qui avait entendu les paroles de Dragonette s'adressant au chauffeur. Bravo pour votre prestation d'hier soir. Naturellement, nous dînons ensemble ce soir… Mon chauffeur passera comme d'habitude vous chercher à 20 heures.

Dragonette n'eut pas le temps de dire ouf que, *ni vu ni connu je t'embrouille,* elle se retrouva le soir même en tête à tête avec le président ! Ce dernier lui prodigua des conseils judicieux pour affronter l'été indien aussi brûlant qu'un été africain !

Puis Ange évoqua longuement le Mamalassou et l'important travail humanitaire à accomplir là-bas sur l'illettrisme, l'hygiène, les règles élémentaires d'agriculture, les nouvelles cultures à implanter pour éviter les famines… Dragonette souligna que ce devait être une tâche ô combien passionnante que de dynamiser un jeune pays ! Mais le président ne prenait donc jamais de vacances ?

– Je suis comme vous. J'aime fondamentalement œuvrer pour mon pays. Ce qui me navre le plus, c'est de partir là-bas une fois encore sans la femme de ma vie. Avec elle à mes côtés, mon énergie serait décuplée, répondit le président en la regardant droit dans les yeux.

Dragonette baissa la tête, rouge de confusion, pensant ainsi cacher son trouble.

– Le hasard est étonnant : je pars le même jour que vous. Si vous le permettez, je vous déposerai à votre avion, ajouta l'homme au prénom si pertinent !

Enchantée, la reine des rillettes accepta cette proposition avec bonheur.

– C'est un honneur, Dragonette, de vous accompagner à l'aéroport. Pour que vous pensiez un peu à moi durant votre séjour, je vous offre une de mes valises.

Dragonette, interloquée, vit alors le président sortir de la pièce puis revenir avec un bagage très chic, portant les trois étoiles de la présidence. Après ses mercis enthousiastes, ils reprirent le fil de leur conversation. Puis, le président en personne déposa Dragonette qui remonta ses étages telle une jeune fille.

Curieusement, Ange Bouboudioulassou ne donna plus signe de vie pendant les trois jours précédant le départ de Dragonette, ce qui la mit au supplice. Diverses supputations trottaient dans sa tête : avait-elle gaffé ? s'était-elle montrée trop naturelle ou trop transparente ? *son* Ange avait-il éprouvé un coup de cœur pour quelqu'un d'autre ?... En réalité, la comtesse était en proie à une distorsion cognitive. Cet homme avisé mettait juste un peu de distance pour mieux la déstabiliser... afin de réussir son plan.

La veille du départ, le président lui téléphona pour lui rappeler l'heure à laquelle passeraient le chauffeur et lui-même.

La valise offerte par le président convenait parfaitement à tout ce que la comtesse désirait emporter. Elle glissa la boîte aux tardigrades et sa peluche blanche dans son sac à main : la présence de son grand ami Jean se ferait sentir à tout moment. Et elle garderait à portée de main sa peluche parlante, son Marcel alias Arthur !

Durant le trajet jusqu'à Charles de Gaulle, Dragonette s'exprima peu, chagrinée de quitter *son* président. Et si une autre femme lui mettait le grappin dessus ? Elle prenait un gros risque en quittant ce bel homme. Mais après tout, il ne lui avait rien proposé et leurs corps ne s'étaient toujours pas rencontrés ! De son côté, Ange se taisait : il se concentrait.

Dragonette admira la pile de valises du président portant toutes les trois étoiles brodées sur la protection en tissu qui recouvrait tous ses bagages. Un chic fou. Elle soupira.

Ange lui demanda son billet de manière à s'occuper d'elle et revint avec un large sourire.

– Je vous accompagne à l'avion…

– Vous avez le droit ?

– Quand on est président, on a d'abord des devoirs. Mais en même temps, cette fonction permet quelques facilités…

Les gardes du corps du président escortèrent le couple jusqu'au tarmac. Une voiture flamboyante, arborant le drapeau du Mamalassou, les emmena à l'avion présidentiel.

– Si je comprends bien, c'est moi qui vous dépose ?

– Dragonette, vous aimez l'aventure, vous ne cessez de le clamer sur tous les toits… avec beaucoup de conviction. Donc, je vous enlève ! Vous partez avec moi, dans mon pays…

La comtesse se figea. Terrassée par la stupéfaction, elle ne parvint pas à émettre le moindre son.

– C'est bien la première fois que je vous vois muette…

– Quoi ? Qu'avez-vous fait de mon billet ? demanda Dragonette, toujours pratique.

– Je l'ai confisqué ! Mais non, je viens de vous le faire rembourser. J'ai vraiment besoin de vous, Dragonette, vous allez passer des vacances inoubliables. Mais cela ne vous empêchera pas de me donner des idées ! De bonnes idées comme vous savez si bien le faire ! Vous avez toute la vie pour partir en Inde. Dites-moi oui et je serai l'homme le plus heureux de la terre !

L'information se frayait un chemin malaisé à travers les neurones éblouis du cerveau de madame de Sermoafort. *Ce n'est quand même pas banal de se faire enlever par un homme aussi exceptionnel*, pensait-elle, sous le charme :

– Je suis sous le choc... Mais j'accepte !

De bonheur, le président lui saisit la main et ils éclatèrent de rire. C'était si bon.

– Au fait, je logerai où ?

– Dans la plus belle chambre du palais ! La plus belle puisque c'est la mienne !

– Je ne vais pas prendre votre chambre. Et vous ?

– Vous ne prenez rien puisque je dormirai avec vous !

– Oh, Monsieur le Président ! Que d'audace !

– Je préfère quand vous m'appelez par mon prénom ! La reine des rillettes est devenue une star maintenant. Mais une star sans amour ne brille pas au firmament de sa vie. Moi, je vous offre tout mon amour. Un billet d'avion, ça se change ! Une destination aussi ! Même une vie peut se changer.

Au comble de la béatitude, Dragonette acquiesça en sentant son cœur s'emballer comme un petit fou.

Le couple franchit la passerelle, s'engouffra dans l'avion privé du président où les attendaient le pilote et le co-pilote ainsi que le majordome et tout le personnel au garde-à-vous !

Elle s'assit à côté de cet homme magique, posa son sac sur les genoux et sans le faire exprès, appuya sur le magnéto, glissé dans le ventre de sa peluche.

Le président entendit : “Moi t'aime”.

Il répondit, extatique : “Moi aussi !”

C'est ainsi que le 1er août 2009, madame de Sermoafort s'installait dans l'avion qui la déposerait quatre heures plus tard à Poupalou, la capitale du Mamalassou. Quatre heures trente exactement qui modifieraient le cours de son existence…

Si la femme mange du lion,
c'est pour faire rugir l'homme ...
Si l'homme mange de la gazelle,
c'est pour la rattraper !

(proverbe du Mamalassou)

“Il en va des noms comme des tables à rallonges. Le mien, c’est Marie France de Monneron. Une fée nourricière autrichienne me rebaptisa d’un surnom doux comme une couette : Poupy.

Voilà, vous savez tout !

J’allais oublier les belles histoires des tombeaux mérovingiens découverts avec le pendule de ma grand-mère à l’âge où les petites filles jouent à la poupée, de l’apprentissage du chant, des claquettes et du flamenco qui me mènera à danser Carmen à l’Opéra de Troyes… Mais j’ai préféré l’étude des pierres précieuses à l’Institut National de Gemmologie. Je n’y ai pas déniché la pierre philosophale mais appris la beauté des couleurs dont la plus belle, détectée au fur et à mesure de ma vie, est bien celle du cœur.

Dans ce tourbillon, je ne pouvais qu’épouser un aventurier. J’ai découvert le plaisir des couloirs glacés de son petit château de Normandie, les innombrables carreaux à briquer et les chardons à arracher chaque jour d’été. Bourse plate, j’ai appris à faire deux sous avec un seul et transformer le quotidien en maison enchantée, une belle leçon de vie !

Avec le temps, les passions deviennent philosophiques, et la découverte d’autres sources de pensées s’avère une nécessité pour continuer à vivre. J’ai interprété toute seule comme une grande *Voyage au Tibet*, en rencontrant le Dalaï Lama dans son palais à Dharamsala. Ses éclats de rire résonnent encore en moi et éclairent mon chemin de vie.

Je pourrais glisser mille et une autres anecdotes de mon existence aventureuse, mais vous en retrouverez certaines dans ce livre. Je n’ai pas besoin d’enjoliver mon histoire : la vie a toujours plus d’imagination que nous.”

mfdemonneron@gmail.com

Imprimé pour le compte des éditions Zinedi
par Lightning Source
1, avenue Gutenberg - 78310 Maurepas
Dépôt légal octobre 2013
Imprimé en France

Imprimé en France
FROC02n1106230516
PP5574900001B/1/P

9 782848 591162